Helga Flatland

Roman

Aus dem Norwegischen von Elke Ranzinger

Zuunterst immer Wolle

Weidle

Mitten im Leben geschieht's, daß der Tod kommt
und am Menschen Maß nimmt. Diesen Besuch vergißt man,
und das Leben geht weiter. Doch im stillen wird der
Anzug genäht. *Tomas Tranströmer*

1

Mit einem Beilhieb durchtrenne ich ihr Genick. Werfe den Kopf in einen Eimer, den Körper in einen anderen, die Krallen scharren am Plastik entlang, dann ist es still. Ich gehe zum Stall, hole die nächste, presse sie auf dem Weg eng an meine Brust, fühle durch die Federn hindurch das Zittern und den Pulsschlag, flüstere ihr leise zu, bevor ich sie an den Beinen nehme und kopfüber drehe, bis sie ruhig wird. Rasch lege ich sie auf den Hackklotz, strecke ihren Nacken gerade, schlage ihr mit dem stumpfen Ende des Beils fest auf den Kopf, wende es in ein und derselben Bewegung in der Luft und haue ihr im nächsten Hieb mit der Schneide den Kopf ab.

Ich habe vergessen, die Stalltür zu schließen, eine der Hennen ist ausgebüxt, steht nun direkt vorm Stall und sieht mich an. Sie wirkt verzweifelt, vielleicht auch verwirrt, als könnte sie nicht glauben, was sie gerade mit ansehen mußte, ihr Anblick tut mir weh, ich überlege, ob ich sie wieder zu den anderen sperren und bis zum Schluß verschonen soll oder ob sie dann nur unnötig lang voll Angst herumläuft. Gustav würde mich auslachen und sagen, ich schriebe den Tieren Gefühle zu, die sie nicht hätten, meine eigenen.

»Komm schon, altes Mädchen«, flüstere ich und gehe in die Hocke, es schmerzt in den Knien, im ganzen Körper, ich muß Sigrid anrufen, ich hole etwas Mastfutter aus der Tasche, locke damit, die Henne legt den Kopf schief, erst nach links, dann nach rechts.

Ich mag Hühner nicht einmal, und diese haben schon vor Ewigkeiten aufgehört, Eier zu legen, ich habe sie nur noch aus nostalgischen Gründen – zur Aufrechterhaltung der Illusion eines Hofbetriebs, auf einem Bauernhof müsse es ja wohl Tiere geben, hat Viljar das letzte Mal, als er hier war, gesagt. Da gebe ich ihm gerne recht, aber Enkelkinder, die viermal im Jahr zu Besuch kommen, sind kein ausreichender Grund mehr, um fünf uralte, unproduktive Hühner zu behalten.

Am Ende kann die Henne der Verlockung nicht widerstehen, kommt zu mir und pickt mir aus der Hand. Ich streichle ihr über die Federn und lasse sie das Mastfutter auffressen, dann schlachte ich sie.

2

»Sigrid? Deine Mutter hat angerufen«, sagt Aslak, als ich durch die Haustür komme, er liegt mit dem Rücken zu mir auf dem Sofa und streckt, ohne den Blick in meine Richtung zu wenden, mein Smartphone in die Luft, als würde er mir das Gespräch zeigen. »Ich glaube, es ging um irgendwas mit irgendwelchen Hühnern.«

»Wie – du glaubst?« frage ich nach und schlüpfe aus Schuhen und Jacke.

»Doch, es war auf jeden Fall irgendwas mit den Hühnern, aber ich habe nicht wirklich umrissen, was genau«, erklärt er.

»Fast gute Arbeit also.« Ich sinke in den Sessel neben ihm, mehr zu sagen, schaffe ich nicht.

Er lacht halbherzig, dreht sich zu mir und wirft mir einen Blick zu.

»Das kommt davon, wenn du dein Telefon vergißt. Du siehst müde aus«, stellt er fest und ich verbuche das als Lob.

Ich bin müde. Ich bin so müde, daß jedes Gespräch, jede Bewegung, jeder Gedanke anstrengend ist.

»Aber jetzt ist Freitag«, beendet Aslak meine Gedanken und tätschelt lächelnd meinen Oberschenkel. »Viljar möchte Tacos, aber gib ja nicht mir die Schuld dafür, diese Tacofreitag-Sache muß er im Kindergarten aufgeschnappt haben. Weißt du, ob Mia kommt?«

Mia ist bei ihrem Vater, natürlich kommt sie nicht. So hoffnungsvoll, wie Aslak wirkt, bringe ich es nicht über mich, ihm zu erzählen, daß sie seit mehreren Tagen keinen Mucks hat hören lassen.

»Willst du dich nicht umziehen«, sage ich lieber und nicke in Richtung seiner Arbeitshose. »Wo doch jetzt Freitag ist?«

Ich verschiebe den Anruf bei Mama und gehe zu Viljar hinauf, der mit dem iPad auf dem Schoß in dem kleinen Zelt in seinem Zimmer sitzt.

»Hallo, Viljarspätzchen.« Ich strecke den Kopf ins Zelt und gebe ihm einen Kuß auf die Wange, feuchte, salzige Krümel bleiben an meinen Lippen kleben, er ist rund um Mund und an den Händen ganz orange. »Wow, hast du vorm Abendessen Käseflips bekommen«, sage ich mit erhobener Stimme.

Viljar nickt, ohne den Blick von Peppa Wutz auf dem Bildschirm zu nehmen. Aslak hat ihm lieber gleich die ganze Tüte Käseflips gegeben, vermutlich um etwas zu kompensieren oder vielleicht auch zu demonstrieren, aber ich habe aufgehört, verstehen zu wollen, was er damit erreichen will. Mein Verdacht ist, daß er das selbst nicht mehr weiß. Ich löse die Tüte aus Viljars Griff, glücklicherweise protestiert er nicht.

»Noch eine Folge«, bestimme ich, als Peppa und ihre Familie in dieses jede Folge abschließende absurde Gelächter ausbrechen, jedes Mal eine Feier ihres Familienzusammenhalts, und Viljar scrollt mit routinierten Bewegungen die Episodenliste nach unten.

Ich gehe unter die Dusche, wasche die Haare zweimal, seife mich mit der antibakteriellen Seife ein, die ich aus der Praxis mitgenommen habe, schrubbe den ganzen Körper, unter den Nägeln, werde nicht sauber, in Haut und Haaren hängen noch die Bakterien all der Patienten mit rasselndem Husten, eiternden Wunden, juckenden Geschlechtsteilen und geschundenen Seelen. An manchen Tagen nehmen sie mich mit ihren Problemen regelrecht in Beschlag, und ich kriege es nicht hin, mich richtig aufzustellen, sie nehmen sich schlicht, was sie haben wollen, und verschwinden. An solchen Tagen bin ich unfähig gegenzuhalten, mein Selbstvertrauen sinkt, zugleich steigt meine Angst, und ich stelle Krankmeldungen und Rezepte aus oder schreibe Überweisungen für ein MRT, ein CT oder zum Herzspezialisten.

Als ich wieder ins Wohnzimmer komme, ist Aslak auf dem Sofa eingeschlafen, ich unterdrücke den Drang, ihn zu wekken, ihn anzuschreien, wenn hier jemand auf dem Sofa einschlafen dürfe, dann ja wohl ich, ich lasse ihn schlafen, kann es nicht mit meinem Gewissen vereinbaren zu jammern, ertrage es nicht, einen Streit loszutreten, wenn ich das, was ich wirklich sagen möchte oder meine, sowieso nicht aussprechen darf. Einen Streit, der mich vor allem zu der Einsicht bringen könnte, daß ich gar nicht weiß, was ich wirklich möchte oder meine. Aslak hat die Arme hinterm Kopf verschränkt, er trägt wieder das Goldkettchen von seiner Konfirmation, das er abgenommen hat, als wir nach Oslo gezogen sind.

In der Küche stehen unausgepackt die Einkaufstaschen auf der Arbeitsplatte – Milch, Schmand, Hackfleisch, die Verpakkungen sind feucht vom Kondenswasser. Wie früh Aslak wohl von der Arbeit gekommen ist, wie lange er wohl schon auf dem Sofa liegt und Viljar in seinem Zimmer Medienzeit haben läßt, ein Begriff, den Aslak weder über die Lippen noch zur Anwendung bringt. Als ich gerade das Hackfleisch anbrate, kommt er in die Küche, legt von hinten die Arme um mich und küßt mich in den Nacken. Eine seltene Annäherung, ich drehe mich um und lehne mich für einen Augenblick an ihn, schnuppere an seiner linken Achselhöhle. Ich vermisse, wie er früher beim Nachhausekommen gerochen hat, nachdem er einen ganzen Tag schwere Stämme gewuchtet und verzähnt hatte, diesen von Stärke und primitiver Sicherheit zeugenden Geruch. Nach unserem Umzug nach Oslo hat er eine Möbeltischlerei eröffnet, und jetzt umgibt ihn nur mehr ganz schwach der Duft von Holzöl und Waschpulver.

Ich war es, die wegwollte, hierher wollte, dieses Leben wollte.

Er hält mich eine Weile im Arm, zieht mich kurz enger an sich, läßt mich dann mit einem Seufzer los und deckt den Tisch. Ich versuche es erneut bei Mia, bete inständig, daß sie ans Telefon geht, denn danach kann ich keinen weiteren Anruf in Abwesenheit auf ihrem Telefon hinterlassen, ohne daß sie etwas hineininterpretiert, zwei verpaßte Anrufe können noch bedeuten, ich hatte einfach Lust, mit ihr zu sprechen. Früher rief ich so lange bei Leuten an, bis ich sie erreichte, ich habe ewig nicht begriffen, daß man das als aufdringlich oder alarmierend auffassen konnte, eigentlich erst, als Mia richtig wütend wurde. »Wenn ich nicht rangehe, muß dir doch klar sein, daß ich beschäftigt bin, kein Mensch ruft fünfmal an, wenn es kein Notfall ist«, schimpfte sie, »mußt du immer so scheißdrüber sein?«

Natürlich geht sie nicht ran, ich stelle sie mir in Jens' und Zadies Küche vor, wie sie entspannt lächelnd dasitzt, wie die drei gemeinsam kochen und ungezwungen auf englisch plaudern, was Mia unglaublich lehrreich und nützlich findet, da sie nächstes Jahr zum Studium nach London geht. Ich unterdrücke den Drang, ihr auf die Mailbox zu brüllen, was es für eine bodenlose Ungerechtigkeit sei, daß Jens, der mit fünfundvierzig plötzlich erwachsen geworden ist, eine rundum perfekt funktionierende, umgängliche Tochter serviert bekommt, und das nach der ganzen Arbeit und Liebe, die Aslak und ich in sie investiert haben – insbesondere nach der Hölle der letzten Jahre mit ihren endlosen Runden von Auflehnung und Anfeindungen, den Streitgesprächen, die mich komplett entgeistert zurückgelassen hatten, ich war völlig fassungslos, was dieses nicht mehr wieder zu erkennende Wesen vor mir alles zu denken und schreien imstande war. Wo sie das wohl her hat, dachte ich, das hat mit meinen dunklen Seiten, meiner Wut, mit mir nichts zu tun. Mia war in diesen Konfrontationen so kontrolliert, so treffsicher, zeitweise so gerissen und kalt, daß ich mir anschließend Kinderfotos von ihr ansehen mußte, um mich daran zu erinnern, daß ich sie liebte. »Das hat sie von Jens«, versuchte ich Aslak und mir mehr als einmal einzureden, es seien sein Einfluß, seine Gene oder seine Abwesenheit.

Aber es hatte auch mit Jens nichts zu tun. Der ist notorisch ausweichend und gänzlich unfähig, irgendeine Entscheidung zu treffen oder sich für irgend etwas anderes als seine Impulse einzusetzen. Ich hatte ihn mit neunzehn kennengelernt, als er im Zuge seiner Ausbildung als Turnusarzt in unser Dorf kam – voll Anziehungskraft für mich allein schon deswegen, weil er von außerhalb war, anders, neu, eine Alternative zu all dem Kleinen, Abgedroschenen, der Enge. Und anziehend, weil er tonangebend und ungehemmt war und einen durchschaute.

»Ich glaube, du hast auf mich gewartet, Sigrid«, sagte er am Abend unseres Kennenlernens beim vierten Bier. Daß er da sicher auch schon von diversen Opiaten high gewesen war, ging mir erst viel später auf, aber es hätte auch keine Rolle gespielt, ich war schlicht widerstandslos, wurde von ihm angesogen, an ihm festgesaugt. Ich dachte, er würde nach seinem Turnusjahr meinetwegen bleiben, daß wir, ohne ein Wort darüber zu verlieren, etwas aufbauten, ein Leben, eine Zukunft. Ich kapierte nicht, wie planlos und unbeständig er war – kapierte nicht, was ich mir im Nachhinein hunderttausendmal gesagt habe: daß er fragil, süchtig und kaputt war, ein Mensch, der, um nicht unterzugehen, ständig Auftrieb in Form von Anerkennung, Bewunderung oder Rausch brauchte. Er konnte Lobeshymnen von ihn vergötternden Patienten ohne jeden Anflug von Verlegenheit zitieren oder derart unverhohlen mit sich selbst, seinen Eigenschaften und Talenten prahlen, daß ich das als Ausdruck eines gesunden Selbstbewußtseins und als die Wahrheit mißinterpretierte. Mir war die Erfahrung, daß mich ein Mensch so sehr faszinierte, ich von ihm nie genug bekommen, ihm nie nahe genug sein konnte, völlig neu. Jederzeit konnte das Gefühl, ihn zu vermissen, aufflammen, und ich sehnte mich selbst in Augenblicken nach ihm, nach mehr von ihm, wenn es gar nicht mehr ging, einander noch näher zu sein, wenn zwischen unsere Körper kein Millimeter Luft paßte.

Als ich mit Mia im fünften Monat schwanger war, wurde gegen Jens eine Aufsichtsbeschwerde eingelegt. Ein Kollege hatte entdeckt, daß er eine Menge Rezepte für Suchtstoffe ausgestellt hatte, und innerhalb weniger Tage beschloß Jens, er habe eine Luftveränderung dringend nötig. Ich habe nie jemandem erzählt, daß ich selbst – verliebt, wütend und schwanger – ihn zum Flughafen Flesland gefahren habe, als er mit einer Hilfsorganisation nach Bangladesch ging.

Mia meldet sich, nachdem wir mit den Tacos fertig sind, ich Viljar seine obligatorischen Gutenachtlieder vorgesungen habe und nun mit Aslak von unseren Sofas aus einen Film gucke. Den Protest gegen das Vergeuden des Wochenendes mit Fernsehen habe ich vor Ewigkeiten eingestellt. Ganz am Anfang, nachdem mit Jens Schluß gewesen war, hatte ich mehr oder minder unbewußt versucht, Aslak in Jens' und meine Beziehungsrituale zu pressen: In den gemeinsamen Jahren mit ihm fällt mir kein einziger Abend ein, an dem wir ferngesehen hätten, ich erinnere mich nur an einen alles absorbierenden Kreislauf aus Gesprächen, Sex, Sehnsucht, Streit und Versöhnung. Bestimmt hatten wir auch ruhigere Tage, aber wenn ich an uns zurückdenke, sind wir ständig in Bewegung. Aslaks Ruhe und Stille erzwingt eine andere Beziehungsform, andere Rituale, ein anderes Leben. Und wäre Jens nicht vor einem Jahr wieder nach Oslo gezogen und hätte mein Leben in Beschlag genommen, Mia in Beschlag genommen, würde ich nicht einen weiteren Abend ruhelos herumhocken und Aslak und ihn vergleichen.

»Hallo, Mia, Liebling«, gehe ich mit möglichst unbekümmerter Stimme ans Telefon.

»Hallo, du hattest angerufen?« fragt Mia.

»Ja, ist ja eigentlich nicht ganz doof, wenn wir wissen, ob wir beim Abendessen mit dir rechnen sollen oder nicht«, sage ich.

Ich sitze auf dem Sofa und zupfe an einem losen Faden am Saum eines der Kissen, über deren Stoff Aslaks Arbeitshose jeden Feierabend schubbert. Aslak schaltet den Film auf Pause.

»Ja okay, aber wenn du nichts von mir hörst, ist doch wohl klar, daß ich nicht komme.« Ich lausche zwischen ihren Worten nach Jens im Hintergrund, nach Geräuschen, Gesprächen, irgend etwas, das verrät, was sie gerade tun, hoffentlich sehen sie fern.

»Ja, wäre aber trotzdem nett, wenn du Bescheid gibst«, sage ich. »Ich kriege dich ja kaum noch zu Gesicht.«

Das kratzt haarscharf an der Grenze dessen, was ich mir geschworen habe, meinen eigenen Kindern niemals anzutun; ihnen ein schlechtes Gewissen zu machen, ihnen das Gefühl zu geben, sie wären mir etwas schuldig.

»Du hast mich doch vor zwei Tagen gesehen, Mama.« Mia klingt eher genervt als nach schlechtem Gewissen.

»Und bleibst du also das ganze Wochenende da?« frage ich.

»Ich weiß noch nicht, vielleicht gehen Zadie und Papa morgen abend zu so einer Sache, dann schlafe ich vermutlich zu Hause«, antwortet sie, und daß Aslak und ich für sie immer noch ihr Zuhause sind, schlägt den Umstand, daß sie Jens nun Papa nennt und meinen Drang nachzufragen, zu was er und Zadie morgen vielleicht gehen.

»Okay, schön. Dann, bis morgen.« Ich registriere aus dem Augenwinkel, wie sich Aslak aufsetzt.

»Ja, vielleicht. Oma hat übrigens gerade angerufen, aber ich habe es nicht rechtzeitig geschafft, und jetzt geht sie nicht ran.«

»Bei uns hat sie auch angerufen, aber es ist nichts Dringendes, Papa hat gesagt, es geht um irgendwas mit ihren Hühnern«, sage ich.

Aslak bewegt sich. Eine kleine Pause entsteht.

»Okay, gut. Na dann, bis morgen oder Sonntag«, verabschiedet sich Mia. »Tschüß.«

»Ja, dann tschüß«, antworte ich.

Ich lege auf, und Aslak sieht mich an.

»Sie kommt bestimmt morgen.« Ich versuche ihn anzulächeln, und für einen Augenblick schießt mir das Bild durch den Kopf, wie Mia auf Aslaks Brustkorb liegt und er behutsam auf ihr Köpfchen pustet, um sie zu beruhigen.

Daran, daß Mama Mia angerufen hat, ist nichts anormal, die beiden sprechen oft miteinander, bestimmt öfter, als ich mit einer der beiden telefoniere. Doch am Zeitpunkt ist irgend etwas komisch, oder vielleicht auch mit mir. Vielleicht bin ich jedes Mal, wenn Mama anruft, auf der Hut, aber im nachhinein löscht die Erleichterung, daß es nichts Ernstes war, die vorausgegangene Beunruhigung. Aber abgesehen davon, ist es eher unwahrscheinlich, daß mich Mama anruft, um über die Hühner zu sprechen. Ich versuche es bei ihr nach dem Zubettgehen, aber sie nimmt nicht ab. Wie immer vorm Einschlafen, checke ich auf Facebook, wie lange es her ist, daß sie, Mia und Magnus online waren. Mama war vor neunzehn Minuten aktiv, ich kann mich also entspannen. Ich bemerke, daß auch Jens vor vier Minuten online war.

Ich liege wach und lausche Aslaks Atem und dem von fern hereindringenden Lärm der Stadt, an den ich mich einfach nicht gewöhne, er stört mich noch immer, auch wenn ich Aslaks Beschwerden, man könne im Sommer unmöglich mit offenen Fenstern schlafen, vehement widerspreche. »So ein Quatsch, wir sind hier in einer der ruhigsten Wohngegenden von Oslo«, sagte ich in einem der ersten Sommer und öffnete das Fenster zum Garten, »stiller wird es nicht, wenn man in der Stadt leben will.« – »Nicht ich will hier leben«, antwortete er und machte das Fenster zu.

Ich war es, die nach Oslo ziehen wollte, nachdem mein Turnusjahr vorbei war, ich war fertig mit meiner Ausbildung und mit einem Mal komplett fertig mit allem, was vorher war, fertig mit dem Dorf, fertig mit den Gefühlen für Jens, fertig mit Papa, fertig mit Mamas einnehmender Einsamkeit. Aslak und Mia mußten sich mir und meinen Bedürfnissen fügen, wie Aslak ein paar Jahre später bemerkte – nicht wütend oder anklagend, eher als Erkenntnis. »Ich kann dir dafür nicht ewig zu Dankbarkeit verpflichtet sein«, schrie ich ihn damals an, ohne daß er je nach Dankbarkeit verlangt hätte. Aber im vergangenen Jahr hat es sich jeden Tag so angefühlt, als würde er etwas einfordern, eine Entschädigung in Form von Verpflichtung – ich kann ihn niemals verlassen. In meinen schlimmsten Momenten bin ich rasend eifersüchtig auf Mia, auf ihre Rebellion, ihre Freiheit, ihr Sich-Lossagen von Aslak – und im selben Moment winde ich mich vor schlechtem Gewissen.

Mia arbeitet während ihrer Vorkurse fürs Studium bei einer Produktionsfirma, verdient zum ersten Mal eigenes Geld – und diese sensationelle Entdeckung ökonomischer Freiheit hat ihr Bedürfnis nach Selbständigkeit massiv befeuert. Sie kommt erst am Sonntagmorgen, offenbar noch mit der Schminke von gestern unter den Augen, in irgendeiner geliehenen Jogginghose, die zu groß und unvorteilhaft ist, um einer Freundin zu gehören. Sie setzt sich an den Küchentisch und mampft den Bacon, den ich für Viljar und Aslak gebraten habe. Ich muß mich zusammennehmen, um nicht zu sagen, ich hätte sie beim Frühstück nicht eingerechnet.

»Ist es nicht schön, so jung zu sein und schon eine so erwachsene Tochter zu haben, ihr könnt ja fast Freundinnen sein«, sagen meine Freundinnen manchmal. Ja, klar sei das schön, ja, irgendwie wäre es ein bißchen wie Freundinnen, na klar, stimme ich ihnen dann zu. Aber ich möchte überhaupt nicht Mias Freundin sein. Solange sie unbekümmert und glücklich wirkt, habe ich beispielsweise keinerlei Bedürfnis zu wissen, wo sie diese Nacht verbracht hat. Mia hingegen testet bis heute unser beider Grenzen aus und teilt mitunter unangenehm intime Einzelheiten aus ihrem neuentdeckten und stetig größer werdenden Erwachsenenleben, um dann in der darauffolgenden Woche wieder stumm und unnahbar zu sein. Als sie noch ein Kind war, dachte ich, es würde für mich okay sein, wenn sie mir alles erzählte, das sei die Art Mutter, die ich bin, jetzt und für immer, aber in der Praxis hat sich gezeigt, daß für mich Grenzen existieren, sogar in bezug auf Mia.

Sie sieht glücklich aus, ähnelt Jens, ähnelt nur Jens, als sie Gott sei Dank über einen von Aslaks unzähligen Witzen lacht. Er bemüht sich zu sehr, hoffentlich kriegt er die Balance hin. In den letzten Monaten mußte ich mehrfach Zeugin von Situationen werden, in denen sich Aslak über einen Kontakt zu Mia, über ein Fünkchen geschenkte Aufmerksamkeit von ihr derart gefreut hat, daß er eine Grenze überschritten hat, die außer Mia niemand kennt und nach der sie urplötzlich mit einem herablassenden Kommentar zusticht, schlimmstenfalls mit einem quasi zufälligen Verweis auf Jens.

Während ihrer Kindheit und Jugend hat sich meist Aslak der Gespräche und Fragen über Jens angenommen. »Du kannst ihr doch nicht auf diese Weise antworten«, hatte er gemeint, als Mia sechs war und auf ein Bild mit uns dreien auch Jens malen wollte. Sie hatte nach seiner Haarfarbe gefragt, und ich hatte schulterzuckend geantwortet, das könne sie sich selbst aussuchen, woraufhin sie natürlich verwirrt war und Aslak angesehen hatte. »Er hat dieselbe Haarfarbe wie du«, hatte er gesagt und ohne einen Blick zu mir schnell hinzugefügt: »Und dieselbe Augenfarbe.« – »Sie muß wohl nicht alle Details über ihn wissen«, hatte ich anschließend gemeckert. »Früher oder später wird sie sowieso alles über ihn herausfinden, was sie interessiert, und dann möchte nicht ich derjenige sein, der sie zuvor daran gehindert hat«, hatte Aslak geantwortet. Seine Strategie hat gut funktioniert, bis Jens nach Oslo gezogen ist, mit seiner Anwesenheit Aslak und mich in ein anderes Licht gerückt und ihr eine Vergleichsmöglichkeit geboten hat.

Die Veränderung ist vage, ganz und gar ungreifbar, ich weiß nicht, wie ich darüber sprechen soll, und wage schon gar nicht das Risiko, sie noch weiter in Richtung Jens zu drängen, also verhalten Aslak und ich uns ihr gegenüber, als tanzten wir auf rohen Eiern. Es macht mich komplett wahnsinnig, und in mir brodeln Tausende Bemerkungen und Ermahnungen: sie könne doch sicher die Musik leiser drehen, wie besprochen das Bad putzen, Bescheid geben, ob sie zum Abendessen komme, die farbigen Socken nicht in die weiße Wäsche werfen, ihm nicht vergeben, ihn nicht vergöttern, nicht in ihm aufgehen.

Abgesehen davon war das vergangene Jahr ein unangenehmer Vorgeschmack darauf, wie das Leben nach ihrem Auszug sein wird, und bei diesem Gedanken überfällt mich jedes Mal sofort Atemnot – erstens, daß sie so weit weg von mir sein wird, und zweitens, daß ich dann herausfinde, was Aslak und ich ohne sie sind.

»Und, hast du Oma erreicht?« fragt Mia und hockt mit angezogenen Beinen auf der Bank, während Aslak und ich den Tisch abräumen.

»Nein, ich probiere es gleich nochmal, aber du brauchst dir keine Sorgen zu machen«, sage ich.

»Ja, weiß ich«, antwortet Mia, »aber ich bin nun mal jemand, der nicht anders kann, als sich Sorgen zu machen.«

»Aha, so jemand bist du?« Ich lache.

»Hör auf«, antwortet Mia, »du hast mich schon verstanden.«

Dieses Gespräch haben wir unzählige Male geführt. Ich kann mir einen Kommentar über das Bedürfnis ihrer Generation, die persönlichen Eigenschaften und Charakterzüge zu proklamieren, einfach nicht verkneifen. »Ich bin nun mal jemand, der sehr empathisch ist«, sagte ein Mädchen, das mit gebrochenem Arm in meine Praxis gekommen war, ich nickte, während ich ihren Arm untersuchte, und verstand den Zusammenhang nicht. »Mhm, und ist das hart für dich?« fragte ich etwas unsicher. »Ach nein«, antwortete sie unbekümmert, »mir geht nur einfach alles *sehr* nah, verstehen Sie?« – »Ich verstehe«, antwortete ich und überwies sie zum Röntgen.

Ich habe versucht, Mia zu erklären, daß es irgendwie unangenehm sei, wenn man erzählt bekäme, wie man sie sehen solle. Das beeindruckte sie nicht. Es sei ja noch unangenehmer, wenn man falsch gesehen werde, hatte sie mit einem Schulterzucken geantwortet, und vielleicht hat sie recht.

Der Montag kommt mit einer solch normalisierenden Kraft, daß ich in der U-Bahn nach Ellingsrud beinahe losheule. Die herbstliche Dunkelheit erzeugt eine Gemeinschaft im Waggon, die mir von hellen Sommermorgen fremd ist, eine freundliche Stille, vielleicht aus Sympathie oder Anerkennung für die anderen, die auch um sechs Uhr aufgestanden sind, um rechtzeitig bei der Arbeit zu sein, und ebenfalls der düsteren Dunkelheit und schneelosen Kälte des Novembers getrotzt haben. Ich bin Teil dieser Gemeinschaft, ziehe die Schultern hoch, puste auf meine Hände, aber es gibt keinen Monat, den ich lieber mag. Ereignislos, feiertagslos, keinerlei Ausnahmezustand, nur die stille Dunkelheit, die unbeirrt mehr und mehr vom Tag verschlingt.

Die vierzig Minuten U-Bahn-Fahrt zur Arbeit und zurück sind zum Höhepunkt meines Tags geworden, ein angenehmes Dazwischen, in dem ich weder mit anstrengenden Patienten noch mit anstrengenden Familienmitgliedern umgehen muß. Beim Aussteigen versuche ich es zum dritten Mal erfolglos bei Mama, und zum ersten Mal seit Freitag erlaube ich mir, die übliche Sorge um sie zu spüren, ein Gefühl solch konstanter, fester Größe, daß sie ebensogut ein schmerzendes Körperteil sein könnte, manchmal ignorierbar, aber immer da.

Ich nehme mir für die ersten Patienten unverhältnismäßig viel Zeit, spreche wie üblich ewig mit Ingrid. Sie ist neunzig, hat stets Bonbons in der Tasche, die sie im Wartezimmer und an die Sprechstundenhilfen verteilt – und sie streichelt mir beim Gehen über die Wange wie eine Bilderbuchoma. Ihre Präsenz ist so angenehm sanft, daß ich sie schlicht dabehalten und jeden Gedanken an den restlichen Tag verdrängen möchte. Anschließend verspüre ich den nächsten Patienten gegenüber ein schlechtes Gewissen, weil ich Lieblinge habe, und nehme mir viel zuviel Zeit für eine gynäkologische Untersuchung und ein Attest zur Verlängerung eines Führerscheins.

Als ich Frida aufrufen will, die meines Wissens schon seit eineinhalb Stunden im Wartezimmer sitzt – wie immer –, ruft Mama endlich zurück. Bevor ich rangehen kann, öffnet Frida die Tür zu meinem Sprechzimmer. Ich weise den Anruf ab.

»Frida, du mußt warten, bis ich dich hole. Das haben wir doch besprochen?« versuche ich möglichst pädagogisch zu sagen, ohne dabei herablassend zu klingen, eine schier unmögliche Balance, insbesondere wenn sich Frida wie ein ungeduldiges Kind aufführt: »Aber mein Termin war um zehn nach, und deine letzte Patientin ist doch schon ewig raus«, antwortet sie.

»Gehst du bitte wieder ins Wartezimmer, bis ich dich aufrufe?« frage ich, aber Frida bleibt verunsichert in der Tür stehen.

»Ich meine es ernst«, schiebe ich nach, wende mich dem Bildschirm zu, schlucke.

»Ich glaube, ich kriege das Kind jetzt«, sagt sie.

»Nein, tust du nicht«, antworte ich mit Blick Richtung Bildschirm, presse die Zähne aufeinander, schließlich macht sie die Tür zu.

Für ein paar Minuten starre ich auf ihre Krankenakte, ohne darin zu lesen, dann gehe ich ins Wartezimmer und hole sie rein. Noch bevor wir durch die Tür sind, heult sie los, aber daran bin ich gewöhnt, ihre Tränen bringen mich nicht mehr aus der Fassung, denn wenn ich nur ein Fünkchen Hoffnung auf Fürsorge jenseits der berufsmäßigen erwecke, verschlingt sie mich mit Haut und Haaren.

Bei einer der ersten Begegnungen habe ich sie in den Arm genommen, hatte keine Ahnung, wie ich mit ihrer Verzweiflung und Angst umgehen sollte – und mit diesem Blick, der selbst nach mehreren Jahren als Spielball in einem System, das nicht wußte, wohin mit einer wie ihr, das Vertrauen ausstrahlte, sie sei nun an jemanden geraten, der ihr helfen könne. »Ich werde dir helfen«, dachte ich damals im festen Glauben, das sei mir möglich. Bis heute glaube ich an manchen Tagen, die Tatsache, daß ich hier war, stabil und nach und nach mit deutlichen Grenzen, sei tatsächlich eine Hilfe.

Bei ihrem ersten Besuch in der Praxis war es schwer, sie zu mögen. Sie war eine trotzig jammerige Klette mit einer Krankenakte, die sie selbst auswendig konnte und in der eine endlose Reihe von Einweisungen, beendeter oder abgebrochener Therapien bei Psychologen des sozialpsychiatrischen Diensts, Medikamenten, Sozialamtsmaßnahmen und unverhältnismäßig vielen Hausarztwechseln aufgelistet war. Nun war sie mittlerweile seit sieben Jahren meine Patientin.

»So. Wie geht's?« frage ich, sobald sie sitzt und ich ihr wie üblich ein Päckchen Taschentücher hingelegt habe.

»Ich glaube, ich kriege das Kind jetzt«, wiederholt sie. »Bitte.«

Sie schluchzt, lehnt sich mit dem Oberkörper nach vorne, der Bauch stößt gegen die Schenkel, sie verschränkt die Hände hinterm Kopf und wippt vor und zurück.

»Du kriegst das Kind noch nicht jetzt, du bist erst in der vierundzwanzigsten Woche, weißt du«, sage ich. »Aber die Hälfte haben wir schon geschafft, Frida, du packst das.«

Ich verfluche mich selbst für dieses *wir*, mache im Eifer zu helfen noch immer grundlegende Fehler, vermittle ihr das Gefühl von Gemeinschaft, wo sie doch am dringendsten verstehen muß, daß sie in erster Linie allein ist, daß niemand kommen wird, um sie zu retten. Zumindest niemand außer mir, und mitunter versetzt mich der Gedanke, daß sie nur mich hat, in Panik.

»Nein, das packe ich nicht, ich will es weghaben«, brüllt sie in Richtung Boden. »Es frißt mich auf.«

Erschreckend viele ihre Gedanken erinnern mich an mich selbst während meiner Schwangerschaft mit Mia, wie sich damals Angst und Einsamkeit in den absurden Gefühlen und Vorstellungen manifestiert hatten, ich würde verspeist werden. Ich schreibe in die Krankenakte, Fridas Gedanken seien krank, verstört, an der Grenze zu psychotisch.

»Nichts frißt dich auf, in dir wächst ein gesundes, schönes Kind.« Mir wird klar, wie falsch diese Wortwahl war, daß sie gerade mit diesem wachsenden Etwas in sich nicht umgehen kann, ich denke an mich selbst damals, habe aber heute weder Zeit noch Energie, den richtigen Zugang zu ihr zu suchen, bin nach nur drei Patienten bereits über eine halbe Stunde in Verzug. »Wollen wir erstmal den Blutdruck messen und danach schauen wir uns deinen Bauch an?«

Frida kapituliert, richtet sich auf, schiebt den Ärmel hoch. Ihr dünner Unterarm ist voll mit kreuz und quer verlaufenden weißen Narben. Als sie das erste Mal bei mir war, habe ich nichts dazu gesagt, ich erinnere mich noch an ihre gespannte Erwartung beim Hochschieben des Ärmels und die anschließende Enttäuschung über meine ausbleibende Reaktion. Diese Erinnerung versetzt mir einen Stich, seitdem ich sie mögen gelernt habe, denke ich, ich hätte ihr diese Genugtuung einfach geben können.

Ich ertappe mich häufig dabei, wie ich mich in ihr spiegle, mich wiedererkenne, sie lebt so viele meiner Neigungen aus, alles, was ich kontrollieren, was ich in Schach halten muß. Ich kriege nicht genug davon, wie sie die Maßstäbe sprengt, grenzenlos in ihrer Annährung an die Welt.

Ich esse mittags im Pausenzimmer im Stehen einen Joghurt, habe das Gefühl, es geht schneller, wenn ich mich nicht hinsetze, außerdem hat mich die Smartwatch, die ich von Aslak zu Weihnachten bekommen habe, bereits Dutzende Male erinnert, daß ich weit hinter meinem Aktivitätsziel »Stehen« liege. Die beiden Ärzte, mit denen ich mir die Praxis teile, essen mit ihren Smartphones in den Händen am Tisch, obwohl wir vor langem beschlossen haben, die Mittagspause solle handyfreie Zeit sein, eine *Ruheoase* im Tagesverlauf, eine halbe Stunde, in der wir miteinander sprächen, einander auf Stand brächten, Erfahrungen und eventuelle Frustrationen loswerden könnten.

Ich gehe mit dem Rest meines Joghurts zurück ins Sprechzimmer, rufe Mama an. Sie ist sofort dran.

»Endlich«, sagt sie.

»Dir auch Hallo«, entgegne ich.

»Ich habe doch das ganze Wochenende versucht, bei dir anzurufen«, sagt sie.

»Nein, hast du nicht, du hast genau einmal angerufen. Eigentlich ist es eher umgekehrt, ich habe es mehrmals bei dir versucht«, antworte ich.

Sie wird für ein paar Sekunden still, im Hintergrund höre ich den Teekessel, stelle mir die Küche daheim vor, Mama in ihrer gelben Strickjacke, die grüne Teekanne.

»Jedenfalls ist keiner von euch rangegangen, als ich angerufen habe«, sagt sie. »Ich habe mich allmählich gefragt, ob da eine Verschwörung in Gang ist.«

Sie lacht halbherzig.

»Keine Sorge, ich habe von Magnus seit mehreren Wochen nichts gehört«, antworte ich. »Aber ist denn irgendwas Besonderes?«

»Nein, eigentlich ging es nur um die Sache mit den Hühnern. Ich habe ja Aslak gesagt, daß ich gerne mit euch sprechen wollte, bevor ich sie schlachte, Viljar ist ja so vernarrt in sie, und …« Seit Papa körperlich behindert ist und wir die Kühe und Schafe schlachten mußten, hat Mama Hühner gehabt, sie hatte darauf beharrt, ein Hof müsse Tiere haben, und sich zwölf Hühner zugelegt. Ich erinnere mich an den Anblick von über den Hof torkelnden, kopflosen Hühnern, als Mama den ersten Schwung geschlachtet hat. Sie hatte dazu ihre Biologie-Klasse eingeladen, denn die Kinder sollten den Kreislauf des Lebens kennenlernen, also daß die Hühnerfilets, die sie aßen, nicht aus der Tiefkühltruhe stammten. »Sie stammen auch nicht von alten, zähen Hühnern«, hatte Magnus angemerkt, aber Mama fuhr damit fort, Kinder zum Schlachten einzuladen, bis ein paar Eltern beim Schulleiter Beschwerden wegen Traumatisierung einreichten.

Viljar war meines Wissens nie besonders vernarrt in Mamas Hühner gewesen, im Gegenteil zeigt er eher ziemlich deutliche, beunruhigende Zeichen einer generellen Vogelphobie, deren Ursache zu finden mir bisher die Energie gefehlt hat. Zu behaupten, sie denke an Viljar, ist nur eine weitere Art, mir ein schlechtes Gewissen zu machen.

»Ja, das ist lieb von dir, daß du an Viljar gedacht hast«, sage ich nur. »Aber du mußt natürlich tun, was deiner Meinung nach für die Hühner am besten ist, Mama.«

»Ist sowieso zu spät«, antwortet sie. »Ich habe sie am Donnerstag geschlachtet.«

3

»Aber wenn du sie schon am Donnerstag geschlachtet hast, dann verstehe ich nicht, warum du uns am Freitag so dringend erreichen mußtest«, sagt Sigrid.

Ich gieße das kochende Wasser in den Bottich, der auf der Arbeitsplatte steht, weiß nicht, wie ich das Gespräch fortsetzen soll, hätte nicht den Umweg über die Hühner machen dürfen, sondern direkt zu Sache kommen müssen, wie ich es am Freitag vorgehabt hatte, aber ich hatte das ganze Wochenende nur Sigrid vor Augen und wie unmöglich es war, ihr noch mehr von mir und meinem Krempel aufzuladen.

»Ach, ich meinte Freitag, ich habe sie am Freitag geschlachtet«, sage ich. »Aber genug davon. Wie geht es euch?«

»Gut, nur bin ich gerade bei der Arbeit, also wenn es nichts Dringendes ist, dann laß uns vielleicht lieber am Nachmittag nochmal sprechen?« bittet sie, irgendwie zögerlich, sicherlich will sie sich nicht zu einem weiteren Gespräch verpflichten.

Bei jedem Telefonat mit ihr glaube ich, etwas werde sich ändern, spüre das erst nach dem Auflegen und bleibe immer mit dem Gefühl zurück, etwas sei unerfüllt geblieben. Oft bin ich nach unseren Gesprächen wegen der in Tonfall und Pausen steckenden Anschuldigungen tagelang niedergeschlagen – diese Minisekunde Schweigen vor jeder ihrer Antworten, als gäbe sie mir damit Zeit, noch etwas zu sagen.

»Ja, natürlich«, stimme ich zu, »natürlich können wir am Nachmittag sprechen.«

Ich trage den Bottich nach draußen, habe am Freitag nur geschafft, die Hühner grob zu rupfen und notdürftig auszunehmen, bevor ich aufgeben mußte und das unfertige Schlachtvieh in die Gefriertruhe legte. Ich konnte mich gerade noch aufs Sofa schleppen, wo ich mehrere Stunden wie erschlagen liegen blieb. Die Hühner sind in der Gefriertruhe im Stall, die voller Wildfleisch ist, das ich weder essen konnte noch mich dazu überwinden, es wegzuwerfen, nachdem ich kapituliert und Gustav in ein Pflegeheim gesteckt hatte.

Ich kann mir auch nicht vorstellen, irgendeines der Hühner zu essen, aber zumindest vermittelt es ein Gefühl von Sinnhaftigkeit, ein Tier ohne Umwege und ohne unnötigen CO_2-Abdruck zu Nahrung zu verarbeiten. Ich hole einen der kopflosen Körper aus der Truhe, meide den Blick auf die Beschriftungen der restlichen Fleischpakete, Gustavs schiefe Handschrift, *Elchfilet 2009* – sein letztes Jagdjahr, als ihn seine Jagdkameraden beinahe auf den Hochsitz hatten tragen müssen. Sie beehrten ihn anschließend mit dem Filetstück des einzig erlegten Elchs, wofür er sich mehr schämte als für seine Forderung, zur Jagd mitzukommen. Im folgenden Jahr saß er schon im Rollstuhl.

Ich säubere die gefrorenen Hühner, meine Finger in den gelben Gummihandschuhen werden vor Kälte ganz weiß und steif, aber ich werde bestimmt nicht aufhören, muß das erledigt haben, bevor Sigrid wieder anruft; mich überfällt das Gefühl, alles andere müsse geordnet sein, bevor ich es ihr erzähle, bestimmt sollte ich auch zuerst bei Gustav vorbeischauen, alle Pflichten erledigt haben.

Wie üblich sitzt Gustav am Fenster, das nach Norden geht, zum Hof und zu mir. Seine Haare sind grau, fast schon weiß, aber immer noch voll, ein Gegensatz zu dem dürren Körper. Manchmal überrascht mich, wie er tatsächlich aussieht, daß er dem Mann in meinen Gedanken und Erinnerungen nicht mehr ähnelt.

»Hey, du.« Ich beuge mich hinunter und umarme ihn. »Haben sie dich heute wieder nicht rasiert?« Ich streiche ihm mit dem Zeigefinger über die stopplige Wange.

Er hebt den Blick und sieht mich an, lacht los, hat noch immer verblüffend gesunde Zähne, weiß und kräftig. Seine Zähne waren ihm immer heilig, er meinte, man könne über einen Menschen viel dadurch erfahren, wie er auf seine Zähne achte, und vollzog morgens und abends strikte Abläufe aus Putzen und Zahnseide. Selbst als er nicht mehr wußte, wie man die Dusche anstellt, putzte er sich weiterhin ohne Hilfe die Zähne.

Ich löse die Rollstuhlbremsen und schiebe Gustav in sein Zimmer, ertrage es nicht, vom Pflegepersonal oder anderen Patienten beobachtet zu werden. »Mama, du solltest sie besser Bewohner:innen nennen«, sagte Magnus bei seinem letzten Besuch hier. Sigrid, er und ich saßen um den Tisch in der Ecke und redeten über Gustav hinweg miteinander, was immer passiert, wenn sie mitkommen, wir finden keine gemeinsame Art der Kommunikation, die ihn miteinbezieht. Ich kann nicht mit Gustav sprechen, wie ich es tue, wenn wir allein sind, und Sigrid und Magnus können oder wollen vermutlich ihre persönliche Art der Kommunikation – oder des Schweigens – mit ihrem dementen Vater, nicht praktizieren. »Warum soll ich sie

Bewohner nennen«, fragte ich. »Sie leben nur deshalb hier, weil sie krank sind, und kranke Menschen in Behandlung sind wohl strenggenommen die Definition von Patienten.« Sigrid nickte, aber ich habe schon mehrmals gehört, wie sie eigene Patienten als Empfänger oder Klientinnen oder irgend etwas anderes, das sie auf Augenhöhe heben sollte, bezeichnet hat. Ich habe sie damit konfrontiert und bei unserer letzten Diskussion darüber angemerkt, warum sich auch nur ein einziger Patient auf der Welt wünschen solle, mit seinem Arzt auf Augenhöhe zu sein, mir würde das jedenfalls ziemlich Sorgen machen, schließlich gehe es ja darum, daß man komme, um Hilfe zu kriegen. Und das erfordere Hierarchie. Sigrid hat nicht geantwortet, sondern nur Magnus ihren typisch vielsagenden Blick zugeworfen, selbstmitleidig, fast um seine Bestätigung bettelnd, als würde ich sie in diesem Gespräch, ja in jedem Gespräch angreifen oder kritisieren oder beleidigen.

Jetzt bin ich mir meiner Argumentation nicht mehr sicher. Mich selbst als Patientin zu bezeichnen ist ein passives und beruhigendes Abgeben der Verantwortung, aber zugleich kann ich mich mit dieser Rolle nicht vollständig identifizieren, gut möglich, daß ich mich in Zukunft lieber als *Klientin* fühlen möchte, als eine Art Teilnehmerin mit mehr Kontrolle.

Der Großteil der anderen Bewohner ist älter als Gustav, und ich habe schon häufiger gedacht, es beschleunige sicher seinen Gehirnschwund, nur krumme, gebrechliche Menschen als Gegenüber zu haben. Jedesmal wenn ich über den Parkplatz auf die Eingangstür von Gustavs nunmehr letztem festen Wohnsitz zugehe, lasse ich mich von sämtlichen Gedanken, wie schrecklich er es hier haben muß, übermannen.

Heute fühlt es sich anders an, ich schaffe sogar, mit Gustav auf dem Weg in sein Zimmer zu plaudern, lächele dem Pfleger zu, was ich normalerweise vermeide, weil ich die Verurteilung, die aus seinem Blick spricht, nicht ertrage. Kaum sind Gustav und ich allein, entspanne ich mich. Ziehe meine Strickjacke aus, stelle Gustav im Rollstuhl dicht ans Kopfende des Betts und lege mich dann hin, mit dem Kopf auf sein Kissen, seinen Geruch. Atme tief ein, langsam wieder aus, strecke die Hand aus und streichle ihm erneut über die Wange, nehme seine in meine und drücke sie, kann die Tränen nicht mehr zurückhalten. Zum ersten Mal seit Donnerstag weine ich. Plötzlich tut mir Gustav furchtbar leid, was er erdulden muß, ist unerträglich.

»Ach, das kommt nur daher, daß ich den ganzen Tag mit den Hühnern am Werkeln war«, erkläre ich und sehe ihn an, lächle halbherzig und wische mir zugleich die Tränen mit dem Ärmel seines Pullovers ab. »Das hast du nie verstanden, ich weiß, aber sie wachsen einem nun mal ans Herz.«

Er zieht die Hand weg, aber die Bewegung ist nicht aggressiv. Ich greife erneut danach. Lege sie vorsichtig auf meine Brust, auf den Stoff des T-Shirts, meine Hand über seine. Und den Kopf zurück aufs Kissen, so liege ich da und bin kurz davor, einzuschlafen, da drückt er plötzlich meine Brust zusammen. Ich drehe den Kopf, lächle ihn an. Setze mich leicht im Bett auf, gebe dem Drang, seine Hand über weitere Stellen meines Körpers zu führen, nicht nach, erinnere mich an die rasende Wut, als ich mich vor ein paar Jahren an einem Sonntag auf seinen Schoß gesetzt habe. Und an seine Reaktionen, die unzähligen anderen Male, wenn ich ihn in irgendeiner Art berührt habe, die nicht mehr zu unserem Leben gehört. Manchmal schaffe ich es zu denken, es läge daran, daß meine Berührungen, das Gefühl meines Körpers an seinem, Erinnerungen in ihm weckten, ein Begehren, für das er keinen Abfluß mehr habe – oder daß die zerstörten Synapsen in seinem Gehirn Begehren mit Wut verwechselten. Aber meist zeigt mir die Art, wie er sich entwindet, wie er mich wegstößt, nur, wie sehr er mich dafür anklagt, vielleicht sogar verabscheut, daß ich ihn aufgegeben und hier einquartiert habe. Ich habe schon lange nicht mehr gewagt, mich dieser Abweisung auszusetzen, aber heute kann ich es nicht lassen und drücke die Hand, die meine Brust umfaßt, zusammen, brauche seine Nähe, die in vielerlei Hinsicht unkomplizierter wurde, seit er nicht mehr gesund ist.

Ich überlege, das Gespräch mit Sigrid zu üben, verwerfe die Idee aber gleich wieder. Auch wenn Sigrid und andere Ärzte konstatiert haben, er würde sich an keinen von uns mehr erinnern, erhasche ich ab und zu etwas anderes an ihm, eine Bewegung oder einen Blick, der nicht Krankheit ist – und weil keiner wirklich wissen kann, was er mitkriegt und was nicht, habe ich mich entschieden zu unterstellen, er verstehe mehr, als wir glaubten.

»Ich habe übrigens gerade lange mit Sigrid gesprochen«, sage ich und stehe vom Bett auf. »Ich soll dir schöne Grüße ausrichten und dir sagen, daß sie dich vermißt«, erzähle ich weiter, während ich ihn ins Bad schiebe, vor den Spiegel stelle und sein Rasierzeug heraushole.

Für einen kurzen Augenblick betrachte ich uns, sehe uns in vertauschten Rollen: ich abgemagert und funktionslos im Rollstuhl und ein starker, gesunder Gustav hinter mir, bereit, mir bei meinen Grundbedürfnissen zu helfen. Niemals, denke ich. Ich werde nie hier landen, so werde ich nicht enden! Ich verteile weißen Schaum auf Gustavs Haut, rasiere mit gleichmäßigen Bewegungen Wangen, Kinn und Hals, er macht die Augen zu. Als ich fertig bin, werde ich unruhig, will schnell weg, weg aus dem Pflegeheim und weg von diesem Geruch nach Krankheit um uns herum.

»Du, ich kann heute nicht lange bleiben«, sage ich.

Gustavs Blick geht an meinem Kopf vorbei aus dem Fenster oder vielleicht sieht er auch ganz woanders hin.

»Entschuldige. Wir sehen uns morgen wieder.« Ich streichle ihm über den Kopf, führe die Bewegung zu meinen Haaren hin fort, fahre mit der Hand vom Haaransatz nach hinten.

Auf halbem Weg stoppe ich die Bewegung, greife fest zu, spüre den Widerstand der Kopfhaut und lasse los. Erinnere mich daran, daß sich meine Mutter am Tag ihres vierzigsten Geburtstags die Haare abgeschnitten hat, alte Frauen sollten keine langen Haare haben, sagte sie. Ich weiß nicht, was sie damit meinte, ob sie es unschicklich oder nur unpraktisch fand – wie auch immer, ich habe ihr Gebot sowieso nicht beherzigt, meine Haare sind noch lang, dick und kräftig.

Eine dünne Schicht Schnee liegt über der Landschaft, als ich auf den Hofplatz zu Hause einbiege. Ich stelle den Motor ab und bleibe eine Weile bewegungslos sitzen, bis ich Kant im Zwinger bellen höre. Ich gehe um die Garage herum und hole ihn, er bräuchte einen Spaziergang, aber ich muß meine Kräfte einteilen, lege die Priorität darauf, zwei Holzscheite zu holen, um für den Abend und den frühen Morgen versorgt zu sein.

Nicht genügend Kraft zu haben, um die simpelsten Routinen aufrechtzuerhalten, ist eine neue Erfahrung für mich – und trotz aller Erklärungen verstehe ich noch immer nicht, wodurch diese Schlappheit verursacht wird, warum sich Arme und Beine schwer anfühlen, als würde ich mich durch eine zähe Masse bewegen, wenn doch der Krebs nachweislich im Bauch steckt.

»Wir haben in einem Bereich des Dickdarms Krebs gefunden«, sagte der Arzt. Mir ist peinlich, wie sehr mich das überraschen konnte, fast wäre mir die Kinnlade heruntergefallen, aber das war nur die erste Reaktion. Vielleicht habe ich gedacht, ich wäre eine medizinische Ausnahme, da ich nie wirklich krank wurde, immer einen funktionierenden Körper hatte, fast über die Maßen gesund und gemäß der ständig allgemein bekannten, wechselnden Gesundheitsratschläge gelebt habe. Vielleicht habe ich aber auch gedacht, es gäbe so was wie eine Gerechtigkeit in der Welt, und Gustavs Krankheit hätte mich immun gemacht, er hätte für mich und alle um uns den Kopf hingehalten. Was es auch war, das Gefühl kann ich jetzt nicht mehr hervorrufen, es ist in der neuen Wirklichkeit, die sich aufgetan hat, verschwunden.

Ich habe das Gespräch mit Sigrid geprobt. Habe Kant in den letzten Tagen auf mindestens zehn verschiedene Arten erzählt, daß ich Krebs habe. Es hilft nichts, mir graut es genau wie zuvor, ich weiß nicht, wie ich es formulieren soll, damit zugleich unmißverständlich klar wird, ich erwarte nichts von ihr. »Natürlich brauchst du nicht nach Hause zu kommen«, habe ich zu Kant gesagt und es in derselben Sekunde bereut.

In den Gesprächen mit ihm habe ich auch um Entschuldigung gebeten, was ich gegenüber Sigrid nicht schaffen werde, das weiß ich. Ich weiß, sie meint, ich sei ihr eine Entschuldigung für ihre ganze Kindheit schuldig, als hätte ich sie zerstört, ihre Voraussetzungen für ein anderes Leben, andere Entscheidungen. Das geht derart zu weit, daß ich mich dazu nicht rational verhalten kann. Jedesmal, wenn ich mit ihr spreche, überwältigen mich ihre knapp unter der Oberfläche bebenden Anschuldigungen, ausgedrückt in abgebrochenen Sätzen, deren Fortsetzung ich selbst verstehen soll, durch selbstmitleidige Seufzer und lange Pausen; ich sehe vor meinem inneren Auge den Gesichtsausdruck, den sie bekommt, wenn Magnus oder ich oder wer auch immer etwas erwähnt, das sie an ihre Kindheit erinnern könnte: leidend und vielsagend. Nach einem solchen Gespräch habe ich in den Handflächen Kerben von meinen Fingernägeln. Bestimmt vergrößert sich das Schmerzhafte und Schlimme in Sigrids Kindheitserinnerungen mit jedem Mal, da ich mich nicht entschuldige, aber es bringt nichts, gegen ihre Erinnerungen zu argumentieren, zumindest ist es sinnlos, meine eigenen dagegenzuhalten.

»Keine Regensachen, nie«, sagte Sigrid vor vier Jahren, »an jedem einzelnen Regentag in meiner Grundschulzeit war ich naß.« Wir saßen zu zweit in meiner Küche, Aslak und Viljar waren schon im Bett, und Sigrid war den ganzen Abend ruhelos herumgewuselt, auf eine Gelegenheit wartend, wie ich später verstand, und meiner Erinnerung nach sprachen wir eigentlich über den Gebrauch von Nynorsk in der Schule, als plötzlich das mit den Regensachen aus ihr herausplatzte. Natürlich war es nicht wahr, ich bin mir sicher, daß ich sie an vielen regenverhangenen Morgen mit der Regenjacke genervt hatte, aber als ich verstand, was sie mir zu sagen versuchte, loderte ohnedies meine alte Verteidigung auf, ich schüttelte den Kopf, der Herzschlag pulste in den Schläfen. »Das habe ich nicht nötig, Sigrid«, sagte ich. »Mir war furchtbar kalt, ich habe die ganze Grundschulzeit gefroren«, schmetterte sie mir entgegen, »weißt du eigentlich, wie kalt es ist, einen ganzen Schultag in nassen Socken dazusitzen und zu frieren, weil man sich nicht traut, sie auszuziehen, vor lauter Angst, daß es jemand herausfindet?« Sie wirkte, als würde sie gleich losheulen. »Was herausfindet?« schnaubte ich. Sie starrte mich an. »Was herausfindet«, wiederholte ich etwas ruhiger, wartete ihre Antwort aber nicht ab. »Mal ehrlich, Sigrid, du hast aus nächster Nähe gesehen, wieviel Gustav gefordert hat, wieviel ich geopfert habe. Wenn du in deiner Grundschulzeit an ein paar Tagen nasse Socken gehabt hast, dann tut mir das natürlich leid, aber du warst bestimmt nicht die, der es bei der ganzen Sache hier am schlechtesten ging«, sagte ich so beherrscht wie möglich. Sie antwortete nichts, wartete ein paar Sekunden, stand auf und ging. Damals wachte ich nachts auf und erinnerte mich mindestens an ein Mal, als Sigrid zur Schule gehen wollte und ich sie aufforderte, Stiefel anzuziehen, wie sie dann wütend geworden und aus dem Haus gestürmt war, hinaus in den eiskalten Regen, in Jeansjacke und Joggingschuhen.

Sie ruft erst um halb elf Uhr abends an, das Klingeln des Telefons weckt mich jäh, ich war vorm Fernseher eingeschlafen.

»Schläfst du?« fragt sie, als sie meine Stimme hört, wirkt überrascht, fast skeptisch.

»Ach, nein«, sage ich. »ich sitze nur über der Korrektur von ein paar Klausuren.«

Für ein paar Sekunden wird es still.

»Du, Sigrid, es gibt etwas, über das ich mit dir sprechen muß.« Ich schlucke, fasse mir an den Bauch, spüre die Krebszellen sich in den Tiefen meiner Eingeweide in irrsinniger Geschwindigkeit vermehren.

Sie antwortet nicht, aber ich höre sie tief einatmen.

»Ich weiß nicht, ob ich dir erzählt habe, daß ich mich seit einer Weile etwas angeschlagen gefühlt habe«, fange ich an und weiß ganz genau, daß ich kein Wort über die Übelkeit und die Schlappheit verloren habe, die ich wochenlang versuchte zu ignorieren; wie ich mich auf dem Weg zu der kleinen Hütte dreihundert Meter oberhalb unseres Hauses auf halber Strecke zum Ausruhen auf einen Stein setzen mußte; wie ich plötzlich merkte, daß die Hosen am Bauch locker saßen und an Schenkeln und Po schlackerten; wie ich es auf den November geschoben habe, der mich mit seiner umfassenden, ereignislosen Dunkelheit immer depressiv macht.

Sigrid antwortet noch immer nicht. Ich hoffe, sie atmet.

»Ich habe gedacht, das kommt von der Jahreszeit, daß es draußen so früh dunkel wird, du weißt ja, wie ich die Dunkelheit hasse«, spreche ich weiter, höre das Selbstmitleid mit Sigrids Ohren, würge mich selbst ab. »Aber dann habe ich trotzdem einen Termin beim Arzt gemacht, ich wollte dich nicht damit belasten, und du hättest ja auch nichts anderes sagen können, als daß ich zum Arzt gehen und ein paar Untersuchungen machen lassen soll …« spreche ich weiter, spüre, daß Sigrid ausschließlich Kritik hört und daß ich ihr ein schlechtes Gewissen machen will.

Sie räuspert sich. Ich gebe ihr einen Augenblick, um eventuell etwas zu sagen, sie bleibt still.

»Und man hat mich zu einer Untersuchung geschickt, bei der sich herausgestellt hat, daß in meinem Dickdarm Krebs ist«, sage ich schließlich.

»Soll operiert werden?« fragt Sigrid nahtlos nach.

»Ja, schon nächsten Dienstag«, antworte ich. »Die Ärzte sind sehr optimistisch, Sigrid, sie haben gesagt, sie seien voller Hoffnung, daß ich wieder ganz gesund werde.«

»Das ist gut. Aber sie haben keinerlei Anzeichen dafür gefunden, daß er gestreut hat?« fragt Sigrid nach, weiterhin ganz ruhig, ich spüre einen Anflug von Enttäuschung.

»Nein, dazu haben sie nichts gesagt«, antworte ich. »Aber im Augenblick ist das Wichtigste für mich, daß du und Magnus euch nicht zu viele Sorgen macht. Alles wird gut.«

»Nein, Mama, für dich sollte jetzt das Wichtigste sein, dich vorzubereiten«, antwortet sie.

Ich muß ihr ihre Art der Reaktion zugestehen, aber die kühle Ruhe in Sigrids Stimme schürt so was wie Verzweiflung in mir.

»Natürlich, ich werde mich natürlich vorbereiten … aber ich gestehe, ich habe ein wenig Angst.« Meine Stimme zittert.

Mir wird klar, daß ich wieder zu große Erwartungen an das Gespräch, an Sigrids Reaktion gehabt habe, und sich ein Teil in mir ein bißchen darauf gefreut hat, ihr davon zu erzählen, weil ich dachte, es würde etwas in ihr erzwingen oder zwischen uns.

»Ich muß mit Amir und Camilla sprechen, aber ich gehe davon aus, daß ich meine Patienten abgeben kann und komme spätestens am Montag«, sagt Sigrid, die Angst verfliegt im Nu.

»Natürlich brauchst du nicht nach Hause kommen«, flüstere ich, meine Stimme ist beinahe tonlos, ich bin vor Dankbarkeit überwältigt, und glücklicherweise hat Sigrid es nicht gehört oder überhört.

Am Sonntag wache ich mit Bauchschmerzen auf. Nachdem ich Sigrid und Magnus von meinem Krebs erzählt, mein Kranksein öffentlich gemacht habe, bin ich jeden Morgen von Schmerzen wach geworden.

Ich gehe ins Bad, nehme zwei Paracetamol, drehe die Fußbodenheizung einen Tick höher, fröstle beim Anziehen des Badeanzugs, er sitzt an Brust und Bauch lose, und wickle mich in den Bademantel, bevor ich im Spiegel zuviel von mir sehen kann. Schlüpfe in die Stiefel, rufe Kant und gehe nach draußen. Es ist noch dämmrig, ich trete vorsichtig auf, um auf dem glatten Boden nicht auszurutschen, kenne auf dem Weg zum Wasser zwar selbst blind jeden Stein und jede Erhebung, traue aber meinen Beinen, meinem Gleichgewichtssinn oder anderen wichtigen Funktionen in meinem Körper nicht mehr. Auf dem Bootssteg bleibe ich stehen und blicke übers Wasser: Auf den Gipfeln der hohen Berge rundum liegt jetzt eine versöhnliche Schicht Neuschnee, sie zeichnen sich sanft und wohlwollend vor all dem Dunkel ab, und ich spüre die Wut in mir pochen.

Als ich Magnus anrief, wurde er erst traurig und dann wütend, wo da die Gerechtigkeit sei, schrie er. Ich lachte halbherzig und antwortete, so funktioniere die Welt leider nicht. Sollte sie aber, Scheiße, das sollte sie aber, wütete er. Ihn so zu hören machte mich sehr traurig, aber zugleich war es nach Sigrids distanzierter Reaktion auch befriedigend, und seit dem Gespräch mit Magnus braut sich in mir etwas zusammen. Nicht ein Gefühl von Ungerechtigkeit, das ist zu vage, zu ungreifbar, sondern ein Gefühl von Verrat, genauer gesagt: daß mich mein Körper im Stich läßt. Plötzlich ist er von Geist und Seele getrennt, und ich befinde mich in einem unmöglichen Krieg mit ihm.

In den letzten vierzig Jahren habe ich buchstäblich jeden Morgen vom Bootssteg aus ein Morgenbad genommen, im Sommer schwimme ich die knapp zweihundert Meter zu der am weitesten entfernten Boje und wieder zurück, im Winter vier Züge hinaus und vier zurück. Zunächst hatte mich Gustav zum Teil seines allmorgendlichen Schwimmens gemacht, seiner Meinung nach der beste und gesündeste Start in den Tag, egal zu welcher Jahreszeit. Nach meiner ersten Nacht hier auf dem kleinen Hof, den er von seinem Vater geerbt hatte, dachte ich, er mache einen Witz, als er meinte, er gehe runter, schwimmen. Es war der erste Januar und so kalt, daß das Eis bis ans Land reichte. Gustav sprang durch die dünne Eisschicht, winkte mir vom Wasser aus zu, Dampf stieg von seinem Körper und Mund auf. »Ich bleibe hier, bis du kommst«, rief er.

Jeden Morgen, den wir in unserem Haus aufgewacht sind, waren wir schwimmen, vor Kaffee, Frühstück und Gesprächen. Bis Gustav so krank war, daß er nicht mehr gehen konnte, bestand er auf sein Morgenbad im See. Lange mußte ich ihn stützen und unter den Armen halten, während er sich von der

Leiter ins Wasser gleiten ließ, und ganz am Schluß, als er im Rollstuhl gelandet war, rollte ich ihn auf den Steg, eingepackt in eine Decke über dem Schlafanzug, wütend. Von dort sah er mir zu, wie ich ins Wasser sprang.

Ich gebe mich in der ersten Schlacht gegen meinen Körper geschlagen und steige vorsichtig über die Leiter ins Wasser, anstatt hineinzuspringen, spüre, wie mich die Kälte umschließt, freue mich, daß die Instinkte noch funktionieren, der Körper will raus, ins Sichere, ich mache die obligatorischen Schwimmzüge, tauche beim letzten Zug Richtung Leiter zurück mit dem Kopf unter, es sticht auf der Kopfhaut wie Nadeln, ein Gefühl von Sieg und Strafe zugleich.

Danach frühstücke ich vorm Ofen, im Bademantel und mit dem Laptop auf dem Schoß. Diese Appetitlosigkeit ist mir fremd und hat in den letzten Tagen an Intensität zugenommen, vielleicht wegen des Krebses, vielleicht auch aus Angst davor. Mir ist nicht übel, aber der Gedanke, etwas zu kauen, zu schlucken, ganz egal was, ist widerlich, denn in mir befindet sich ein schleimhautfarbiger Tumor, der wächst und blutet, und alles, was ich in mich hineinstopfe, muß an dem vorbei.

Ich weiß, daß ich essen muß, daß der Körper nach Nahrung verlangt, aber ich schwanke die ganze Zeit zwischen dem Gedanken, er könne mich mal gernhaben, und dem aufrichtigen Versuch, ein Hungerfühl heraufzubeschwören, indem ich mir beispielsweise in Erinnerung rufe, wie es war, mit mehreren Kilo Salzstein auf dem Rücken nach einem Aufstieg über die steilen Berghänge die Alm zu erreichen – und den anschließenden Geruch von auf dem Holzofen in Butter gebratenem

Speck und Käsebrot. Es hilft nichts, ich habe aufgegeben und das ganze Wochenende zum Frühstück und Abendessen nur Naturjoghurt mit einem symbolischen Klecks Haferflocken gegessen.

Ablenkung hilft, also breche ich mit meinem Grundsatz, nicht derart zu verwahrlosen, um vor Fernseher oder Rechner zu essen, wie ich es nach Gustavs Umzug, als ich so ohrenbetäubend allein war, beschlossen hatte. Auch wenn es am Ende mit ihm hier zu Hause unerträglich gewesen war und ich mich nur nach einer Mahlzeit gesehnt hatte, die von seinen brutalen Ausbrüchen verschont blieb, dachte ich danach mitunter, vielleicht wäre es wert gewesen, sie zu ertragen, allein schon, um jemanden zu haben, mit dem ich zu Abend aß.

Magnus hat mir Fachartikel über die jüngste Krebsforschung geschickt, die Entwicklung verlaufe in rasendem Tempo, schreibt er in einer Mail, das hier klinge verheißungsvoll, in einer anderen. Ich zögere, die Links anzuklicken. »Nicht googeln, versprechen Sie mir das«, bat mein Hausarzt, »wenn Sie etwas wissen wollen, rufen Sie lieber mich an – wobei Sie haben ja auch eine Ärztin zur Tochter, das schadet in solchen Situationen nichts«, sprach er weiter und lächelte, und ich fragte mich, was er wohl für ein Verhältnis zu seinen erwachsenen Kindern hat. Ich habe nicht gegoogelt, habe von den Artikeln, die mir Magnus geschickt hat, keinen gelesen, außer dem ersten, und der hat mich vor allem derart unter Streß gesetzt, daß ich nicht schlafen konnte. Schlaflos mußte ich an die Forschung denken, die genau jetzt in Laboren dieser Welt stattfand, an all die Durchbrüche, an weißgekleidete Menschen, die über geglückte Versuche jubelten, über die ich mich aber nicht mehr würde freuen können, und mich beschlich das Gefühl, nur ein paar Jahre zu früh Krebs bekommen zu haben.

Ich kann mich nicht überwinden, wegen auch nur einer einzigen der in den letzten Tagen aufgetauchten Fragen Sigrid anzurufen. Sie hat ein paar Nachrichten geschickt, unter anderem mit der Frage, ob sie mit meinem Hausarzt sprechen könne und ich ihn dafür von seiner Schweigepflicht entbinden würde – als wäre das eine Selbstverständlichkeit. Ich wagte nicht zu fragen, was das beinhalte, ob sie dann Zugang zu meiner gesamten Krankenakte bekomme, erschauderte bei dem Gedanken, was mein Arzt womöglich im Laufe der Jahre, insbesondere in der Zeit nach Gustavs erstem Rückfall, über mich notiert hatte – wieviel von dem, was damals aus mir herausströmte, hatte er aufgeschrieben? Daß ich mir wünschte, wir hätten keine Kinder bekommen? Daß ich mir wünschte, jemand würde kommen und die Verantwortung übernehmen, sie mir wegnehmen? Oder in den Jahren danach, mein ganzes Selbstmitleid.

»Natürlich erhält sie nur Einblick in das, was für die Situation relevant ist«, sagte mein Hausarzt, als ich ihn anrief, und lachte leicht, »ich habe nicht im geringsten vor, ihr all das andere auszuhändigen«, fügte er hinzu und bestätigte mir damit indirekt, daß darin viel stand, was er an meiner Stelle Sigrid nicht zeigen würde. Nachdem wir aufgelegt hatten, schoß mir in den Kopf, ich hätte nachfragen sollen, was mit meiner Akte geschehe, falls ich sterben würde, und da hatte ich zum ersten Mal das intensive Gefühl, daß ich sterben werde. Nicht als vage Gewißheit, die jeder hie und da verspürt, daß man beispielsweise jeden Augenblick von einem Auto überfahren oder irgendwie anders verunglücken könnte, auch nicht der immerwährende, weit entfernte Fakt, daß jeder von uns irgendwann stirbt, sondern ein Gefühl von etwas, das mich einfing, mich bezwang.

Ich habe keine Ahnung, worüber Sigrid und mein Hausarzt gesprochen haben, ob sie eine andere Diagnose erhalten hat als ich, ob sie vereinbart haben, was sie mir erzählen und was nicht, wie wichtig es sei, daß ich die Hoffnung nicht aufgäbe – und daß es deshalb nicht ratsam sei, mir zu sagen, wie gering meine Überlebenschancen eigentlich sind. Es brächte überhaupt nichts, die Wahrheit zu beschönigen, hatte ich zu dem Arzt, der mir die Krebsdiagnose überbrachte, gesagt, als ich gehen sollte und mir die Tür aus seinem Sprechzimmer plötzlich wie ein unüberwindbares Hindernis vorkam, als würde ich mit dem Öffnen dieser Tür die Tür zu einer Wirklichkeit öffnen, mit der ich mich keinesfalls konfrontieren konnte, also versuchte ich statt dessen Zeit zu schinden. Wir hatten da bereits mehr als eine Stunde gesprochen, über den Behandlungsverlauf und den möglichen Ausgang – sprich beide Möglichkeiten –, und sein Tonfall klang allmählich nach Gesprächsende. »Ich beschönige nichts. Versprochen«, hatte er geantwortet, »aber ich muß mich jetzt dringend um den nächsten Patienten kümmern. Sie können mich jederzeit anrufen.«

Am Nachmittag hören Kant und ich, wie Sigrid unten die Haustür aufmacht, hören sogar ihre Schritte im Flur, ich bin mir der Geräusche so sicher, daß ich ihr die Treppe hinunter entgegengehe. Sie ist nicht da, die Tür ist zu, auf dem Boden ist nichts zu sehen, keine Spuren. Als ich mich umdrehe, um wieder nach oben zu gehen, höre ich sie direkt vor der Tür Aslak irgendetwas zurufen, dann macht sie auf.

»Hallo«, sagte sie, wirkt überrascht, daß ich schon im Flur stehe, bereit, sie in Empfang zu nehmen.

»Dein Wachtgeist ist vor fünf Minuten gekommen«, erkläre ich lachend und gehe ihr entgegen. »Hallo, mein Schatz.«

Ich lege beide Arme um sie, umarme sie etwas zu lange, sie erwidert die Umarmung ein paar Sekunden und tritt dann einen Schritt zurück.

»Hat dich der Krebs auch noch abergläubisch gemacht?« sagt sie mit einem Lächeln.

»Auch noch?« frage ich nach.

Bevor sie antworten kann, kommen hinter ihr Aslak und Mia mit beruhigend viel Gepäck durch die Tür, Viljar drängelt sich an ihnen vorbei, läuft auf mich zu, ich kann gerade noch in die Hocke gehen, bevor er sich gegen mich wirft, seine kleinen Arme klammern sich um meinen Hals. Ich lasse ihn so stehen, so lange er möchte, bemerke seinen Atem an meinem Ohr und den Geruch aus Matschanzug, Viljar, Auto und Käseflips.

»Ah, ist das schön, dich zu sehen«, flüstere ich in seine Haare.

Er entdeckt Kant und läßt mich abrupt los, ich verliere das Gleichgewicht und muß mich mit der Hand am Boden hinter mir abstützen. Registriere Sigrids musternden Blick, doch sie sagt nichts.

»Hallo«, begrüßt mich Aslak, als ich aufstehe, und läßt mir ebenfalls eine großzügige feste Umarmung zuteilwerden. »Ach Mensch, Anne, was für ein Mist! Wie fühlst du dich?«

Ich habe beschlossen, nicht zu jammern, ich werde – ganz egal, was geschieht – präzise und ehrlich sein, und ich werde nicht rumjammern.

»Danke, eigentlich ganz okay. Nur ein bißchen schlapp«, sage ich, und auch Mia umarmt mich knapp, sie ist Sigrid so ähnlich, daß ich lächeln muß.

»Kein Wunder, wenn du so wenig ißt, wie du aussiehst.« Sigrid beugt sich bei diesen Worten zu ihren Stiefeletten hinunter, um die Schnürsenkel zu öffnen. »Und außerdem solltest du dir etwas mehr Wärme gönnen, es ist ja eiskalt hier.«

»Kein Wunder, daß es dir kalt vorkommt, wenn du im Winter so dünne Stiefeletten anziehst«, entgegne ich und lache, auch wenn Sigrids Kleidungs- und Schuhwahl, ihre Schminke, Haltung und Stimme, ganz offensichtlich eine Distanz markieren sollen, zum Dorf, zum Hof, zu mir.

4

Ich muß hart schlucken, um das Weinen, das gegen Hals und Brust preßt, zu unterdrücken, und bücke mich, um die Stiefeletten auszuziehen. Der Geruch des Hauses, Mamas Anblick.

Ich war seit Weihnachten vor einem Jahr nicht mehr hier, habe Aslak und Viljar an Ostern auf eine mißglückte Reise nach Italien geschleppt und bin im Sommer Mama zuvorgekommen und habe sie und Magnus in unsere fast nie benutzte Hütte im Sørlandet eingeladen. Während wir heute durchs Gebirge fuhren, dem Dorf näher und näher kamen, erhielt ich die Bestätigung für das Warum. Mein Widerstand drückt sich schier physisch aus, ich kriege Schmerzen in Rücken und Nakken, mir wird fast schlecht. »Aber was *ist* das?« hat Aslak gefragt. »Einfach der ganze Ort«, war meine Antwort. »Die ganze Atmosphäre, die Menschen, die Erinnerungen.« Welche Erinnerungen das seien, hatte er irgendwann im Versuch mich zu verstehen gefragt, als ihm klar wurde, daß die Sache mit dem Umzug nach Oslo nicht nur ein vorübergehendes Hirngespinst war. Und seine Vorstellung und sein Wunsch von uns vieren – gerne auch fünf – auf seinem Hof allmählich dahinwelkte. »Das weißt du doch, all das mit Papa und Mia und …« hatte ich geantwortet und mich selbst unterbrochen, bevor ich Jens in das Knäuel aus Erinnerungen verstricken konnte. »Ganz zu schweigen von dem ganzen Blödsinn, den ich angestellt habe«, fügte ich hinzu, wollte das Gespräch anderswohin lenken. »Du warst nicht rebellischer als die meisten Siebzehnjährigen«, ließ Aslak nicht locker. »Es war keine Rebellion«, entgegnete ich, »um zu rebellieren, braucht man jemanden, dem das nicht egal ist, jemanden, gegen den man sich auflehnen kann.« Aslak bekam den üblichen resignierten Ausdruck, wenn ich etwas Negatives über Mama sage. »Du weißt, daß sie quasi jeden Geburtstag von mir vergessen hat?« fragte ich.

Zumindest fünf meiner Geburtstage hat Mama vergessen, am besten erinnere ich mich an meinen fünfzehnten. Magnus hat genau einen Monat vor mir Geburtstag, und da waren Mama und ich früh aufgestanden, hatten den Holzofen in der Küche angeheizt und Waffeln gemacht, bevor er wach wurde. Sie hatte den Teig angerührt, und während sie Papas Morgenpflege besorgte, hatte ich sie gebacken. Dann war sie, als ich den Tisch deckte, zum morgendlichen Schwimmen zum Wasser gegangen und mit einem Sträußchen Veilchen wiedergekommen, das sie in einem kleinen Glas auf den Tisch gestellt hatte.

Wir hatten nie irgendwelche festen Geburtstagstraditionen gehabt, aber an meinem fünfzehnten Geburtstag wachte ich trotzdem mit einer gewissen Erwartung auf, blieb lange liegen und lauschte auf Geräusche aus der Küche oder aus Magnus' Zimmer. Schließlich stand ich in einem stillen Haus auf, die Küche war leer. Mama fand ich in Papas Zimmer, wo sie sich auf die Matratze neben seinem Bett gelegt hatte. »Das macht es nur schlimmer«, hatte sie eines Nachts gesagt, als ich wach wurde, weil sie aufgestanden war und vor meinem Zimmer den Flur putzte, bestimmt um mich zu wecken – »so nahe bei ihm zu liegen und trotzdem so weit entfernt zu sein, das ist fast Folter, mein Körper schreit schier nach seinem.« Frierend hatte ich in meinem Nachthemd vor ihr gestanden und nicht gewußt, was ich darauf antworten sollte.

Sie wachte an meinem Geburtstag erst auf, als ich die Tür zu Papas Zimmer schloß, folgte mir in die Küche, wo ich mitten im Raum stand und nicht wußte, wohin mit mir. »Brr, ist es hier kalt«, sagte sie und schlug die Arme um sich, »kannst du ein bißchen Holz reinholen, dann mache ich Feuer.« Bis heute erinnere ich mich daran, wie ich auf dem Weg zum Holzschuppen eine Möglichkeit nach der anderen durchspielte, wie ich sie daran erinnern konnte, was für ein Tag war, ohne es sagen zu müssen, so daß sie selbst noch darauf kam, bevor es zu spät war. Ich trödelte mit dem Holz, damit Magnus die Chance hatte aufzustehen, bevor ich zurück war, aber sein Fenster blieb dunkel. Schließlich ging ich wieder hinein, Mama hatte Kaffee aufgesetzt, ich hörte sie im Bad unten. »Kannst du auf den Kaffee aufpassen, während ich schwimmen gehe, Sigrid«, rief sie und dann fiel die Haustür hinter ihr zu.

Mit dem Eintreffen bei Mama ist für Aslak das Gespräch beendet, er hat sie ziemlich gern. Die Male, die ich davon erzählt habe, wie sie ab Papas Krankheit quasi in ihm und sich selbst verschwunden war, hat er zugehört und versucht zu verstehen, erkennt aber nicht das Problem daran. Und auch für mich klingt es, wenn ich es laut ausspreche, nicht besonders problematisch, insbesondere nicht mehr, seit ich die Auswirkungen richtiger Vernachlässigung in der Kindheit gesehen habe, wie bei Frida. Aber der Vergleich ändert nichts an den Gefühlen, sie sind ebenso stark, mitunter lähmend.

»Habt ihr Hunger?« fragt Mama jetzt, geht vor mir die Treppe hoch, alles an ihr ist so vertraut, nah, ich möchte sie umarmen, sie festhalten, gehalten werden und zugleich nur zurück nach Oslo, Distanz zu ihr gewinnen.

»Ich könnte essen«, sagt Mia hinter mir.

»So kannst du das auf norwegisch aber nicht sagen«, bemerke ich, ohne mich umzudrehen.

»Okay. I could eat«, sagt Mia.

Aslak lacht natürlich. Das letzte Mal, als wir hier waren, letztes Jahr zwischen den Jahren, hatte Mia entschieden, bei Jens und Zadie zu bleiben. »Die Fahrt dauert ewig«, hatte sie erklärt, »und nachdem ich am Heiligabend und ersten Feiertag bei euch war, ist es genaugenommen nur gerecht, wenn ich das restliche Weihnachten bei ihnen verbringe.« Der Gebrauch des Worts gerecht brachte mich dazu, das Gespräch abzuhaken, während es in Aslak fortwirkte. Ich habe die verbleibende Weihnachtszeit und das gesamte letzte Jahr auf den Versuch verwendet, Mias Entscheidung auszugleichen, war liebevoll und nett, während sich Aslak immer mehr von mir entfernte, immer demonstrativer und anstrengender wurde. Zumindest dachte ich das bis jetzt, bis letzte Woche, als er auffällig zugewandt war und ich mich bei der Frage erwischt habe, wer von uns dreien, Mia, Aslak und mir, eigentlich den anderen am meisten von sich stößt oder zu sich zerrt. Alles in allem lautet meine Schlußfolgerung: Es ist Jens' Schuld, vor seiner Rückkehr war alles gut, ich wünschte, er wäre im Sudan geblieben.

Mamas Haus ist viel zu groß, bisher habe ich nie darüber nachgedacht, wie groß, all diese Treppen und Ecken und Winkel und Schränke, an die Mama nur rankommt, wenn sie auf einen Stuhl steigt. Die Feststellung, daß es in den Badezimmern noch die Haltegriffe gibt, daß von der hinteren Haustür eine Rampe zur Böschung führt, erleichtert mich. Mama kann praktisch in diesem einen Stockwerk wohnen, sie muß nicht ihr Schlafzimmer oben nutzen, ich sehe das Haus auf der Suche nach weiteren Gründen dafür, daß Mama hier auch in Zukunft allein leben kann, daß niemand hier sein und auf sie aufpassen muß, mit ganz neuen Augen.

»Sie wird wieder gesund«, habe ich zu Aslak an dem Abend gesagt, als mir Mama von dem Krebs erzählt hatte. Hatte nach dem Auflegen bestimmt eine halbe Stunde wie betäubt in der Küche gesessen, erst wütend darüber, daß es ihr so lange nicht gutgegangen war und sie mir nichts davon gesagt hatte, als wollte sie etwas beweisen. Danach hatte ich Panik bekommen, nicht in erster Linie, weil sie sterben würde, sondern wegen allem, was jetzt auf sie wartete – Angst, Schmerzen, Nebenwirkungen und ein Schritt in Richtung Tod. Und dann wurde ich wütend auf mich selbst, bekam wie immer nach einem Gespräch mit ihr ein schlechtes Gewissen wegen der Art, wie ich geantwortet hatte, wegen allem, was ich hätte sagen sollen, ich hatte sie nicht einmal gefragt, wovor sie am meisten Angst habe, denn natürlich hatte sie Angst. Ich stellte mir Mama zu Hause in der Küche vor, in dieser neuen Einsamkeit, allein mit einem kranken Körper.

»Du kennst sie doch, ich kann mich bei ihr noch nicht einmal an eine Erkältung erinnern«, sagte ich zu Aslak. »Ja, natürlich wird sie gesund«, antwortete er. »Sie hat sämtliche Voraussetzungen, um gesund zu werden«, sprach ich weiter. »Absolut«, bestätigte Aslak. »Sie ist vitaler als ich«, sagte ich, »du weißt, daß sie noch immer jeden Morgen schwimmen geht?« Aslak nickte. »Und sie hat doch erst vor ein paar Wochen noch ein Foto aus der Hütte geschickt, also kann es ihr noch nicht sehr lange schlecht gehen«, sagte ich. Aslak legte sich dicht zu mir und strich mir über den Rücken. »Sie hat kein Wort gesagt«, brach es aus mir hervor, »sie hat es nicht erwähnt.« Er zog mich eng an sich. »Ich konnte doch an diesen bescheuerten Selfies, die sie uns schickt, nicht sehen, daß etwas nicht stimmt«, sagte ich an seiner Brust. Meine Stimme brach. »Natürlich nicht«, flüsterte er, »natürlich nicht.«

Vor dem Abendessen gehe ich mit Viljar den leeren Hühnerstall anschauen. Es macht einen unerwartet großen Eindruck, nicht auf Viljar, auf mich. Mein Verhältnis zu Papas Schafen oder Mamas Hühnern war nie ein besonderes gewesen, eigentlich habe ich gedacht, ich hätte keinerlei Verhältnis zum Bauernhof an sich. Aber das leere Gehege strahlt eine Verlassenheit aus, die leeren Legekästen und Schafboxen, die fehlenden Geräusche und Gerüche, ein Gefühl, daß etwas vorbei ist.

»Komm, gehen wir wieder rein«, sage ich nach nur wenigen Minuten, ziehe Viljar aus dem Stall, knipse das Licht aus, schließe das Tor und mache das Hängeschloß davor.

»Hast du mit Magnus gesprochen?« fragt Mama beim Essen.

»Ja, so gut wie jeden Tag in der letzten Woche«, antworte ich, Mama freut sich.

Bei ihrem letzten Besuch bei uns in Oslo stand sie lange vor dem Foto von Magnus und mir auf unserem Hausberg, wir haben Langlaufski an den Füßen und Magnus' Arm liegt um meine Schulter, wir lächeln mit ähnlichen Mündern, großen und geraden Zähnen. Den Stirnfransen nach zu urteilen, bin ich ungefähr siebenundzwanzig. »Wenn die eigenen Kinder als Erwachsene noch immer enge Freunde sind, weiß man, man hat als Eltern nicht komplett versagt«, bemerkte Mama und lächelte das Bild an.

»Ich habe ihm gesagt, er braucht zur OP nicht heimkommen. Daß er besser dann kommt, wenn du aus dem Krankenhaus raus bist, um dir, wenn wir wieder weg sind, hier ein wenig zu helfen«, sage ich.

»Ganz deiner Meinung«, stimmt Mama zu, wirkt aber, als wäre sie nicht wirklich einverstanden. »Wie lange habt ihr eigentlich vor zu bleiben?«

»Ich habe mir jedenfalls die Woche freigenommen«, antworte ich.

Wie immer werde ich unsicher, ob sie fragt, weil sie uns hier haben möchte oder weil sie es anstrengend findet. Früher bin ich zu dem Schluß gekommen, es sei eine Mischung, sie sei auch diesbezüglich ambivalent – einsam, aber Gesellschaft nicht ertragend.

»Schön«, antwortet sie und meint das offenbar auch, obwohl Viljar im selben Augenblick mit übertriebenen Grimassen einen Bissen Frikadellen ausspuckt.

»Das schmeckt komisch«, sagt er.

»Das schmeckt nach Elch«, antwortet Aslak und wendet sich an Mama, »hast du von Papa Fleisch bekommen?«

»Nein, brauchte ich nicht, aber danke. Seit Gustav im Heim ist, ist meine Gefriertruhe randvoll«, antwortet Mama und lacht ein wenig. »Ich dachte, es ist Zeit, daß davon etwas wegkommt.«

Mia räuspert sich, offenbar versucht sie auszurechnen, wie lange das Fleisch in der Gefriertruhe gelegen hat, aber weil sie trotz allem ausgesprochen *für* nachhaltiges Essen und zugleich ausgeprägt schlecht im Kopfrechnen ist, sagt sie glücklicherweise nichts.

»Es schmeckt sehr gut, Mama«, lobe ich.

Der kilometerlange Kiesweg, der von unserem Hof zur Hauptstraße führt, ist voller Löcher. Mamas Ewigkeitsprojekt ist, sie jeden Frühling mit Kies zuzuschaufeln, der dann ein paar Monate später mit dem Herbstregen wieder weggespült wird, woraufhin sie die Prozedur im nächsten Frühling wiederholt und im nächsten und im nächsten und im nächsten. Als ich viel zu schnell durch eine tiefe Kuhle fahre und die hintere Stoßstange am vorderen Rand anschlägt, rufe ich Aslak an und bitte ihn, sich um jemanden zu kümmern, der den Weg entweder asphaltiert oder auf zweckmäßigere Weise mit Kies behandelt. Ich treffe die Entscheidung ohne auch nur den Gedanken, Mama zu fragen, und erkenne, das ist vermutlich die erste von vielen für sie getroffenen Entscheidungen im Laufe des nächsten Jahrs, der nächsten Jahre, des Rests ihres Lebens.

»Jetzt müssen wir uns allmählich mit Eltern auseinandersetzen, die alt und krank sind und sterben«, sagte eine Freundin vor ein paar Jahren. Ich dachte, das wäre für mich anders als für sie, mit Krankheit und Tod hatte ich mich auseinandergesetzt, seit ich sieben war und Papa seinen ersten Schlaganfall hatte –, auch anders, weil ich Ärztin war und ständig von Krankheit umgeben. Ich glaube, ich habe geantwortet, es gebe einen Unterschied zwischen Krankheit und Alter, muß aber einsehen, daß ich jetzt vor allem spüre, Mama ist alt geworden.

Ich bin auf dem Weg zum Pflegeheim, hatte den seltenen Drang, mit Papa zu reden, eines unserer nächtlichen Gespräche am Ende meiner Teenagerjahre zu führen. Da war seine Sprechfähigkeit bereits ausgefallen, und er gab keine Anzeichen, daß er irgendwelche Zusammenhänge begriff. Ich war betrunken in sein Zimmer gekommen, und er hatte fast immer wach dagelegen, den Blick auf die gelben Gardinen gerichtet und darauf wartend, daß Mama ein paar Stunden später kommen und ihm helfen würde. Die ersten Male saß ich an seinem Bett und vermißte ihn stumm, aber mit der Zeit begann ich ihm zu sagen, wie sehr ich ihn vermißte. Er sah mich nicht an, und ich weiß bis heute nicht, wieviel er verstanden hat, aber es machte mich wütend, und in den letzten Nächten, die ich so bei ihm saß, erzählte ich ihm von meinem Leben, so detailliert, intim und ehrlich, daß ich später nervös wurde, er könnte eines Tages seine Sprechfähigkeit zurückerlangen.

Papa wirkt jünger, als ich ihn von meinem letzten Besuch in Erinnerung habe. Er sitzt im Rollstuhl am Eßtisch im Gemeinschaftsraum, trägt ein grünes Käppi, das mir völlig unbekannt ist, habe ihn nie mit Mütze oder Käppi oder überhaupt irgend etwas auf dem Kopf gesehen, er hat immer behauptet, seine Haare seien Isolierung genug.

»Na, hat da jemand ein neues Käppi?« frage ich mit einem Lachen und setze mich neben ihn.

Papa sieht mich an, in seinem Blick liegt keinerlei Erkennen, aber auch kein Zeichen von Unruhe. Ich nehme seine Hand, lege sie mir an die Wange, er läßt es zu. Ein Pfleger, der am anderen Tischende sitzt, lächelt mich an.

»Ja, Anne hat das neulich mitgebracht, soweit ich verstanden habe, war das wohl früher seine Lieblingskopfbedekkung?« fragt er.

»Keine Ahnung«, sage ich und lächle, ich habe keine Ahnung, ob Mama nur mal wieder eine passende Erklärung erfunden hat – wie schon mein ganzes Leben lang –, sie bekommt irgendeine Eingebung oder muß in einem plötzlichen Einfall Papa ein Bedürfnis unterschieben, aber ich kann mir nicht vorstellen, was sie zu dem Gedanken gebracht haben könnte, Papa brauche ein Käppi.

Ich möchte es ihm am liebsten abnehmen, so fehlplaziert wirkt es.

»Ich sage oft zu Gustav, wie glücklich er sein kann, daß er so viel Besuch kriegt.« Der Pfleger läßt den Blick durch den Raum schweifen, wie um mir die Einsamkeit der anderen Bewohner zu zeigen, sie sitzen entlang der Fenster und Wände wie verwaiste Pflanzen, einige schlafen in ihren Stühlen, andere schauen nach draußen in die graue Novemberlandschaft oder starren an die Wand. »Anne ist fast jeden Tag hier«, spricht er weiter, als wäre das etwas Großes, eine Art Großtat von ihr.

»Ja, sie besucht ihn gerne«, gebe ich zurück, lächle und nicke, wie ich Zeit meines Denkens zu jeglichem Ausdruck von Bewunderung über Mamas Durchhaltevermögen gelächelt und genickt habe.

Als Papa den ersten Schlaganfall hatte, war er so alt wie ich jetzt. Ein seltsamer Gedanke, noch schwieriger ist aber die Vorstellung, daß Mama damals sogar noch vier Jahre jünger war, als ich es bin. Sie ist und bleibt auf ewig der Altersmaßstab für mich. Während meiner Schwangerschaft mit Mia fand ich es befremdlich, daß ich ein Kind haben sollte, bevor ich in dem Alter war, in dem sie Magnus bekam. Als wäre etwas aus dem Takt geraten.

Sie war sechsunddreißig, als Papa eines Morgens erst nicht mehr einfiel, was er sich seit zehn Jahren Tag für Tag beim Frühstück aufs Brot legte, und anschließend auf den Tisch kotzte. Ich erinnere mich nur an Letzteres, wie er sich mehrmals erbrach und wie verwirrt er danach aussah. Und ich erinnere mich an den Krankenwagen, wie die Sanitäter ihn vom Küchentisch weg abtransportierten, aber diese Erinnerung ist falsch, denn dann wären die nächsten Jahre anders verlaufen. Mama hat erst nach mehreren Stunden den Krankenwagen gerufen, »von einem Schlaganfall bei Leuten unter Sechzig hatte ich noch nicht einmal gehört«, hat sie später unzählige Male erklärt. »Ich war sicher, daß er einen Kater hat«, gestand sie mir, als ich ungefähr Anfang Zwanzig war, mit verschwörerischem Blick, als sollte ich wissen oder wissen wollen, was hinter und unter diesen Worten lag. Falls sie versucht hatte, mir etwas zu sagen, war ich nicht darauf eingegangen, ich hatte kein Bedürfnis nach einer weiteren ihrer Definitionen von ihm.

Ich erinnere mich an sein Gesicht, das Lächeln, die Mimik, bevor die halbseitige Gesichtslähmung ihm einen dauertraurigen Ausdruck verpaßt hat. Erinnere mich an Fahrten in dem blauen Volvo, wie er mich vom Kindergarten abholte und ich ihn aus weiter Ferne kommen hörte, mit Talking Heads auf voller Lautstärke, offenen Fenstern, seinen langen Haaren und dem wummernden Baß auf dem Weg durchs Dorf zu mir. Die Erwartung in seinem Gesicht, wenn ich mit Plastiktüten voll Platten oder Büchern, die ich für Magnus und mich gekauft hatte, nach Hause kam, wie wir im Wohnzimmer saßen und lauschten oder laut lasen, »hör mal, Magnus, hör, hör auf diese Läufe hier, das ist eine Zwölfsaitige, hörst du.« Er ließ uns laut Strindberg und Bjørneboe lesen, »lies mir den Abschnitt noch einmal vor, Sigrid, einmal noch.«

»Ausgerechnet Gustav«, hatte ein Nachbar nach dem ersten Schlaganfall zu Mama gesagt, wo der doch das Leben so liebe, so aktiv sei und ja, naja, so *Gustav* eben. Als wäre es eine größere Überraschung, irgendwie unangemessener, daß jemand mit einer solchen Lebensgier von einer Krankheit erwischt wurde, als jemand, dessen Lebensstil nicht halb so ausgelassen war.

Mama hat Magnus' alten CD-Player ins Pflegeheim gebracht, er steht auf dem Nachttisch in Papas Zimmer, ich frage mich, ob sie ihm noch immer Musik anmacht, wenn sie allein hier ist, ob sie nebeneinander sitzen und Musik hören wie jeden Abend, bevor er krank wurde. Auch lange, nachdem er krank geworden war, hatte sie ihm Prince oder Bowie angestellt, aber sie hatte selbst nie ein besonders großes Interesse für Musik oder Literatur gehabt, und ohne seine Begeisterung versandete die Sache letztendlich. Sein Interesse für Musik verschwand nach dem ersten Rezidiv, und ich kann mich daran erinnern, wie er nicht mehr lesen konnte, weiß aber nicht, ob damals sein Sehvermögen nachließ oder ob er den Zusammenhang zwischen den Worten nicht mehr verstand, jedenfalls schleuderte er eines Tages einfach ein Buch durchs Wohnzimmer, ohne ein Wort zu sagen.

Ich frage mich, was er davon halten würde, daß ich jetzt mit einem Tastendruck einen Song oder ein Buch suchen und mit einem Klick ins Haus holen konnte, ob er die daraus folgenden Möglichkeiten mit offenen Armen empfangen würde oder ob dadurch etwas für ihn verlorenginge – ob die physische Suche, das Durchstöbern von Läden wie Apollon oder Bokgarasjen an sich schon das Ziel gewesen war. Bei meinem letzten Besuch spielte ich ihm Musik von meinem Telefon vor, und das gefiel ihm, zumindest schloß er die Augen, wobei ich mich fragte, was er wohl wahrnahm, ob ihn »Road to Nowhere« an etwas erinnerte, an ihn und mich nebeneinander mit geschlossenen Augen auf dem Wohnzimmerboden und dem Song in Endlosschleife, damit ich lernte darunterzuhören, wie er es nannte, unter den ersten, zweiten und dritten Eindruck – ob er in ihm überhaupt ein Gefühl von etwas Bekanntem, etwas Gutem hervorrief.

Magnus hat wiederholt gesagt, seiner Vermutung nach wäre es für Mama und Papa besser gewesen, wenn Papa bei dem letzten Schlaganfall gestorben wäre, vielleicht sogar schon beim dritten oder zweiten, daß dadurch, daß sie den Körper hier habe, mit Blicken, Atem, Lächeln, aber trotzdem nur wie ein physischer Abguß, mit dem sie nicht kommunizieren könne, eine größere Sehnsucht und ein schlechteres Gewissen entstanden sei, als wenn es ein Grab gäbe, an das sie gehen könnte. Magnus war, als Papa krank wurde, älter als ich, er hat mehr zu vermissen, spricht aber meist nur davon, was seiner Vermutung nach für Mama am besten gewesen wäre. Als er das zweite Mal so redete, wurde ich wütend, vor allem wegen seiner ungebrochenen Sorge um Mama. Wir fuhren im Auto vom Pflegeheim, in das er ausnahmsweise einmal mitgekommen war, nach Hause. Es sei wohl mindestens genauso wichtig, was für Papa am besten sei, gab ich zurück. »Mein Gott, der ist doch Gemüse«, widersprach mir Magnus überraschend aufbrausend, »er hockt nur da und saugt anderen die Energie aus wie schon sein ganzes Leben lang.« – »Was? Wie kannst du auf ihn wütend sein, aber nicht auf sie«, entgegnete ich laut. »Sie war jedenfalls da«, antwortete Magnus, wandte sich ab und starrte aus dem Seitenfenster.

Eine Weile fuhren wir schweigend, dann drehte er sich wieder zu mir und sah mich an. »Es muß ja wohl erlaubt sein, ein paar Fragen zu stellen«, sagte er. »Du hast doch keine einzige Frage gestellt«, antwortete ich, »insofern verstehe ich ehrlich gesagt nicht, was du meinst.« – »Ich frage, warum wir ihn so am Leben lassen und für wen«, sagte Magnus. »Was meinst du mit: ihn am Leben lassen«, entgegnete ich, »er lebt nun mal.«

Ich kriege kein Gespräch mit Papa hin, sitze eine knappe halbe Stunde da und rede mit dem Pfleger, während ich mich zwischendurch pflichtschuldig an Papa wende, mit banalen Fragen: »Das stimmt doch, Papa, oder?« – wie mit einem Kind. Der Pfleger, der nicht viel älter als Mia ist, erzählt, er mache das als Teilzeitjob während der Vorkurse fürs Studium, er will Medizin studieren. Ich sage, ich sei Ärztin, und hoffe, Mama hat es ihm nicht erzählt, nicht so präsentiert, wie ich es schon öfter mitgekriegt habe. Wie sie damit anfängt, daß Papa krank geworden sei und ich einen Großteil meines Lebens in unmittelbarer Nähe von Krankheit verbracht und letztendlich, nach einigen schwierigen Jahren, entschieden hätte, Ärztin zu werden – worauf ein Blick folgte, der ihrem Publikum bedeutete, sie könnten sich die Zusammenhänge ja sicher herstellen. Mit dieser Version lebe ich besser als mit der Wahrheit, habe sie sogar ein paar Mal selbst gebraucht, die wenigen Male, wenn jemand wissen wollte, warum ich Ärztin geworden bin – es hat sich als eine Berufswahl herausgestellt, die sehr wenige Fragen nach dem Warum auslöst.

»Tja, ich muß dann fast mal zusehen, daß ich nach Hause komme«, sage ich zu Papa, beuge mich zu ihm, um ihn zu umarmen, aber er entzieht sich, sieht ängstlich aus.

»Schon gut, Papa.« Ich lege ihm lieber vorsichtig die Hand auf die Schulter.

»Er wirkt schon die ganze Woche ein bißchen unter Streß oder vielleicht etwas empfindlich«, erklärt mir der Pfleger, er kennt Papa viel besser als ich, aber ich kriege das Bedürfnis, trotzdem die Besitzverhältnisse zu markieren.

»Also auf mich wirkt er gesünder als seit langem«, sage ich.

Auf dem Heimweg lese ich Mia vorm Einkaufszentrum auf. Sie hatte nie eine eigene Beziehung zu Papa, und ich versuche sie nicht mehr zu einem Besuch bei ihm zu überreden. Daß er sie nie kennengelernt hat, macht mich besonders wehmütig, aber bei den paar Malen, die sie dabei war, wurde er nur unruhig, entzog sich, während ich sie fast auf ihn schubste, losschreien wollte: »Schau sie dir an Papa, schau was ich hingekriegt habe, schau, was ich gemacht habe.«

Ich fahre langsam an dem kleinen Haus vorbei, das Jens während seiner Jahre im Dorf gemietet hatte. Spüre, daß mir Mia einen Blick zuwirft, aber sie sagt erst etwas, als wir an der Schule sind.

»Also echt, daß du hier aufgewachsen bist«, sagt sie.

»Du ja teilweise auch«, antworte ich.

»Ja, Mann, ich frage mich, wie ich wäre, wenn wir nicht fortgezogen wären«, sagt sie.

»Glaubst du, du wärst so anders?«

»Vielleicht wäre ich eine Spoilerprolobraut« antwortet Mia mit einem Lachen, als wir an einem tiefergelegten Volvo vorbeifahren.

»Was vielleicht nicht das Schlimmste auf der Welt wäre«, gebe ich zurück und erhöhe am Bushaltehäuschen bei der Tankstelle das Tempo.

»Wir haben sie allein hinterm Bushäuschen gefunden«, hatte der Polizist, der Vater von Lars aus meiner Parallelklasse, gesagt. Ich weiß nicht mehr, was Mama geantwortet hat, ob sie überhaupt etwas geantwortet hat. Ich habe eine verschwommene Erinnerung an ihr Lachen im Flur, während ich die Treppe hoch stolperte, daß sie über etwas, das er sagte, lachte, aber da war ich fünfzehn und hatte fast eine ganze Flasche Vikingfjord Vodka intus, es kann also auch Einbildung sein. Am Tag danach lachte sie jedenfalls nicht, sie sagte nichts, erwähnte es nicht, folgte mir nicht, als ich im Flur an ihr vorbei ins Badezimmer stürzte, um mich zu übergeben. Magnus war derjenige, der nach einer halben Stunde an die Tür klopfte, die Schürfwunde an meinem Knie säuberte, das getrocknete Blut an den Innenseiten meiner Schenkel sah. Er war siebzehn, pikkelig und unerfahren, ich kauerte mich unter seinen Blicken zusammen, ersparte ihm die Frage, indem ich erklärte: »Entspann dich, es war freiwillig. Darf ich jetzt in Ruhe duschen?«

»Wer hätte gedacht, daß aus Ihnen eine Ärztin werden

würde«, sagte mein Oberstufennorwegischlehrer, als ich ihn vor ein paar Jahren im Laden traf. »Sie offenbar nicht«, antwortete ich mit einem Lächeln. Er lachte. »Sagen Sie das nicht«, meinte er. »Wir wußten ja, daß mehr in Ihnen steckt.« – »Mehr?« fragte ich noch immer lächelnd. Er wurde allmählich nervös, bereute sicher das gesamte Gespräch, aber ich ließ ihn nicht vom Haken. »Ja, ähm, also mehr, als Sie damals gezeigt haben«, sagte er. Ich beließ es dabei, auch wenn solcherlei Anmerkungen von Lehrerinnen oder Nachbarn oder irgend jemand anderem, der mich in dieser Zeit gekannt hat, immer einen Funken jener Angst wiedererwecken, die ich mit fünfzehn hatte, das Gefühl, man nehme mich nicht ernst, niemand sehe mich wirklich. In solchen Momenten bereute ich mitunter, Ärztin geworden und nicht derart abgestürzt zu sein, daß überhaupt kein Zweifel aufkommen konnte, ob ich in meiner Kindheit und Jugend Schaden genommen hatte, aufgrund der Vernachlässigung durch meine Eltern, daß meine Seele tief verwundet war, wie es niemand beim Anblick meines weißen Arztkittels vermutete.

Ich studierte wegen Jens Medizin. Hatte lange Zeit – vielleicht auch noch immer – die Vorstellung, er sei weggegangen, weil er mich satt hatte, weil ich seine Erwartungen nicht erfüllte, ihn mit meinem ereignislosen Leben langweilte.

Als Mia drei Monate alt war, meldete ich mich zur Nichtschülerprüfung an, hatte in der Oberstufe trotz einem Berg Fehlstunden Mathe und Geschichte mit Hängen und Würgen bestanden, aber ausgerechnet in Sport fehlten mir Zensuren. Jens rief nicht mehr an, schrieb keine Mails mehr, hatte einen Schlußstrich unter uns gezogen, ganz ohne Erklärung, und daß er bei unserem letzten Gespräch ankündigte, wir würden bald wieder sprechen, und sich dann einfach in Luft auflöste, war unerträglich.

»Daß ich ins Medizinstudium reingekommen bin, ist dein Verdienst«, habe ich oft zu Aslak gesagt, »ohne dich wäre das nichts geworden.« Das ist die Wahrheit, ohne seine Unterstützung, seine Fürsorge für Mia, sein Geld wäre es nicht gegangen. Vor allem aber niemals ohne die blindwütige Triebkraft, die aus Jens' Verrat kam.

Bei unserer Rückkehr steht Mama fertig im Flur, auch wenn wir erst in einer Stunde ins Krankenhaus fahren wollten. Sie trägt denselben Mantel wie in meiner Kindheit, sie wurde, nachdem Papa im Pflegeheim gelandet war, noch bescheidener, nicht weil es nötig ist, ihre finanziellen Verhältnisse sind vollkommen in Ordnung, mehr aus einer Angst vor etwas, das ich nie verstanden habe. Mittlerweile erklärt sie es als Rücksicht auf die Natur, was nur ein Argument ist, an dem sie ihre fast zwanghafte Sparsamkeit hat festmachen können. Ich lächle über sie und sie an, sie ist so dünn geworden, daß der Mantel mehrere Größen zu weit ist. Darunter trägt sie einen Rock, ich kann mich nicht erinnern, wann ich sie zuletzt in etwas anderem als ihren blauen Hosen gesehen habe. Sie hat sich herausgeputzt, dieser Anblick tut so weh, daß mir jedes Wort schwerfällt.

»Schön siehst du aus«, bringe ich schlußendlich hervor.

Am späten Abend gestern, nachdem alle im Bett waren, hörte ich sie in ihrem Schlafzimmer kramen. Nach einer Weile stand ich auf und ging zu ihr. In der Mitte des Zimmers lag ein

Haufen Kleidung am Boden, und Mama steckte mit dem Kopf tief im Kleiderschrank. »Packst du?« fragte ich. Sie schrak beim Klang meiner Stimme zusammen, drehte sich um. »Bist du noch nicht im Bett?« fragte sie zurück. »Doch, aber ich habe gehört, daß du es nicht bist«, antwortete ich. »Ja, ich mache nur ... mir ist eingefallen, daß ich Gustav diese alten Sachen bringen sollte, er hat für den Winter jetzt ein paar Jacken zu wenig unten«, erklärte sie. Ich nickte, auch wenn mich der Anblick von ihr im Nachthemd um ein Uhr nachts, mit hektischen Bewegungen und Blicken, an zu viele ähnliche Nächte aus meiner Kindheit erinnerte; ständig hatte es etwas gegeben, das sie machen mußte, Wäsche waschen oder Boden wischen, Blumen gießen oder Silber putzen. »Gute Idee«, sagte ich, »ich kann sie ihm ja im Laufe der Woche bringen.« Mama wirkte erleichtert, ich weiß nicht, ob wegen des Gedankens, daß ihm die Kleider gebracht würden oder weil ich nicht widersprach. Ich setzte mich auf den Fußboden und legte Papas alte Hemden und Jacken zusammen.

»Wollen wir dann los?« fragt sie jetzt.

5

»Ja, genau, so ist gut, gleich werden Sie schlafen. Können Sie für mich von hundert rückwärts zählen?«

»Hundert, neunundneunzig, achtundneunzig, siebenundneunzig, dreiundneunzig, nein, vierund…«

6

Während Mama operiert wird, habe ich stechende Schmerzen im Oberbauch. Ich habe nicht geschlafen, mir ist vor Schlafmangel und Angst schwindlig, in mir existieren keinerlei rationale Gedanken.

»Wenn sie jetzt stirbt«, sage ich mindestens achtmal zu Aslak, »wenn sie jetzt stirbt, wenn sie jetzt stirbt«, kann den Satz aber nicht vollenden, und ich habe nicht Angst davor, daß sie stirbt, ich habe Angst davor, daß sie verschwinden wird.

7

Der Körper fühlt sich fremd an, in meinen Gliedern spüre ich etwas, das nicht existiert, nicht Schmerzen, eher ein Zittern einen Millimeter oberhalb der Hautgrenze.

Sigrid hatte die ganze Autofahrt zum Krankenhaus damit verbracht, mich auf mögliche Nebenwirkungen vorzubereiten. »Wahrscheinlich wirst du dich etwas zerschlagen fühlen«, sagte sie, »und dir wird schwindlig und übel sein. Aber du bekommt Schmerzmittel, und hab ja keine Angst davor, bei starken Schmerzen um mehr zu bitten, es macht überhaupt keinen Sinn, im Krankenhaus die Starke zu spielen, Mama, versprich mir das.« – »Versprochen«, antwortete ich. »Ich meine es ernst«, sagte Sigrid, »die Ärzte oder Krankenschwestern werden nicht von dir beeindruckt sein, wenn du weniger Schmerzmittel verlangst als jemand anders.« Ich begann zu lachen und ganz unerwartet zugleich zu weinen, wegen der Normalität des Gesprächs, wegen Sigrids Bemerkung, die mich entlarvte, und ihrer Fürsorge. Sie hielt den Blick auf die Straße gerichtet, beide Hände am Lenkrad, lächelte und fuhr dann systematisch damit fort, alles durchzugehen, was mich an Empfindungen erwarten oder mir drohen konnte.

Verlust hatte sie nicht erwähnt, aber ich wachte auf und spürte, daß ich jemanden vermißte, spürte ein ziehendes Gefühl in der Zwerchfellgegend, das ähnlich der Sehnsucht nach Gustav war, aber unmöglich zu konkretisieren. Vielleicht möchte mir mein Körper mitteilen, daß etwas fehlt, daß ich nicht ohne Konsequenzen einfach einen Teil dieses feinabgestimmten Systems entfernen kann. Aber zugleich fühlte ich mich, als ich ein paar Stunden nach der Operation aufstehen und mich bewegen sollte – einen kleinen Spaziergang über den Flur, um den Körper wieder ins Laufen zu bringen, wie es die Physiotherapeutin ausdrückte –, so viel leichter, als hätte der Tumor, den man entfernt hatte, mehrere Kilo gewogen. Ich ging eine lange Runde, es stach im Bauch, aber trotzdem schienen die Beine und die Schultern leichter zu sein, waren Kopf und Körper wieder ein Team. Die Physiotherapeutin war beeindruckt.

Vor ein paar Stunden war Sigrid hier und sorgte dafür, daß ich ein paar Ritz Cracker aß. »Warst du die ganze Zeit hier?« fragte ich sie. »Natürlich«, antwortete Sigrid und schüttelte mein Kissen auf, »sowohl Aslak als auch ich.« Mia und Viljar wollen sie morgen begleiten, und Magnus kommt höchstwahrscheinlich am Donnerstag.

Es ist jetzt dunkel draußen, hinterm Fenster glitzert in der Tiefe die Stadt vorweihnachtlich, optimistisch, ich falle immer wieder in einen ruhigen Schlaf, der Krebs und die Operation wirken auf einmal wie der kleine Preis, den ich bezahlen mußte, um erahnen zu dürfen, wieviel Nähe und Fürsorge um mich existiert.

Am nächsten Morgen habe ich zwei Runden im Flur geschafft, bevor Aslak und Mia kommen. Das ist kein Versuch, jemanden zu beeindrucken, ich fühle mich nur besser als seit Ewigkeiten, fast schon rastlos – eine wohltuende Unruhe, die ich seit Monaten nicht mehr gespürt habe. Mia macht die Tür auf, betritt das Zimmer zwei Schritte vor Aslak, ich finde auch, daß die beiden einander ähnlich sehen, schon immer, da ist irgend etwas in ihrem Blick, ich erinnere mich, wie froh Mia war, als ich das irgendwann vor ein paar Jahren angemerkt habe.

»Hallo, Oma«, sagt sie leise.

»Du brauchst nicht flüstern«, sage ich und lächle sie an. »Außer mir ist niemand hier.«

Die Frau, mit der ich in der ersten Nacht das Zimmer geteilt habe, war bei meiner Rückkehr verschwunden, ich habe nicht nachgefragt, was aus ihr geworden ist. Mia umarmt mich vorsichtig, riecht stark nach Parfum und Shampoo.

»Wie fühlst du dich?« fragt sie.

»Genaugenommen besser als seit Ewigkeiten«, antworte ich. »Seid nur ihr zwei da?«

»Sigrid und Viljar kommen gleich, Viljar will partout nicht aus dem Auto steigen, also sind wir schon mal vor«, erklärt Aslak.

Nachdem Mia sich auf den einzigen Stuhl im Zimmer gesetzt hat, scheint er nicht recht zu wissen, wohin mit sich, will sich auf die Kante meines Betts setzen, merkt aber, was er da tut, steht schnell auf und lehnt sich lieber ans Fensterbrett.

»Setz dich ruhig«, sage ich und lache.

Ich sollte Aslak uneingeschränkt dafür dankbar sein, wie er Sigrid nach Jens' Verschwinden aufgerichtet hat, daß er sie und Mia in seine Arme schloß, ihnen Fürsorge und Liebe und all das gab, was ich selbst nicht zu geben in der Lage war. Aber häufiger nervt mich eher, wie anspruchslos er in Auseinandersetzungen mit Sigrid ist, wie er sich ihr unterordnet, in mührloser Aufopferung. Er zuckt mit den Schultern, selbst wenn sie richtig selbstmitleidig und unausstehlich ist, lacht über sie oder pflichtet ihr bei, und ich beneide ihn schlichtweg um die

Fähigkeit, ihre Anschuldigungen oder Blicke auf diese Art abprallen zu lassen.

Wir hören Viljars Gebrüll schon aus der Ferne über den Flur, bevor er mit Sigrid ins Zimmer kommt, sie trägt ihn, und er dreht und windet sich in ihrem festen Griff. Als sie ihn auf den Boden absetzt, ändert er seine Meinung und will wieder auf Sigrids Arm, aber sie ignoriert ihn, lächelt mich an und verdreht die Augen.

»Hallo, Mama«, sagt Sigrid.

Meine Antwort geht in Viljars ohrenbetäubendem Gebrüll unter.

»Hallo, Viljar, komm und setz dich ein bißchen hierher«, versuche ich es mit lauter Stimme und klopfe aufs Bett.

Für einen Moment wird er still, wirft sich dann aber erneut auf den Boden und heult weiter, er trägt nur einen dünnen Baumwollpullover und Sneakers, und das mitten im November, ich muß lächeln, um keine Bemerkung darüber zu verlieren, erinnere mich an Sigrids Blick beim letzten Mal – und all die vorherigen Male –, fast herablassend, nach dem Motto, ob wirklich ich ihr etwas beibringen wolle, ob ausgerechnet ich das Recht zu einem Kommentar darüber hätte.

»Laß ihn einfach«, sagt Sigrid.

»Schau, Viljar, hast du gesehen, was ich mit meinem Bett machen kann?« Ich suche nach der kleinen Fernbedienung, mit der man das Bett hoch- und runterfährt. »Schau!«

Viljar würdigt mich keines Blicks.

»Ich sagte, laß ihn einfach, Mama«, wiederholt Sigrid einen Tick bestimmter. »Willst du vielleicht?« Sie blickt zu Aslak.

Aslak seufzt, hebt aber Viljar vom Boden auf.

»Komm, Viljar, schauen wir mal, was es hier im Kiosk gibt«, sagt er, Viljar beruhigt sich in seinen Armen.

»Gut, daß ihr zu zweit seid«, sage ich mit einem Lächeln, Sigrid erwidert es nicht.

»Wie fühlst du dich?« fragt sie statt dessen nach einer kleinen Pause.

»Gut«, antworte ich unbekümmert.

»Wenn es für dich okay ist, dann bleibe ich bis zur Visite?« Mit einem verärgerten Ausdruck holt sie einen Blumenstrauß aus Mias Tasche. Mia zuckt mit den Achseln.

»Ja, gerne, wenn du Zeit hast – ach, wie schön, ihr habt Blumen mitgebracht«, sage ich.

Ich werde schläfrig, nicke unter Mias und Sigrids Streitereien über Blumen, wann man sie überreicht und zu große Taschen, ein, dann übermannt mich der Schlaf.

Ich habe vermutlich noch nie bedacht, woraus mein Körper besteht, habe Biologie unterrichtet und von Zellen und Zellteilung erzählt, habe en détail die Funktionsweisen jedes Körperteils erklärt, der inneren Organe und Venen und Muskeln. Habe Herz, Lunge und Dickdarm aus dem anatomischen Torsomodell im Klassenzimmer herausgenommen. »Seht euch mal dieses feinabgestimmte System an, das uns ausmacht«, habe ich zu den Schülerinnen und Schülern gesagt, »kaum zu glauben, daß da nicht mehr schiefläuft.«

Eines Tages im Laufe der letzten Jahre haben ein paar Zellen in meinem Körper begonnen, sich unkontrolliert zu teilen, und sich über einen langen Zeitraum klammheimlich an der Innenseite einer intakten Schleimhaut formiert. Wäre ich letztes Jahr, als ich in einer Illustrierten gelesen habe, Frauen über Sechzig sollten sich *mindestens* einmal im Jahr einem kompletten Gesundheitscheck unterziehen, zum Arzt gegangen, hätte man mich vielleicht operiert, bevor das Krebsgeschwür die Darmwand durchbrechen konnte.

Ich sehe es wie in einem Zeichentrickfilm vor mir, haarige kleine Zellen mit Augen und Zähnen, die, endlich ihrem Gefängnis im Darm entkommen, auf der Suche nach dem nächstbesten Organ nach links und rechts ausschwärmen, unterwegs auf ein paar Lymphknoten stoßen und gierig ihre Zähne hineinschlagen. »Das ist nun leider der Stand der Dinge«, sagte der Arzt neben meinem Bett, »wir haben in ein paar umliegenden Lymphknoten Krebszellen gefunden, und die Bilder zeigen, daß auch in Ihrer Leber ein paar kleinere Veränderungen sitzen, die wir beobachten müssen.«

Sigrid hatte auf der anderen Seite des Betts auf dem Stuhl gesessen, muß aber im Verlauf des Gesprächs aufgestanden sein, jedenfalls stand sie, als der Arzt sagte, daß es noch viele Möglichkeiten gebe, als erstes wolle man es mit Chemotherapie versuchen. »Wir werden so schnell wie möglich mit der Behandlung beginnen.« Ich konnte nicht zuhören, hatte mich nach der Operation gut gefühlt, gereinigt von Krankheit, stark, gesund. Trotz der Aufklärung, man würde nach Anzeichen suchen, ob der Krebs gestreut habe, war ich vollkommen überzeugt gewesen, nun gesund zu sein, und hatte, als der Arzt kam, die Möglichkeit, er könnte etwas anderes sagen, nicht einmal in Erwägung gezogen. Ich kann mich nicht erinnern, ob ich etwas erwidert habe, aber daran, daß er meine Hand genommen hat. Es hat sich zugewandt und echt angefühlt. »Wir werden Sie genau beobachten«, hat er versprochen, »und wir sind weiterhin zuversichtlich, daß Sie gesund werden.« Sigrid hat geschwiegen, und trotz der Blicke zwischen ihr und dem Arzt bin ich noch immer der festen Überzeugung, gesund zu werden.

Dennoch geht es mir direkt nach der Nachricht, daß der Tumor gestreut hat, schlechter. Den folgenden Tag bleibe ich im Bett, bin den ganzen Tag nicht in der Lage aufzustehen, kann nichts essen oder kleine Runden über den Flur spazieren, kann nicht denken. »Jetzt ist es aber besonders wichtig, daß Sie nicht aufgeben, jetzt müssen Sie trainieren, Sie dürfen nicht aufgeben«, sagt die Physiotherapeutin, sagt der Pfleger, sagt der Arzt.

»Du darfst jetzt nicht aufgeben, Mama«, sagt Magnus.

Er steht mit dem Rücken zu mir in der Küche, schneidet Zwiebeln, ich höre das unregelmäßige Hacken auf dem Schneidebrett und frage mich, ob er in Stavanger wohl für sich kocht oder sich immer etwas bestellt oder Fertiggerichte ißt. Seltsam wie Eßgewohnheiten vererbt werden, sagte meine Mutter einmal zu mir, wobei ich das nicht im geringsten seltsam fand. Vielleicht meinte sie, der Geschmackssinn sei genetisch bedingt, keine Ahnung, ich habe sie nie gefragt, habe sie überhaupt nie nach etwas wirklich Bedeutendem gefragt, selbst dann nicht, als sie im Sterben lag und ich mit der Erkenntnis an ihrem Bett stand, daß ich nicht wußte, wer sie eigentlich war, wer sie gewesen ist. Hatte immer das Gefühl gehabt, zu aufdringlich zu sein, Grenzen zu übertreten. Ich habe sie in den vergangenen Tagen schrecklich vermißt, die Beziehung, die wir hätten haben können. Die Beziehung, die ich mit Gustav hätte haben können. Mit Sigrid, mit Magnus, mit Mia.

Magnus hat sich eine Woche freigenommen und ist am Tag bevor Sigrid nach Oslo zurückfuhr gekommen. Sie haben das untereinander abgesprochen, ohne mich einzubeziehen, ich fühle mich zugleich betreut wie auch bevormundet, habe aber sowieso keine Energie, um gegen diesen plötzlichen Rollentausch aufzubegehren, und vielleicht ist der auch gar nicht so plötzlich, vielleicht fühlen sich Sigrid und Magnus schon seit Jahren heimlich überlegen. An Sigrids letztem Abend saßen wir, Magnus, Sigrid und ich, um den Küchentisch. Die beiden hatten ihre iPhone-Kalender in der Hand, und machten einen Zeitplan, wer mich wann *haben* solle, wie es Magnus herausrutschte. Er lachte, als ich gegen die Formulierung Einspruch erhob. »Mich muß keiner *haben*«, sagte ich, nachdem ich eine halbe Stunde lang stumm ihren Diskussionen von Daten, Wochen und Behandlungsplänen zugehört hatte, voll Reue darüber, das mit Gustavs Pflegekraft ebenfalls gemacht zu haben, während er im Rollstuhl mit am Tisch saß. Magnus legte mir die Hand auf die Schulter und lächelte: »Sorry«, sagte er, »ich habe es nicht so gemeint. Also kannst du sie dann in der ersten Woche *nehmen*«, sprach er zu Sigrid gewandt weiter, sie lachten beide, ich konnte nicht anders als lächeln.

Ich habe genickt und allen, die meinetwegen die Fäuste ballten, zugestimmt, bereit für den Kampf. Auf die Barrikaden, in die Schützengräben, bewaffnet mit Verdrängung, der einzigen Waffe: schlicht die Fakten und Statistiken und den Körper, der sich selbst angreift, nicht anerkennen. Ich werde kämpfen.

8

Die Erkenntnis, daß Mama sterben wird, erwischt mich auf unterschiedliche Weise täglich, seit uns der Arzt in der Haukeland Uni-Klinik mitgeteilt hat, der Tumor habe bereits gestreut. Mama in dem blauen Krankenhaushemd, wie sie bei den Worten des Arztes nickte, erst verwirrt, dann resolut, und wie ich mir wünschte, wir könnten augenblicklich die Plätze tauschen. Wie ich mir wünschte, die Kranke zu sein, und daß Mama neben mir stünde, meine Hand hielte und einen Ernst begriffe, den zu verstehen mir die Voraussetzung fehlte.

Du kleiner, arroganter Arsch, dachte ich über den Arzt, der ihr erklärte, was sie nicht alles tun würden, um sie gesund zu machen, und mir zugleich vielsagende Blicke zuwarf, als wäre ich eine x-beliebige Kollegin, deren Zustimmung er sich vergewisserte. Die Wut über sein ignorantes Benehmen hat die gesamte Situation überlagert, die gesamte Reaktion, und tut das bis heute jedes Mal mit meinen Gefühlen, wenn ich mir eingestehe, daß Mama sterben wird.

Ich warte auf das Gefühl von Ausnahmezustand. Es kommt nicht. Daß das Leben für alle anderen wie gewöhnlich weitergeht, ist nicht merkwürdig oder provozierend, wie es etwa damals nach Jens' Verschwinden war, als mich alles, was an Alltag erinnerte – etwa auf der Straße vor meinem Schlafzimmerfenster ungerührt vorbeispazierende Leute – wütend machte und in Verzweiflung stürzte.

Trotzdem ist es eine Mammutaufgabe, die Gefühle auf Distanz zu halten, mehrmals täglich drohen sie mich außer Gefecht zu setzen, und ich gehe zur Arbeit, koche Abendessen, treffe Freundinnen, wasche Wäsche, damit sie mich nicht überwältigen. Ich klammere mich an Mia und Viljar, habe das Bedürfnis nach einer Nähe, die nur ein Vierjähriger ertragen kann. Mia versucht einen Balanceakt, versteht einerseits vielleicht mein Bedürfnis, erträgt aber nicht meine Penetranz, wie sie es nennt. »Mama, du mußt wirklich aufhören so penetrant zu sein«, sagte sie vor ein paar Tagen, als ich in der Tür zu ihrem Zimmer stand und zusah, wie sie für ein Wochenende bei Jens packte. Sie war seit der Rückkehr von Mama bei Aslak und mir gewesen, aber ich war schlagartig nervös geworden oder auch gekränkt, als sie erzählte, sie gehe am kommenden Wochenende Langlaufen und werde bei Jens und Zadie sein. Ich verfolgte sie regelrecht durchs Haus, weiß nicht einmal, was ich von ihr wollte, außer vielleicht mich absichern. Mia ertrug das eine Weile, lächelte und antwortete ruhig, bis ich schließlich in ihrer Tür stand und beinahe zu jedem Kleidungsstück, das sie in ihre Tasche packte, einen Kommentar abgab – da drehte sie sich plötzlich um, und ihr platzte heraus, ich müsse aufhören, so penetrant zu sein. Es war gut, in meine Schranken verwiesen zu werden, aus einer Spur gerissen worden zu sein. Ich verstummte. Mia schien ihre Worte augenblicklich zu bereuen, kam zu mir und legte mir die Hände an die Wangen, küßte mich auf die Stirn – sie ist mindestens fünf Zentimeter größer als ich. »Sorry, Mama, aber es ist doch nur ein Wochenende«, sagte sie lächelnd, »bevor du es noch bemerkt hast, bin ich schon wieder zu Hause.«

So, wie ich mich an Viljar und Mia klammere, klammert sich Aslak an mich. Seine Fürsorge hat etwas Klaustrophobisches, Bedürftiges, etwas, das nichts mit mir zu tun hat. Das erinnert mich an die Zeit unseres Kennenlernens, als Fürsorge eine Rettungsboje für mich war.

Aslak ist auf einem Hof fünfhundert Meter entfernt von unserem aufgewachsen, wir waren in denselben Schulen, aber ich habe nur vage Erinnerungen an ihn, irgendwo im Grenzbereich meiner Welt, er war unwichtig gewesen. Er hatte zu denen gehört, die sich für Autos und Motorschlitten interessierten und Ace of Base hörten, was für mich das komplette Gegenteil eines intelligenten Individuums bedeutete, eine Meinung, die mir Aslak bis heute mitunter unterstellt und die ich manchmal tatsächlich habe.

»Entschuldigung, ich muß erst den Bourdieu-Essay zu Ende lesen«, antwortet er oft und wedelt dabei mit einem fiktiven Papier herum, wenn ich ihn bitte, mir beim Autoreifenwechseln oder bei der Reparatur des Geschirrspülers zu helfen. Manchmal bringt mich das zum Lachen, und manchmal erinnert es mich an das Leben, das ich mir mit Jens ausgemalt hatte, die Sehnsucht nach einem reicheren Leben, einem größeren, mit Gesprächen, Wein, Kunst und uns beiden im Einsatz, ohne Grenzen.

Ich entdeckte Aslak, als Mia zwei Monate alt war – damals lebte ich bei Mama und Papa, denn das Haus, in dem ich mit Jens gewohnt hatte, gehörte dem Wohlfahrtsverband und wurde an die nächste Turnusärztin vermietet – oh, wie ich sie haßte, wenn ich sie durchs Fenster sah, wie sie durch unsere Zimmer trampelte, an unserem Tisch aß, auf dem Weg zu

Jens' Job war. Mia hatte der Sehnsucht den Stachel etwas gezogen, aber nichtsdestotrotz war Jens immer anwesend, wie eine Stimme im Hinterkopf, ein Blick auf mich, auf uns.

Aslak war gekommen, um sich Papas Winkelschleifer zu leihen. Ich saß am Küchentisch und hörte Mama und ihn unten im Flur sprechen, wie sie ihn auf ihre keinen Widerspruch duldende Art hereinbat, um bei Papa und mir zu warten, während sie in der Garage nach dem Schleifer suchte – »Sigrid und Gustav sitzen oben in der Küche, geh einfach rein.«

Als es an der Tür geläutet hatte und Mama hinuntergegangen war, um zu öffnen, hatte ich mit nach oben geschobenem Pullover und wunden Brustwarzen dagesessen und Mia gestillt, während Papa mit dem Lätzchen um den Hals im Rollstuhl am Tischende hockte, verwirrt, wütend, sabbernd – aber hey, geh nur rein, Aslak. Ich wollte gerade Mama zurufen, den Besuch abzuwenden, da hörte ich schon seine Schritte auf der Treppe und zog gerade noch im Moment, da er in die Küche trat, den Pullover nach unten. »Hallo«, sagte er, und Mia begann aufgrund der abrupten Unterbrechung zu schreien, und Papa, der Mias Geschrei oder generell laute Geräusche nicht ertrug, wurde nervös. Er wackelte mit dem Oberkörper vor und zurück, schlug mit den Händen auf den Tisch und stöhnte laut auf. Ich stand mit Mia auf dem Arm auf, versuchte zu sagen: »Alles gut, Papa«, aber Mias Gebrüll übertönte meine Stimme. »Uff«, sagte Aslak ruhig, streckte mir die Arme entgegen. »Soll ich sie nehmen?« fragte er und nickte in Richtung Mia. Ohne zu zögern, legte ich sie in seine Arme, rollte Papa ins Wohnzimmer an das Fenster mit Blick aufs Wasser und die Berge. »So«, sagte ich und legte ihm die Hände auf die Schultern und die Wange an seinen Hinterkopf, »so, alles gut jetzt, Papa«, und wie üblich beruhigte er sich nach ein paar Minuten. Als ich wieder in die Küche kam, stand Aslak mit Mia da, hielt sie eng an der Brust, mit einem Arm unter ihrem Po, während der andere Rücken und Nacken stützte, er wiegte seinen Oberkörper hin und her und wippte zugleich in den Knien. Auch Mia hatte sich beruhigt, maunzte nur ein bißchen gegen seine Pulloverbrust. Ich heulte bei dem Anblick vor lauter Sehnsucht los. »Aber nein«, sagte Aslak, als er es sah, kam ein paar Schritte auf mich zu, machte aber keinerlei Anstalten, Mia abzugeben. »Alles wird gut, Sigrid«, sagte er, und ich nickte, auch wenn keiner von uns wußte, ob irgend etwas gut werden würde.

Am nächsten Tag kam er wieder, um das Werkzeug zurückzubringen. Ich war an der Tür, als er aufmachte. »Hey, ich schon wieder«, sagte er und lächelte. Ich lachte höflich. »Jetzt frag schon, ob er hereinkommen möchte«, rief Mama aus der Küche. »Schläft Mia?« wollte er wissen, als wir oben waren, er wirkte enttäuscht, als ich »Ja« antwortete. Zwei Tage später kam er vorbei, um nachzusehen, wie es lief. Mich überraschte seine Direktheit, wie sicher und erwachsen er wirkte, während ich selbst nur ein Kind war, das die Verantwortung für ein Kind bekommen hatte.

Bis ich mit Aslak zusammenkam, hatte ich ständig Ausreden gesucht, warum Mama Mia so oft wie möglich nehmen mußte, damit ich keine gravierenden, unkorrigierbaren Fehler machen oder sie auf den Boden fallen lassen konnte. Ich hatte keine Energie für Abneigung, Abwehr oder Stolz – mußte mein Versprechen an mich aufgeben, sie nie mehr um Hilfe zu bitten.

Als ich ihr von meiner Schwangerschaft erzählt hatte, war sie wütend geworden. Erst freute ich mich über die Reaktion, daß sie schimpfte und etwas von wegen meiner Zukunft schrie, von Jens – dabei hatte ich gar nicht geglaubt, daß sie sich über ihn eine Meinung gebildet hatte –, von Geld und Verantwortung. Die Freude schlug wenige Sekunden später um, als sie mich fragte, ob mir klar sei, wieviel Zeit und Betreuung ein Kind brauche, Betreuung und Fürsorge. Ich grinste ihr ins Gesicht, weil es so unangemessen war, daß ausgerechnet sie mir etwas von Betreuung und Fürsorge erzählte, stand auf und ging.

Wir sprachen erst vier Monate später wieder miteinander, als sie höchstwahrscheinlich von Magnus gehört hatte, daß Jens abgehauen war. Da klingelte sie an unserer Tür, ich lag im Bett, sah das Heck ihres Autos im Spiegel über der Kommode, verkroch mich tiefer unter der Decke, machte nicht auf. Sie läutete bestimmt zehn Minuten lang immer wieder, rüttelte am Türgriff, ich weiß, es muß sie viel gekostet haben, so aufdringlich zu sein, ihren Stolz zu schlucken. Ich war wütend und wollte zugleich, daß sie abhaute, wie auch, daß sie sich Zugang verschaffte und mich aus der alles verschlingenden Dunkelheit nach Jens' Verschwinden rettete.

Letztendlich gab sie klein bei, ich schluchzte auf, als ich sie zu ihrem Auto gehen hörte, riß mir die Decke vom Leib und stürzte in den Flur und hinaus auf die Außentreppe, barfuß im Schlafanzug, begegnete Mamas Blick durch die Windschutzscheibe ihres Wagens. Sie hatte den Motor schon gestartet, schien kurz zu zögern, bevor sie ihn wieder abstellte, die Tür öffnete und ausstieg. »Komm schon, gehen wir rein, du frierst«, sagte sie, als sie auf mich zukam und sah, daß ich am ganzen Körper zitterte.

Sie stellte keine Fragen über Jens, erwähnte ihn nicht, sagte insgesamt nicht viel, wirkte gestreßt und getrieben, bestimmt weil sie Papa allein gelassen hatte. Wir tranken schweigend Tee, ich sehnte mich danach, ihr von Jens zu erzählen, von den Nächten voller Angst und Reue, von den sanften Tritten, wollte sie fragen, ob so viel Bewegung normal sei, ob ich normal sei, ob mein Bauch normal sei – und ich wünschte mir so sehr, daß sie sagte, alles würde gut werden, *sie* würde alles gut machen. Sie sagte auch das nicht, aber sie sagte, ich könne sie anrufen, wenn ich etwas bräuchte, wenn ich bei irgendwas Hilfe benötigte. Egal was, fügte sie hinzu, bevor sie fuhr. Ich hatte bei der Geburt eine Freundin dabei, wir waren beide einundzwanzig, beide panisch, sie kam direkt von einer Party und wirkte, als würde sie es bereuen, noch bevor wir im Krankenhaus angekommen waren – aber sie hielt durch, hielt meine Hand, hielt mich in der Wirklichkeit. Danach erfuhr ich, daß Mama die ganze Geburt über im Wartezimmer gesessen hatte, ohne hereinzudürfen oder ohne darum zu bitten, danach habe ich sie nie gefragt, aber sie kam anschließend, als ich völlig umnebelt und erschöpft mit Mia an der Brust im Bett lag, in mein Zimmer, ich glaube, Mama weinte, aber das kann ich auch geträumt haben.

Sie war es, die fragte, ob ich nach Hause ziehen wolle, bis ich einen anderen Platz zum Wohnen gefunden hätte, da ich sowieso in zwei Monaten aus Jens' Haus müsse, zwei Monate, vor denen ich mehr Angst gehabt hatte als vor der Geburt. Die Vorstellung von mir allein mit einem Baby im Arm in diesen Zimmern. Ich nickte zu ihrem Vorschlag, und als wir vier Tage später vom Krankenhaus nach Hause fuhren, Mama, Mia und ich, hatte sie den Umzug bereits gemacht und mich aus Jens' Wohnung geräumt und geputzt.

Diese verspätete Fürsorge von ihr zu ertragen war schwer, dieses Anpacken meinetwegen. Ich reagierte darauf, indem ich Mia Mia nannte, ihr einen Namen suchte, den es weder in Mamas noch Papas Familie gab. Magnus ist nach Großvater und dessen Bruder benannt, die beide Magnus geheißen hatten. Großvater war bei der Geburt seines kleinen Bruders so krank gewesen, daß meine Urgroßeltern das Weiterleben des Namens sicherstellen wollten, sie wollten nicht die Generation sein, die eine jahrhundertealte Tradition der Namensgebung abbrechen ließ. Ich habe den Namen meiner Großmutter mütterlicherseits, Papas Großmutter und vieler Tanten bekommen, Mama hatte nie das Bedürfnis zu sagen, ich sei in erster Linie nach ihrer Mutter benannt worden, auch nicht, wenn ich sie darauf ansprach. Ich war sicher, sie erwartete, daß ich meine Tochter Anne nannte, aber sie lächelte, als ich ihr sagte, sie heiße Mia. »Nach Magnus. Wie schön.«

Ich hatte in den ersten Monaten ununterbrochen Angst, Mia kaputtzumachen, wurde wütend auf Mama, daß sie Mia nicht nehmen wollte, um all das zu tun, was ich mich nicht traute, Windeln wechseln, sie anziehen, sie in den Wagen legen. Ich hatte das Gefühl, ich würde ihr Arme und Beine brechen, wenn ich sie ankleidete, würde zu viel Creme auf den Ausschlag am Po schmieren, ihr die Windel zu eng um den

Bauch binden, sie mit den Schnüren von Mützen erdrosseln, es könnte ihr zu kalt oder zu warm werden und sie zu hungrig oder zu satt. Mama beäugte mich kritisch. »Kannst nicht einfach du es machen?« fragte ich mehrmals täglich, während ich ihr Mia entgegenstreckte, »du mußt es tun, du *mußt* einfach, Mama, ich schaffe es nicht.«

Als ich acht Monate später bei Aslak einzog, konnte ich endlich Ruhe finden in seiner Geborgenheit, Selbstsicherheit und der Art, wie er Mia hielt, badete, wiegte und umarmte.

In dem Stoß Fotos, die ich ewig schon systematisch in ein Album kleben möchte, gibt es eines von Aslak und Mia. Mia ist ungefähr neun, wir sind bei dem Gletschertopf am Berg hinter der Hütte, die Abendsonne steht tief, vermutlich ist es später August. Mia und Aslak sitzen im größten Gletschertopf, das Wasser reicht ihnen bis an die Taille, verbirgt den Unterleib, aber ich weiß, daß sie nackt sind, ich erinnere mich daran, wie ich beim Knipsen des Bilds genau darüber nachgedacht hatte. Daß ich das nie schaffen würde, daß ich nie das Kind eines anderen so nahe an mich heranlassen könnte, mit seinem Körper, seinem Geruch, seinem Atem, seiner Nacktheit, wie Aslak es schaffte, ganz natürlich, ohne Fragen zu stellen oder es zu problematisieren. Ich versuchte, es mir damit wegzuerklären, daß er ein Mann und es also irgendwie biologisch bedingt sei, aber das ergab keinen Sinn, es war nur eine Entschuldigung, um die schwerwiegende Dankesschuld nicht noch stärker zu spüren. Die wurde erst etwas weniger, als wir endlich Viljar bekamen.

Es sind drei Wochen bis Weihnachten, vielleicht dem letzten mit Mama. Zum Glück ist in der Praxis im Dezember viel los, und mein Sprechstundenkalender ist randvoll mit regelmäßigen Patienten sowie denen, die sonst nie zum Arzt gehen, aber nun einen dumpfen Schmerz oder ein Muttermal kontrollieren lassen wollen – und vor allem darüber sprechen, wie sehr ihnen vor Weihnachten graut. Dieses Gefühl eint uns, aber ich kann den Patientinnen und Patienten nur die beruhigenden Trostworte sagen, an die ich mich selbst auch klammere: Es sind nur ein paar Wochen, es geht vorüber.

Frida hat jeden dritten Dienstag vor dem Mittagessen einen fixen Termin und wartet diesmal glücklicherweise darauf, daß ich sie reinrufe. Zwar sitzt sie auf der äußersten Stuhlkante und wippt ungeduldig mit einem Bein, aber ich lächle sie an, während ich ihren Namen sage, wie bei alle anderen auch. Sie erwidert das Lächeln kurz, wirkt stolz und beschämt zugleich.

»Und was machst du so an Weihnachten?« frage ich Frida, während ich ihren Bauch messe, habe mich davor gefürchtet zu fragen, fürchte die Antwort.

Weiß, daß Frida im vergangenen Jahr die Einladung ihrer letzten Pflegefamilie ausgeschlagen und lieber irgendwo im Süden bei ihrem Alkoholikervater gehockt hat. Als sie damals von ihren Plänen erzählte, mußte ich den Impuls unterdrükken, sie zu uns einzuladen. Im nachhinein steht fest, Frida hätte es wohl in der über die Weihnachtstage zwischen Mia und mir entstandenen, aufgeladenen Atmosphäre mit täglichen Streitereien über alles außer Jens auch nicht viel besser gehabt.

»Ach, ich überlege ehrlich gesagt, ob ich nicht diesmal Weihnachten wegfahre«, erzählt Frida unbeschwert.

Ich nicke, auch wenn ich überzeugt bin, daß das nur eine verlockend, wenn auch unerreichbar klingende normale Phrase ist, die sie irgendwo aufgeschnappt hat.

»Ja, ein wenig rauszukommen ist vielleicht schön.« Ich ziehe das Maßband um ihren prallen, weißen Bauch stramm. »Weißt du denn schon, wo es hingehen soll?«

»Ich dachte vielleicht an Thailand. Oder Bali«, antwortet sie.

»Wow«, sage ich, »das klingt ja toll. Aber du solltest als Schwangere vielleicht nicht so weit fliegen.«

Frida wirkt für einen Moment unsicher, dann fängt sie sich wieder.

»Ach, das weiß ich doch, ich mache nur Spaß. Aber vielleicht fahre ich mit ein paar guten Freunden nach Teneriffa, mal sehen.«

Ich nicke.

»Naja, an Weihnachten wünschen sich ja viele weit weg«, sage ich nach einer kurzen Pause. Sie wird still, sieht zu Boden. Ich bereue diese Aussage, hoffentlich triggert sie nicht eine Reaktion wie beim letzten Mal, als ich versucht habe, ihre Gefühle als ganz normal darzustellen, indem ich darauf hinwies, Stimmungsschwankungen seien in einer Schwangerschaft üblich. Manchmal vergesse ich, daß Frida nicht nach Beruhigung sucht, sie hat keine Angst davor, krank zu sein, sie hat Angst davor, nicht krank genug für meine Fürsorge zu sein.

»Ja, das habe ich mir auch gedacht«, sagt sie. »Dem ganzen lästigen Zeug zu entkommen, dem Backen und Putzen und Geschenken and you name it.«

Heute ist sie kontrollierter, ab und zu hat sie das Bedürfnis, normaler, ebenbürtiger zu wirken. Wieviel es sie wohl kostet, innerhalb dieser Grenzen zu bleiben, nicht überzureagieren, überzuströmen? Ich dringe nicht weiter auf sie ein, immerhin ist es ein gutes Zeichen, daß sie die Kraft hat, sich derart zusammenzureißen.

»Nimmst du noch wie gewohnt dein Lamictal?« frage ich, will ihre Anstrengung honorieren, denn sie liebt es, über ihre Medikamente zu sprechen, und ich bin erst zehn Minuten über der Zeit.

Am Sonntagabend ruft Mia an und bittet mich, sie bei Jens und Zadie abzuholen, weil sie sich beim Langlaufen den Knöchel verstaucht hat. Ich frage nicht, warum sie keiner der beiden heimfahren kann, freue mich über den Anruf und verfluche zugleich sie und Jens dafür, daß sie mich dazu bringen, Dankbarkeit zu empfinden, weil mich meine Tochter um einen Gefallen bittet.

Ich war noch nie bei Jens und Zadie, bin nur einmal an ihrem Haus vorbeigefahren, sehr langsam – eines Abends, direkt nachdem sie nach Oslo gezogen waren, hatte auf dem Heimweg vom Einkaufen einen fünf Kilometer langen Umweg gemacht. Hinter einem Fenster hatte sich etwas bewegt, keine Ahnung, ob es Jens oder Zadie oder nur ein Schatten gewesen ist, aber das hatte gereicht, um mich aufs Gas treten und abhauen zu lassen. Nachdem ich die vergangenen neunzehn Jahre darauf verwendet habe, mich mit Hilfe von Verdrängung im Wechsel mit Verachtung zu der Überzeugung zu zwingen, daß er für mich nicht existiere, ist es schwierig, seine Anwesenheit zu akzeptieren, daß er in Oslo existiert. Daß er mit der größten Selbstverständlichkeit an einem Fenster in seinem Wohnzimmer in Lindern vorbeigehen kann, als gehörte er hierher, als würde er nichts in diesem Leben bereuen.

Ich habe nicht vor auszusteigen, wechsle aber zu Hause trotzdem die Kleidung nach der Arbeit und tusche mir die Wimpern, bevor ich losfahre. Das Haus ist groß und hat ein Flachdach. Es wirkt wie eine große Schachtel, bestimmt wartungsarm und praktisch, vermutlich ein Spiegel von Zadies Persönlichkeit und Aussehen. Ich parke in der Einfahrt hinter einem kleinen E-Auto, das gerade lädt, sehe zum Haus hoch, die Fenster sind hell erleuchtet, aber ich entdecke weder Mia, Jens noch Zadie. Zu hupen wäre zu demonstrativ, also bleibe ich eine Weile mit laufendem Motor stehen, stelle ihn schnell ab, als mir einfällt, daß man in dieser Nachbarschaft Autos im Leerlauf oder Autos mit Verbrennungsmotor generell bestimmt haßt. Ich versuche Mia anzurufen, aber sie geht natürlich nicht ran, ihr Telefon befindet sich immer im »Nicht stören«-Modus. Als ich gerade allen Mut zusammennehmen und aussteigen will, tritt sie auf die Treppe, lächelt jemanden im Haus an, wirft den Kopf in den Nacken und lacht. Nach einer kleinen Ewigkeit von Verabschiedung humpelt sie aufs Auto zu. Bevor sie eingestiegen ist, kommt Jens auf die Treppe, meine Frontscheinwerfer blenden ihn, ich zögere, bevor ich sie ausstelle. Er winkt heftig, als er mich erkennt, lächelt breit und hebt den Zeigefinger als Aufforderung, ich solle warten, schlüpft dann ins Haus und kommt mit Latschen an den Füßen wieder heraus.

Ich habe Jens, seit er nach Oslo gezogen ist, viermal getroffen. Dreimal, als er Mia nach Hause gebracht hat, und einmal in seiner Praxis. Er hatte mich nicht vorgewarnt, daß er mit dem Gedanken spielte, nach Oslo zu ziehen, und hatte mir auch nicht Bescheid gegeben, bevor er Mia kontaktierte. Sie kam eines Abends im Oktober vorigen Jahres nach Hause und erzählte, sie habe ihn getroffen, war augenscheinlich nicht sicher, ob sie ein schlechtes Gewissen haben sollte. Das schlimmste war der Gedanke, daß er sie angerufen oder ihr eine Nachricht geschickt hatte, daß sie ein Treffen geplant hatten, daß sie das Haus in der blauen Jacke und den neuen Schuhen verlassen und beim Gehen im Flur wie immer Tschüß gerufen hatte, um ihn dann heimlich zu treffen. Als sie davon erzählte, konnte ich ihrem verunsicherten Blick nur mit Schweigen antworten. Letztlich war es Aslak, der etwas sagte, wissen wollte, ob es nett war. Mia antwortete schulterzuckend, es sei okay gewesen. »Ein bißchen schräg«, fügte sie mit flüchtigem Blick zu mir hinzu. »Ich kenne ihn ja noch nicht.« Dieses *noch* ließ mich Jens am nächsten Tag in seiner Praxis aufsuchen, und als ich sein Sprechzimmer betrat, zitterten meine Beine vor Wut und mein Bauch rumorte nervös. Jens stand vom Schreibtisch auf, umarmte mich und sagte mit breitem Lächeln: »Meine Güte, Sigrid, wie schön, dich zu sehen, und wie gut du aussiehst«, und sofort war es unmöglich, all das zu sagen, was ich hatte sagen wollen.

Jetzt kommt er zum Auto, und während Mia auf der Beifahrerseite einsteigt, lasse ich das Fenster herunter, er beugt sich herab, stützt sich mit beiden Händen auf den Fensterholm, kommt so nah, daß ich seinen Geruch erkenne. »Wonach rieche ich«, hatte er mich, als wir zusammen waren, immer wieder gefragt, wenn ich die Nase in seinen Hals oder seine Achselhöhle bohrte. Und meine Antwort, er röche irgendwie nach etwas undefinierbar Kräuterigem, irgendwie exklusiv, hatte ihn jedes Mal zufriedengestellt.

»Na, du«, sagt er.

Ein unmöglicher Anfang, ich habe keine Ahnung, was ich darauf antworten soll.

»Ja, na ich«, erwidere ich mit einem halbherzigen Lachen. »Hallo.«

»Mia hat uns von Anne erzählt«, sagt er. »Das tut mir sehr leid, Sigrid.«

Anfangs schmeichelte mir, wie er meinen Namen benutzte, in fast jedem Satz, verschwörerisch, zugewandt. Mit der Zeit bemerkte ich, daß er mit allen so redete, selbst mit Menschen, die er nicht kannte, daß es eine bequeme Art war, Menschen zu entwaffnen – und trotzdem spüre ich, als er meinen Namen sagt, widerwillig, wie ich in Gesicht, Körper und Willen weicher werde, und lehne mich näher zum Fenster.

»Danke, ja, das ist ziemlich heftig. Aber wir drücken die Daumen, daß alles gutgeht.« Hoffentlich hat Jens Mia nicht zu viel gesagt.

Ich habe ihr nicht erzählt, wie krank Mama eigentlich ist. Ich habe wiederholt, was der Krankenhausarzt zu uns gesagt hatte, der Krebs habe gestreut, aber daß man viel versuchen könne, daß die Krebsforschung in einem Tempo voranschreite, dem man kaum hinterherkäme, daß es ständig neue Behandlungen gebe, neue Hoffnung. Ich habe ihr gesagt, sie solle nicht googeln. »Warum nicht?« fragte Mia. »Weil du viel Generelles finden wirst, vieles, was dich erschrecken wird, aber das ist eine individuelle Angelegenheit, Körper ist nicht gleich Körper, bei jedem Einzelfall gibt es ein Dutzend Faktoren, die da hineinspielen«, antwortete ich, wie oft meinen Patienten, sogar das Wort googeln geht mir leicht von den Lippen nach all den Leuten, die ankommen und von eingewachsenen Zehennägeln bis zu narzißtischen Persönlichkeitsstörungen sprechen, sie hätten das gegoogelt, und mir das Gefühl vermitteln, ich wäre ein störendes Bindeglied zwischen ihnen und der eigentlichen Behandlung. Ich habe keine Ahnung, ob Mia auf mich gehört hat oder ob sie die Statistik gefunden hat, die besagt, wie unwahrscheinlich es ist, daß Mama überlebt.

»Ja, natürlich«, sagt Jens glücklicherweise und richtet sich auf, als wir beide Zadie an einem Fenster im ersten Stock vorbeigehen sehen, klopft mit der Hand leicht auf den Holm, dieser Hand mit den langen Fingern und kräftigen Adern, auf meinem Bauch, meiner Hüfte, ich wende den Blick ab.

»Gib Bescheid, wenn ich etwas tun kann, egal was«, sagt er, neunzehn Jahre zu spät.

Mia lächelt zufrieden.

»Danke. Wir müssen dann mal los.« Ich lasse den Motor an.

»Schön, dich zu sehen, Sigrid, ich habe gehofft, du würdest reinkommen«, sagt er und sieht mir tief in die Augen. »Und danke für die Tour, Mia, denk dran, deinen Knöchel hochzulagern«, spricht er weiter, tritt ein paar Schritte zurück und sieht dann zu, wie ich rückwärts aus der Einfahrt fahre, fast in ein vorbeifahrendes Auto hinein, ich sehe gerade noch, daß Jens kurz eine Grimasse schneidet und lacht.

Mia und ich fahren schweigend nach Hause. Ich brenne darauf, alle Einzelheiten zu erfragen, über die Langlauftour mit Jens und Zadie, aber Mia blickt aus dem Fenster, zeigt keine Bereitschaft zu einem Gespräch. Ist distanzierter als vor dem Wochenende, hat einen Panzer um sich, das kenne ich schon und weiß, der ist für mich undurchdringlich.

»Papa meint, ich brauche wegen dem Knöchel eine Krankschreibung«, sagt sie plötzlich, kurz bevor wir zu Hause sind.

»Jens meint, du brauchst eine Krankschreibung?« wiederhole ich.

»Ich kann ja kaum gehen«, antwortet sie.

»Strenggenommen *gehst* du bei deiner Arbeit auch nicht wahnsinnig viel, oder?« Ich versuche, ruhig zu bleiben.

Auf die letzte Frage gibt sie keine Antwort, das hat sie sich im Laufe des vergangenen Jahres angewöhnt, ein Gespräch durch Schweigen abzubrechen.

»Oder?« frage ich noch einmal etwas sanfter, fahre das Auto in die Garage.

Sie seufzt und zuckt mit den Schultern, macht die Autotür auf.

»Selbstverständlich schaue ich mir deinen Knöchel an«, versichere ich ihr, »aber für eine Krankschreibung mußt du ja sowieso zu deinem Arzt gehen.«

»Vergiß es einfach, Papa hat den Knöchel schon untersucht.« Nach diesen Worten knallt sie die Autotür zu und humpelt zum Haus, wo Aslak gerade für ihre Rückkehr eine vegetarische Lasagne fertigmacht.

»Er heißt nicht *Papa*, er heißt Jens«, schreie ich ihr hinterher, nachdem sich die Haustür hinter ihr geschlossen hat.

Mama ist eine bessere Großmutter als Mutter. Darüber sind Magnus und ich uns einig, auch wenn Magnus es schwer zu beurteilen findet, nachdem wir sie nur als Mutter erlebt hätten – und weil die Großmutterrolle einfacher und dankbarer sei. »Genau«, hatte ich darauf geantwortet, »deshalb ist sie dafür wohl besser geeignet.«

Mia und Mama führen einen eigenständigen, von mir völlig unabhängigen Dialog, und seit Mia alt genug ist, ist sie oft allein zu ihr gefahren. Ich bin nicht neidisch, mußte mir aber mehrmals in Erinnerung rufen, daß ich Mia eine Großmutter mehr gönnte, als ich meiner Mutter eine neue Chance mißgönnte. Manchmal macht es den Anschein, Mama begreift meine Kinder als ihr Verdienst, und daß sie an ihnen die Fehler wiedergutmachen kann, die sie mit Magnus und mir gemacht hat. »Du bist Oma gegenüber so streng«, hat Mia vor vielen Jahren gesagt, als Mama uns besuchte und die Stimmung von ihrer Ankunft bis zur Abreise angespannt war. »Das ist nicht fair«, sagte Mia, »überleg mal, was sie alles durchgemacht hat.«

Ich habe Mia ganz bewußt nichts von meiner Kindheit erzählt, von Mamas langsamem Zusammenbruch, nachdem Papa krank geworden war, wie blind sie für alles andere wurde, wie Magnus und ich seit meinem achten Lebensjahr weitgehend auf uns selbst gestellt waren – und daß Mama erst zur Oma wurde und versuchsweise Mutter geworden ist, nachdem sie Papa ins Pflegeheim gesteckt hatte.

»Ich wollte ja eigentlich keine Kinder«, hatte sie mir eines Nachts erzählt, als ich vom Rauschen der Dusche geweckt worden war und sie im Bad auf allen Vieren die Fliesen hinter der Badewanne schrubbend vorgefunden hatte. »Gustav war der, der unbedingt Kinder wollte, der darauf bestand, Kinder zu kriegen, und dann ist er verschwunden«, sagte sie. Drehte sich zu mir und sah mir in die Augen. »Ich vermisse ihn so schrecklich, das verstehst du, oder, Sigrid, das verstehst du doch?« Ich war damals vielleicht vierzehn, jedenfalls muß es nach Papas drittem Schlaganfall gewesen sein, dem heftigen, nach dem sich seine Persönlichkeit geändert hat, denn ab da war er wütend, aufbrausend und unempfänglich für unsere vorherigen Annäherungen, für jene Berührungen, die in einer Familie einstudierte Muster sind.

Ich erinnere mich an unzählige ähnliche nächtliche Gespräche mit Mama, an ihre Verzweiflung und meine feste Überzeugung, ich müsse ihr nur lange genug zuhören, nur genug annehmen, um es ihr abnehmen zu können, daß das etwas in ihr lindern würde.

»Ich war nur ein Kind«, sagte ich bei meinem einzigen Versuch, Mama zur Rede zu stellen, als ich glaubte, eine Art Abrechnung würde mich erleichtern oder von etwas befreien, nachdem weder der Abschluß meiner Ausbildung noch der Umzug nach Oslo oder die Geburt von Viljar die Unruhe hatten besänftigen können. So hätte ich das Gespräch nicht beginnen sollen, aber sie saß, nachdem sie Viljar eine Gute-Nacht-Geschichte erzählt hatte, so ruhig mit ihrer Teetasse in der Küche; ich hatte von der Treppe aus zugehört, wie sie ihm lachend von meiner ungeheuerlichen Angst vor Füchsen erzählt hatte, wie ich sie jeden Abend hinter den Türen und unter den Betten nachsehen und den Fuchs vorm Fenster verscheuchen hatte lassen. Ich konnte meine Gedanken beziehungsweise

Worte nicht im Zaum halten, sie wirkte überrascht und nahm sich Zeit für einen Schluck Tee, bevor sie etwas sagte. »Was meinst du?« fragte sie. »Ich war nur ein Kind«, wiederholte ich, meine Stimme und Hände zitterten. »Ja, das habe ich gehört«, sagte Mama ruhig, ich hatte keine Ahnung, wie ich weitermachen sollte. »Und du warst keine Mutter«, sagte ich nach einer kleinen Pause. »Du hast vergessen, Mutter zu sein, du hast Magnus und mich vergessen, du bist verschwunden.« Mama saß ganz still da, trank in kleinen Schlucken ihren Tee, ich wollte ihr die Tasse am liebsten aus den Händen schlagen. »Meine Pausenbrote mußte mir Magnus schmieren«, sagte ich, als mir einfiel, daß Mama fast jeden Morgen vergaß, mir ein Pausenbrot zu machen, weil Papas morgendliche Pflege zuviel Zeit beanspruchte. »Und es war allein meine Sache, an Mütze und Handschuhe zu denken, nie hatte ich Sportsachen und nie Ski, an keinem einzigen Scheißskitag hatte ich Ski dabei«, sprudelte es aus mir, ohne daß ich an den Punkt gelangte, um den es wirklich ging, zu dem Gefühl, ich hätte sie im Stich gelassen, ich hätte nicht genug geholfen, nicht genug übernommen, ich wäre nicht genug gewesen – und dem ständigen Bedürfnis, von ihr zu hören, das sei nicht wahr, ich sei völlig genug gewesen.

9

Meine Haare haben den Abfluß der Dusche verstopft. Als ich morgens vom Schwimmen zurückkomme, sitzt Magnus auf dem Toilettendeckel und liest die Anweisungen auf der Plumbo-Flasche, er hat Kopfhörer in den Ohren und merkt nicht, daß ich ihn von der Tür aus beobachte. Ich sehe ihn schräg von der Seite, und meines Erachtens braucht er unverhältnismäßig lange, um die drei illustrierten Schritte zu lesen.

»Rohrfrei ist für den Herrn Ingenieur wohl zu kompliziert«, witzele ich, lache.

Er fährt zusammen, hebt den Blick, und erst da bemerke ich, daß er weint. Er zieht das Headset aus den Ohren, wischt sich die Tränen aus dem Gesicht, versucht gar nicht, sie zu verbergen. Ich lächle ihn an, gehe zu ihm, streichle ihm übers Haar. Er hat so dichte Haare wie Gustav, ich lasse langsam die Finger hindurchwandern.

»Vermutlich ist es so verstopft, daß du einfach die ganze Flasche reinkippen kannst«, sage ich.

Er schnieft, will sich zusammenreißen, indem er sich aufrichtet, und hält mir die Flasche vor die Nase, damit ich die Gebrauchsanweisung sehe, die mir egal ist und die ich ohne Brille sowieso nicht lesen kann.

»Nein, ich glaube, das ist sowohl für uns wie auch für deine Rohre schädlich«, erklärt er.

Diese Umständlichkeit und sein unverhohlenes Weinen machen mich ungeduldig, fast ärgere ich mich darüber, wie er sich erlaubt, heulend dazuhocken, wo doch ich diejenige bin, die krank ist, die mit Gift vollgepumpt wird.

»Ja, ist bestimmt krebserregend.« Lachend nehme ich ihm die Flasche aus der Hand. »Schnell raus mit dir, ich mach das.«

»Du bist blöd, Mama«, sagt er.

Ja, ich bin blöd, und ich werde von Tag zu Tag blöder. Mein Gehirn welkt dahin, wie meine Haare, Zähne, Eingeweide und das Durcheinander aus gesunden und kranken Zellen. Die Übelkeit ist chronisch und klaustrophobisch, und ich möchte nur allein sein, aber Magnus und Sigrid folgen ihrem Betreuungsplan, und ich bin für Protest zu müde. Die meiste Zeit empfinde ich ihre Anwesenheit als erstickend, unangenehm, wie nahe sie mir kommen. Daß sie Zeugen davon werden, wie im Takt mit der Menge an Zellgift, das man mir ins System spritzt, unerbittlich Haut und Kopfhaut und Angst und innere Abrechnung freigelegt werden.

»Ich werde mit einem verstopften Abfluß fertig, Magnus«, antworte ich und will die Flasche aufschrauben, aber der Deckel sitzt zu fest, die Muskeln in meinen Armen und Händen sind im Laufe von wenigen Wochen verkümmert. »Wie wär's, wenn du statt dessen schon mal das Pökellamm ins Wasser legst?«

Er nimmt mir die Flasche ab, schraubt den Verschluß auf, gibt sie mir zurück.

»Wie du willst.« Er geht.

Ich kippe die ganze Flasche in den Abfluß, ätzende Dämpfe steigen auf, ich atme tief ein, bevor ich das Badezimmer verlasse und hinter mir die Tür schließe.

Ich versuche mir vorzustellen, wie glücklich mich letztes Jahr der Vorschlag von Sigrid und Magnus gemacht hätte, hier gemeinsam Weihnachten zu feiern, aber jetzt freue ich mich einfach nur darauf, wenn Weihnachten vorbei ist. »Ich halte das nicht aus«, habe ich zu Gustav gesagt und meinen Kopf in seinen Schoß gelegt. Seit ich krank bin, ist er entgegenkommender, sein Blick hat eine Sanftheit, und in seinen Bewegungen liegt eine Weichheit, die es vorher nicht gegeben hat. Natürlich weiß ich, daß in seinem Gehirn keine Synapsen existieren, mit denen er versteht, daß ich krank bin oder was das bedeutet – aber ich bilde mir trotzdem ein, irgend etwas in ihm nehme meine Veränderung wahr, meine Angst und das Bedürfnis, ihm nah zu sein, und daß er es deshalb anders zuläßt als seit langem.

Wenn das Haus so voll ist, kann man nirgends für sich sein, es gibt keinen Rückzugsort. Es ist wie in der Zeit nach Gustavs zweitem Schlaganfall, als meine beiden Schwestern hier lebten, um mir unter die Arme zu greifen, und zugleich Magnus und Sigrid überall waren, sie beanspruchten mit ihren kleinen Körpern schrecklich viel Platz, waren in jedem Zimmer, in dem ich Ruhe suchte, um zu denken, den Überblick zu bekommen, um zu schreien.

Daß das vielleicht mein letztes Weihnachten ist, weiß ich, auch wenn ich nicht aufgegeben habe, wie die Generalermunterung für alles lautet, was an Trauer, Wut oder Erschöpfung erinnert. »Du darfst nicht *aufgeben*«, sagen Magnus, Aslak oder Mia, sobald ich mir einen tiefen Seufzer erlaube oder den Kopf in die Hände lege. Am liebsten möchte ich sie anschreien, mit den Türen knallen und ihnen sagen, sie sollten sich verpissen, aber das Wissen, daß ich ihnen gute Erinnerungen hinterlassen muß, nette Erinnerungen, Erinnerungen an mich, wie ich lächle, wie ich warm und fröhlich und ruhig bin, an mich als Mutter und Großmutter, ist stärker. Ich habe nur noch diese Chance, also ist es extrem wichtig, ja entscheidend, daß sich zumindest irgend jemand mit einem Gefühl von unkomplizierter Liebe an mich erinnert.

Die ganze Situation hat etwas Unnatürliches an sich, bei allen Weihnachtsvorbereitungen und Traditionen, die ursprünglich mal meine beziehungsweise die meiner Mutter beziehungsweise die ihrer Mutter gewesen sind, bin ich außen vor, weil Sigrid und Magnus mit übertriebener Bestimmtheit übernehmen. Als hätten sie mit den Hufen gescharrt und endlich das Signal bekommen, loszustürmen, sich die Rolle zu krallen. Ich kriege es nicht wie geplant hin, die erinnernswerte Ausgabe meiner selbst zu sein, es ärgert mich und macht mich nervös, für hinfällig oder unsichtbar erklärt zu werden und nichts beitragen zu dürfen.

»Jetzt bist du undankbar«, tadelt Gustavs Geruch, als ich mit dem Kopf in seinem Schoß liege und mich beklage. »Du solltest dich darüber freuen, daß sie überhaupt kommen.« Diese Zwiespältigkeit raubt mir den Atem, und als ich am Vormittag des Heiligabends ins Wohnzimmer komme und der Baum mit Engeln und Lametta und Kugeln geschmückt ist und nichts davon dort hängt, wo es hingehört, und Aslak die Grütze kocht und Magnus die gepökelten Lammrippen zerteilt und Mia den Tisch deckt, gehe ich ins Kutschenhaus und krame Gustavs alte Bambusschneeschuhe hervor. Ich setze mich auf den Hackblock, er ist ganz fleckig von eingetrocknetem Hühnerblut und Kettensägenöl. Bevor ich mir die Schneeschuhe anlege, muß ich erst wieder zu Atem kommen, mein Zeigefinger befühlt das ausgeleierte Loch im Leder, ich sehe vor meinem inneren Auge Gustavs Rücken in dem senfgelben Anorak mit dem grünen Rucksack vor mir auf dem Weg zur Hütte hoch, dann fädle ich den Riemen am engsten Loch durch die Schnalle.

Ich stapfe den verschneiten Weg hinterm Schuppen entlang, in den Wald, den Hügel hoch, langsam und gleichmäßig, ich bin nicht so krank, wie die ganzen Blicke und Berührungen um mich herum behaupten.

Seit Beginn der Chemo war ich kaum draußen, die Luft sticht kalt in die ausgetrockneten Schleimhäute von Nase, Mund und Rachen, und meine dünnen Haare bieten keinen Schutz mehr, ich spüre den Wind auf der Kopfhaut. Bei der kleinen Holzhütte von Gustavs Vater angekommen, ziehe ich mir die Kapuze des Anoraks hoch und suche unter dem Stein den Schlüssel fürs Vorhängeschloß. Die Hütte hat nicht mehr als acht Quadratmeter, ist spartanisch eingerichtet, mit einem Tisch und zwei Stühlen, so was wie einer Sitzbank, einem Jøtul-Holzofen in der Ecke und einem Bücherregal, das fast die Eingangstür versperrt. Letzteres hat der noch gesunde Gustav hochgeschleppt, nachdem Magnus und Sigrid auf der Welt waren, als er entschied, er benötige einen Zufluchtsort. In dem Regal stehen ein paar Bücher, die er von zu Hause hierherbrachte, wenn er *Luft* brauchte. Ich ziehe eines nach dem anderen heraus, schlage sie auf, die meisten Buchrücken sind steif und knakken, als sie zum ersten Mal geöffnet werden – ein paar wenige, wie beispielsweise ein kleines Büchlein von Strindberg, von dem ich noch nie gehört habe, fallen fast auseinander.

Mir wird plötzlich übel und schwindlig, ich lege mich auf die Bank, mein Herz schlägt immer schneller, ich versuche die Atemübungen, die mir Sigrid beigebracht hat. Jeden Morgen Punkt halb fünf wache ich mit schweißnasser Brust und rasendem Puls auf, ich bekomme keine Luft, habe so große Angst, daß ich zittere, denke jedes Mal, ich hätte noch nie solche Angst gehabt, jeden Morgen fühlt sie sich neu an, lebensbedrohlich. Die Angst werde mich nicht umbringen, sagte Sigrid, als ich sie nach dem vierten solchen Aufwachen anrief, ob ich denn Imovane nähme, so wie sie es mir gesagt habe. Ich antwortete, ich nähme Schlafmittel und welche, die Übelkeit unterdrückten, aber die Medikamente wirkten nicht. »Nichts wirkt bei mir, nichts schlägt an.« – »Mama, du bist keine medizinische Ausnahme«, entgegnete sie, »natürlich wirken sie.« Aber am nächsten Morgen rief sie um halb fünf an, und während ich hyperventilierte, sagte sie: »Hör zu, atme tief ein.« Ich konnte es nicht, bekam nur japsend und hechelnd ein kleines bißchen Luft. »Mama, du mußt mir zuhören, atme langsam ein, du kannst das«, leitete Sigrid am anderen Ende der Leitung ruhig an, ich umklammerte den Telefonhörer, als wäre er Sigrids Hand, Gustavs Hand, Mamas Hand, schließlich gelang es mir, Luft in die Lunge zu ziehen. »So ist es gut«, lobte Sigrid, »einatmen auf eins zwei drei, halten für eins zwei drei vier, und ausatmen in zwei drei vier fünf, gut, noch einmal«, und ich atmete auf vier ein und hielt bis sieben an und atmete zu Sigrids monotonem Zählen auf acht aus, während Tränen und Schweiß strömten und der Herzschlag langsamer wurde.

Ich wache auf der Bank liegend davon auf, daß Sigrid an mir rüttelt.

»Das war eine schlechte Idee, Mama«, sagt sie.

»Stimmt«, pflichte ich ihr bei.

Sie hilft mir mit unterkühlten, aggressiven Bewegungen hoch, ich friere so sehr, daß meine Zähne klappern, sie schlüpft aus ihrem Wollpullover, gibt ihn mir und verläßt dann die Hütte. Es hat zu schneien begonnen, die Spuren von meinen Schneeschuhen sind fast verschwunden.

»Scheiße, was, wenn ich dich nicht gefunden hätte«, sagt Sigrid vor mir auf dem Weg, so leise und bitter, daß sie wohl keine Antwort darauf möchte

Ja, was wenn sie mich nicht gefunden hätte?

Am 28. Dezember komme ich morgens aus dem Badezimmer, und vor mir steht Mia im Badeanzug. Sigrid hat versucht, mir mein morgendliches Schwimmen zu verbieten, aber ich habe mich widersetzt: Solange ich gehen kann, gehe ich auch schwimmen.

Sigrid und Magnus hatten nie mitkommen wollen, was kein Verlust war, es war keine Tradition, deren Fortführung mir wichtig ist, sondern ein Ritual von Gustav und mir. Als Mia da im Bademantel auf mich wartet, bin ich kurz unschlüssig, möchte am liebsten allein sein, mit dem Wasser, den Bergen, Kant – und Gustav –, bringe es aber nicht übers Herz, es ihr zu verbieten, will ich doch Erinnerungen kreieren, ihr Erinnerungen schenken.

Unten am Steg angekommen, schlüpfe ich aus meinem Bademantel und registriere dabei aus dem Augenwinkel ihren Blick auf meinem kranken, abgemagerten Körper, der überschüssigen Haut an Armen, Beinen und am Rumpf. Ich drehe mich zu ihr, lächle und hebe die Arme, spanne die Muskeln an wie eine Gewichtheberin. Das scheint sie zu erleichtern, sie lacht und zieht auch den Bademantel aus. Ihr Körper ist mir bekannt, sie hat Sigrids unproportionierte Verteilung von Muskeln geerbt, die Sigrid wiederum von mir hat. Starke, mächtige Schenkel, breite Hüften und darüber ein schlanker, fast formloser Oberkörper mit dünnen Armen und langem Hals.

Ein Weilchen betrachte ich sie so in der Kälte, während sie aus Socken und Schuhen schlüpft, die Arme um sich schlägt, auf den Zehchen trippelt und derart friert, daß die geraden, weißen Zähne aufeinanderschlagen. Der Gedanke, daß viel von mir in Mia existiert, in ihr lebt, in ihr weiterwirken wird – in Muskeln und Bewegungen, in Gedanken und Blicken –, hat neuerdings etwas Tröstliches.

»Na, bist du bereit?« fragt sie.

Ich setze mir die gefütterte Bademütze auf.

»Erster«, sage ich

»Erste!« ruft Mia, läuft zwei Schritte zum Stegende und springt ab, legt die Arme um die angehockten Knie und verschwindet mit einem großen Platsch im schwarzen Wasser. Sie macht unter Wasser zwei Schwimmzüge Richtung Bootsanleger, taucht dann wieder auf, ihr Atem geht vor Kälte ganz schnell, Frosthauch umringt sie, aber sie lächelt mich an.

»Na los«, ruft sie. »Ich bleibe hier, bis du kommst.«

Auf dem Rückweg vom Wasser zum Haus sehe ich Sigrids Silhouette im Küchenfenster, sie verschwindet, sobald sie uns bemerkt.

»Dir geht's heute besser«, sagt sie, als wir in die Küche kommen, sie sitzt vom Fenster abgewandt mit der Zeitung am Tisch.

Mia und ich hocken uns auf die Bank vorm Ofen in der Ecke, ich genieße die besondere Wärme von Feuer am schwimmkalten Körper und nicke.

»Ja, mir geht es besser, fast keine Übelkeit«, antworte ich.

Auch wenn die Ärzte die letzte Chemo weit vor Weihnachten angesetzt hatten, hatte mich die Übelkeit fest im Griff, ließ nicht nach, und ich lag die Tage nach Weihnachten hauptsächlich auf dem Sofa oder im Bett, mit einem Eimer daneben. Mir war schummrig, ich war schlapp – bis heute, als ich mit einem Gefühl aufwachte, jemand hätte mir kaltes Wasser ins Gesicht gekippt, etwas Krankes weggespült, ich fühlte mich gesünder, stärker, sogar mein Magen knurrte leicht, so daß ich mir fünf Bissen knusprige Kruste vom Braten im Kühlschrank abrupfte, bevor wir zum Schwimmen gingen.

Seit Sigrid mich an Heiligabend in Gustavs Hütte gefunden hat, haben wir kaum miteinander gesprochen, denn bei unserer Rückkehr waren schon alle um den Eßtisch versammelt, übertrieben heiter und ohne Fragen. Aber ich spürte Sigrids Blicke auf mir, sie verfolgte alles, was ich tat: meine Bewegungen, Stimmlage, wie ich ging, die Anzahl der Eßlöffel verspeister Grütze, Bissen Fleisch, Schlucke Wein, Stunden Schlaf und Gänge zur Toilette.

»Kannst du bitte kurz neuen Kaffee aufsetzen?« fragt Sigrid Mia.

»Aber ich weiß nicht mehr, wie man Kaffee mit dem Kessel macht«, antwortet Mia.

»Das habe ich dir doch schon hundert Mal gezeigt.«

»Was ja wohl nichts bedeutet, wenn ich es trotzdem nicht mehr weiß.« Sigrid steht auf, holt die Kaffeedose aus dem Schubfach, nimmt den Kessel vom Herd. Mia bleibt sitzen.

»Na, komm her, dann bring ich es dir bei. Ein letztes Mal«, sagt Sigrid.

Überraschenderweise steht Mia folgsam auf und nimmt den Kessel, den ihr Sigrid entgegenstreckt. Sie hantieren mit dem Rücken zu mir in der Küche herum, Sigrids Bewegungen wirken froh und unbeschwert, ihr Kopf ist erhoben.

»So. Wasser bis kurz über die Tülle. Nein, *über* die Tülle, Mia, du siehst doch das Loch, das das Innere der Tülle ist«, leitet Sigrid an. »Gut, und dann nimmst du fünf Meßlöffel Kaffee. Jetzt weißt du es wieder, oder?«

»Nein, ich bin nun mal jemand, der es nicht gleich wieder weiß, wenn …« Mia unterbricht sich selbst.

Sigrid lächelt ihr zu, und Mia lacht los. Es macht mich froh, sie zu hören, ihnen zuzusehen, die Stimmung zwischen ihnen zu spüren – herzlich und locker.

Am Silvestermorgen bringe ich Mia mit dem Auto zum Bus. Sie fährt zurück nach Oslo, um mit Freunden ins neue Jahr zu feiern. »Mit wem?« fragte Sigrid schnell und nervös, als Mia vor ein paar Tagen davon erzählte. »Den üblichen«, antwortete Mia, »kennst du nicht alle.« – »Ich kenne wohl ein paar«, sagte Sigrid und biß sich auf die Lippe. »Oh, Mann ey, es sind nur die üblichen, also gut, Kristin, Jakob, Iver und noch ein paar, sei nicht so penetrant.« Sigrid wirkte unsicher, klein. »Du kannst doch deiner Mutter wohl eine ordentliche Antwort geben«, mischte ich mich in einem instinktiven Anfall,

Sigrid beschützen zu müssen, in ihr Gespräch. Sigrid und Mia drehten sich synchron zu mir, mit demselben Ausdruck im Gesicht, und ich sagte nichts mehr.

»Versprich mir, daß du auf dich aufpaßt«, bittet mich Mia im Auto.

»Natürlich«, antworte ich.

»Mama macht sich schreckliche Sorgen um dich, ich glaube, sie würde es nicht verkraften, wenn du aufgibst.« Mias Stimme zittert ein wenig.

»Ja, ich weiß, ich werde nicht aufgeben«, antworte ich, weiß nicht, was ich sonst sagen kann, Mias Fürsorge für Sigrid ist rührend und rührt zugleich an einer Wunde.

»Bis bald?« verabschiedet sich Mia etwas fragend, kurz vor dem Einsteigen in den Bus, zu dem ich sie begleitet habe, ich fröstle in meiner Strickjacke.

»Bis bald.« Ich lächle sie an, sie umarmt mich, ich verschwinde fast in ihrer riesigen Steppjacke.

Auf dem Heimweg fahre ich an der Schule vorbei, die Fenster des Klassenzimmers, in dem ich normalerweise unterrichte, liegen zur Straße, sie sind dunkel und groß, ich sehne mich zurück. Mir graut es schon seit Jahren vor meiner Pensionierung, ich sehe Stille und Einsamkeit vor mir, denke aber zugleich mit einer gewissen Erwartung an die Veränderung, wenn ich ein Meer von Zeit und vollständige Freiheit haben werde. Habe mir ausgemalt, Sigrid und Aslak in Urlaub zu schicken und bei Viljar in Oslo zu sein, oder in Stavanger bei Magnus und seinen Kindern, falls er noch welche bekommt. Habe mir vorgestellt, mehr Zeit zu haben, für Gustav, den

Garten, die Berge, Zeitungen, dafür, endlich den Stall und die Scheune aufzuräumen, für Nähe, Gespräche und Versöhnung.

Ich bin krankgeschrieben. Das erste Mal in meinem Leben meinetwegen und nicht wegen Gustavs Krankheit, ich fühle mich, als stünde ich außerhalb der Gesellschaft und schaute hinein. Alle tragen etwas bei, während ich auf der Straße vorbeifahre, untätig, überflüssig. »Selbstverständlich ist unser Ziel, daß Sie wieder arbeiten können«, sagte mein Hausarzt, »aber solange Sie so starke Nebenwirkungen haben, sind Sie wohl nicht in der Lage zu unterrichten.«

Nach der ersten Chemotherapie gab mir der Arzt im Krankenhaus einen Brief mit, eine Liste möglicher Nebenwirkungen. »Es ist aber nicht gesagt, daß Sie irgendwelche davon bekommen«, meinte er, manchen Leuten gehe es ganz gut, sie spürten kaum was und könnten fast normal leben. »Ich kann Ihnen versprechen, ich werde welche bekommen«, sagte ich, lächelte. Genaugenommen bekomme ich eigentlich sämtliche in welcher Packungsbeilage auch immer aufgeführte Nebenwirkungen. Früher dachte ich, das sei eine gesunde Reaktion, ich hätte wohl einen Körper, der die Arbeit selbst erledigen wolle, der sich wehre und den Medikamente nur störten. Was ja nun auch nicht merkwürdig sei, habe ich zu Sigrid gesagt und damit ihrer Ansicht nach wie eine Impfgegnerin geklungen. »So funktioniert das nicht, man bekommt nicht ganz generell viele Nebenwirkungen von jeglichem Medikament«, erklärte sie, während ich in diesem Krankenhauslehnstuhl saß und die erste Infusion mit Zellgift in mich hineinlief. »Vermutlich spürst du nur mehr, weil du genau darauf achtest.« – »Ich bilde es mir also nur ein?« fragte ich. »Nein, das nicht, du spürst die Nebenwirkungen nur besser als andere, weil du so körpersensibel bist«, antwortete Sigrid, und ich lachte los. Aber vielleicht hat sie recht, vielleicht bin ich mehr auf den Körper fokussiert als andere, nicht darauf, wie er aussieht, sondern darauf, wie er funktioniert, nachdem ich aus nächster Nähe verfolgen mußte, wie Gustav eine Funktion nach der anderen verloren hat: ich mußte einen rechten Arm für uns beide haben, dann zwei Beine für uns beide, dann Mimik.

Die Liste zu Wirkungen und Nebenwirkungen ist lang und ausführlich, ich gehe sie fast täglich durch, wie eine Checkliste. Aber das erste Lesen hat mir eine neue Perspektive eröffnet – dieser lange Abschnitt über Nebenwirkungen bei Frauen, von Menstruationsstörungen über Verminderung der Eizellen zur Schwierigkeit, schwanger zu werden, alles Nebenwirkungen, die mich nicht mehr betrafen. Für die ich zu alt war – und beinahe verschlug es mir die Sprache darüber, wie egoistisch der Gedanke war, mein Krankwerden als tiefe Ungerechtigkeit zu begreifen, während zur gleichen Zeit Tausende Menschen in Sigrids, in Mias Alter, mit jungen Körpern und Leben, dieselbe Liste in der Hand hielten.

Ich überhole Aslak, der Viljar auf einem Schlitten den Hügel zum Laden hochzieht, oder vielleicht sind sie zu Aslaks Eltern unterwegs. Ich habe ihm gesagt, er müsse sich nicht verpflichtet fühlen, alle Weihnachtstage bei mir zu sein, natürlich könnten Sigrid und er die Zeit zwischen seinen Leuten und mir aufteilen, aber Aslak hat nur abgewunken, das Haus dort sei sowieso proppenvoll. Mir graut davor, seinem Vater oder seiner Mutter oder beiden beim Einkaufen oder auf der

Straße zu begegnen, mich dafür rechtfertigen zu müssen, ihr Kind und Enkelkind fürs gesamte Weihnachtsfest gekapert zu haben, oder – noch schlimmer – daß sie es mir aus Mitleid gönnen.

Der ganze Ort weiß, daß ich krank bin. Auch wenn ich hier aufgewachsen bin, auch wenn ich selbst solche Gespräche auf der Straße und im Laden, in der Schule und auf beleuchteten Loipen, auf Festen und im Gemeindesaal, um Küchentische und in Autos geführt habe, ist es trotzdem faszinierend, Zeuge zu werden, wie schnell sich eine Neuigkeit oder ein Gerücht verbreiten kann. »Dieses Dorf schlägt Facebook um Längen«, sagte Sigrid an Heiligabend, als ich erzählte, mir habe einer der Nachbarn einen Topf mit Labskaus auf den Küchentisch gestellt, der stand da – noch immer warm –, als ich nach der Operation aus dem Krankenhaus zurückkam. Sie hat die Werte, die es in der kleinen Gemeinschaft gibt, nie gewürdigt, die Sicherheit darin, daß immer jemand auf einen achtgibt.

»Du gibst nicht acht«, sagte Magnus am Tag nachdem Sigrid zum erstenmal von der Polizei nach Hause gebracht worden war. Man hatte sie an der Tankstelle gefunden, so betrunken, daß sie kaum ansprechbar gewesen war. Mir war es unangenehm, dem Blick unseres Polizeichefs zu begegnen, den ich gerade erst zwei Wochen zuvor für ein Elterngespräch in die Schule bestellt hatte. Ich wußte nicht, was ich sagen sollte, war müde von Gustavs nächtlichem Umherwandern, seinen Wutanfällen, den unvorhersehbaren, unerkennbaren Mustern. Direkt bevor Sigrid um zwei Uhr nachts nach Hause gebracht wurde, war ich von Geräuschen aus dem Bad aufgewacht, wo er stand und sich sämtliche Haare abrasierte. Als es an der Tür klingelte, hatte ich ihn gerade dazu überredet, sich wieder hinzulegen. Beim Anblick der sturzbetrunkenen Sigrid, ihres vernebelten Blicks und ihrer torkelnden Bewegungen, empfand ich nur Scham und die Wut, mich um noch mehr kümmern zu müssen. Sie lehnte hinter dem Polizeichef an der Wand, und als es ihr gelang, mir für eine Millisekunde klar in die Augen zu sehen, lächelte sie trotzig, fast triumphierend, und ich kann mich erinnern, daß ich den Impuls unterdrücken mußte, ihr eine zu scheuern, ihr mit der flachen Hand ins Gesicht zu schlagen, ihr dieses egoistische Bedürfnis nach Aufmerksamkeit rauszuprügeln, mit dem sie uns, mir, noch mehr zumutete. »Wer hier nicht achtgibt, ist sie«, antwortete ich Magnus und nickte in Richtung Gustav, der schlafend auf dem Sofa lag.

Sigrid fragt in einer Textnachricht, ob ich Thymian für die Truthahnfüllung kaufen könne. Ich wende und fahre zum Laden, auch wenn wir uns meiner Meinung nach am Morgen darauf geeinigt hatten, ich würde abends Elchsteaks machen. Mir fehlt die Autorität, die ich als Gesunde hatte, sie ist jenseits meiner Reichweite, selbst wenn ich mich besser fühle, in den Augen von Sigrid und Magnus und allen anderen bin ich krank und damit untergeordnet, und zwar so lange, bis man mich für gesund erklärt – oder tot.

Ich will gerade den Motor abstellen, da sehe ich seinen Wagen. Überlege, ob ich weiterfahren soll oder ob ich einfach sitzen bleibe, bis er raus ist, oder ob ich hineingehe. Meine Gedanken werden jäh davon unterbrochen, daß er durch die neue Automatiktür aus dem Laden kommt. Er entdeckt auf der Stelle mein Auto, bleibt stehen und erspäht mich im Inneren. Ich steige aus, richte meine Jacke. Drei Meter von mir entfernt stoppt er.

In den fünf Minuten, die vergangen sind, seit ich seinen Wagen bemerkt habe, habe ich vergessen, daß ich krank bin. Ich habe vergessen, wie ich aussehe, daß ich die ausgedünnten Haare unter der Mütze verstecke, daß die Kleidung um meinen Körper schlackert, daß die Knochenstruktur in meinem Gesicht stärker hervortritt, weswegen ich, wie Viljar meint, einer Hexe ähnele.

»Mein Gott, Anne!« Erik bleibt einen Augenblick stehen, dann kommt er zu mir, vergißt die Einkaufstüten abzustellen, versucht mich mit einer vollen Tüte in jeder Hand zu umarmen, sie schlagen mir gegen den Rücken.

Ich lache los.

»Ich hatte ja keine Ahnung«, sagt er, als er mich losläßt.

»Ja, kein Wunder«, sage ich. »Fährst du für Silvester auf die Hütte?«

Er nickt, wirft einen Blick in Richtung seines Wagens, erst jetzt sehe ich, daß jemand auf dem Beifahrersitz sitzt.

»Ja, nur bis morgen. Aber ...« setzt er an, weiß nicht, wie er weitermachen soll, und das kann ich gut verstehen, das ähnelt den vielen Gespräche mit um einiges fremderen Menschen als Erik, die sich fragen, was sie angesichts eines offenbar kranken Körpers sagen können oder dürfen.

»Darmkrebs«, sage ich. »Ich kriege Chemo, und man ist zuversichtlich, daß ich wieder ganz gesund werde.«

Ich erzähle nichts davon, daß sich der Krebs ausgebreitet hat, diese Information ist denen vorbehalten, die meinen haarlosen Kopf deuten können, die begreifen, Chemo ist etwas für Fortgeschrittene. Das tut Erik nicht.

»Na, das ist doch gut. Ach, mein Gott, die Welt ist wirklich ungerecht, das hast du nicht verdient«, sagt er.

»Ja, stimmt, es hätte lieber jemanden treffen sollen, der es wirklich verdient hat.« Ich lächle ihn an.

Er wirkt etwas verwirrt.

»Was, nein, ich meinte nur ...«

»Ich ziehe dich auf. Ich habe schon verstanden, was du gemeint hast. Danke«, erlöse ich ihn.

Er verlagert das Gewicht von einem Bein aufs andere, wirkt nervös, ungeduldig, wirft einen Blick zu seinem Wagen.

»Du, wir müssen zusehen, zur Hütte hochzukommen, bevor es zu dunkel wird. Aber wenn ich das nächste Mal hier bin, trinken wir einen Kaffee, reden ein wenig«, schlägt er vor.

»Ja, natürlich«, antworte ich, wohl wissend, daß er sich nicht melden wird, wenn er das nächste Mal hier ist. »Gib mir einfach ein Zeichen, wenn du mal wieder da bist.«

»Mach ich, ich plane, im Februar oder März wieder hochzukommen. War schön, dich zu sehen.« Er beugt sich etwas vor, hat aber noch immer die Einkaufstüten in den Händen und überlegt es sich mitten in der Bewegung anders.

»Guten Rutsch«, sage ich.

Ich schaue seinem Auto nach, als es aus dem Parkplatz biegt. Bereue, daß ich ausgestiegen bin, jetzt wird er mich so in Erinnerung behalten. Der Gedanke, daß er, außer Gustav der einzige wirkliche Zeuge meines gesunden nackten Körpers, diese Erinnerungen nun bestimmt mit der Vorstellung des kranken austauscht, ist unerträglich.

»Willst du dir nicht einen Freund suchen?« hatte Magnus drei Tage nach Gustavs Umzug ins Pflegeheim gefragt. »Ich bin noch immer verheiratet«, hatte ich protestiert und die Hand mit dem Ehering in die Luft gehalten, war auf diese Frage nicht vorbereitet gewesen. »Nur auf dem Papier«, erwiderte er. »Ist für eine Ehe nicht das Papier das Entscheidende«, antwortete ich, »alles andere kann man ja auch anders haben.« – »Du verstehst schon, was ich meine«, sagte er, und das tat ich, hatte bereits seit zwei Jahren ein Verhältnis mit Erik.

10

Die Schneemauern entlang der Straße sind mehrere Meter hoch. Es ist der Neujahrstag, und wir fahren nach Oslo zurück. Viljar ist auf der Rückbank eingeschlafen, und Aslak nutzt die Gelegenheit für eine Runde Candy Crush auf dem Handy, denn ich habe das Verbot ausgesprochen, vor Viljar hirntote Spiele zu spielen. Aslak findet die Buchstaben- und Zahlenspiele, die ich auf Viljars iPad heruntergeladen habe, lächerlich und prahlerisch, und ich bin mir sicher, die beiden hocken nach dem Kindergarten stundenlang vor Candy Crush und anderen süchtigmachenden Spielen, in denen Süßigkeiten vorkommen. Mittlerweile versuche ich überhaupt nicht mehr, das zu unterbinden, und bin eher beeindruckt, wie gut Viljar ein Geheimnis bewahren kann.

Der Weg durchs Fjell kommt mir länger vor als sonst, vielleicht wegen der langweiligen Aussicht auf Schneewände statt der ästhetischen Belohnung dafür, hier heraufgekommen zu sein, über die Baumgrenze, für die Fahrt durch die karge, gnadenlose Berglandschaft, die trotz allem einen größeren Widerhall in mir auslöst als Oslos nichtssagende Natur. Vielleicht auch, weil Frida heute morgen angerufen hat, aus der Psychiatrie, nach einem weiteren Selbstmordversuch.

Ich habe ihr meine Nummer vor Ewigkeiten gegeben, mit der Ansage, sie sei ausschließlich für Notfälle – und sie hat sie bis auf beeindruckend wenige Ausnahmen nicht mißbraucht. In den Jahren, in denen ich sie kenne, wurde sie schon mehrmals eingewiesen, aber das letzte Mal ist lange her. Bei ihrem letzten Termin vor Weihnachten war sie noch immer kontrolliert und in der Rolle der Normalen, entsprechend ihrer Definition von normal, die auf Fernsehserien, Blogs und Instagram beruht. Frida observiert und interpretiert die Welt besser als sonst jemand, mit Adlerblick und emotionaler Präzision, auf der Jagd nach Fürsorge und Aufmerksamkeit. Sie hatte wieder Kontakt mit ihrem Ex, dem Kindsvater, aufgenommen, von dem ich nur weiß, daß er von irgendwo aus dem Sørlandet stammt und ein paar Mal im Jahr für eine Zwangseinweisung sorgt, um gratis dorthin gebracht zu werden. »Ich darf nicht mal meine Socken vom Boden aufheben«, erzählte Frida bei ihrem letzten Termin und rollte mit den Augen. »Er ist so vorsichtig und paßt auf, daß ich keinen Brie oder rohen Schinken esse oder Kaffee trinke. Typisch Mann, oder?« Sie lächelte mir verschwörerisch zu. »Also er ist beinahe mehr schwanger als ich.«

Der Umgang mit dieser angeschafften Normalität war fast schwieriger als mit der Grenzenlosigkeit, vor der sie sonst trieft, und es tut weh, daß ich es nicht kapiert habe oder, noch schlimmer, daß ich zu sehr mit mir selbst – und Mama – beschäftigt war, um es begreifen zu können.

Ihre früheren Einweisungen folgten einem völlig anderen Muster, einem völlig anderen Verhalten. Das erste Mal nannte sie mir ein exaktes Datum, an dem sie sich das Leben nehmen wolle. »Am 4. Juni werde ich sterben«, hatte sie gesagt, und auch wenn mir klar war, daß sie das höchstwahrscheinlich nicht durchziehen würde, wagte ich nicht, sie nicht einzuweisen. Der Gedanke, sie oder jemand anderes könne unter meiner Betreuung sterben, war zu Beginn meines Berufslebens unerträglich, und für eine Weile wies ich mehr Patienten ein, als ich nach Hause schickte. Zu guter Letzt rief mich eine sicherlich überarbeitete, erschöpfte Oberärztin des Rikshospitals an und bezeichnete mich als inkompetent, ich solle mich zusammenreißen, wir, diese neue Generation an Hausärzten, seien ein Haufen zartbesaiteter Luschen, die sich vor Verantwortung drückten, und der nächste Patient, den ich ihr schickte, solle verdammt noch mal mehr brauchen als Nexium oder einen freundlichen Klaps auf die Schulter. Völlig von meiner Angst ausgelaugt, als Berufsanfängerin Fehler zu machen, heulte ich am Telefon los, wissend, daß meine tränenerstickte Stimme und mein rotzendes Schniefen ihre Vorurteile komplett bestätigte, sie legte einfach auf. Ein paar Tage später rief sie jedoch erneut an, entschuldigte sich glücklicherweise nicht, sondern kam direkt zur Sache. »Willst du bloß ein Verteilungsbüro sein?« fragte sie. Ich schüttelte den Kopf. »Was?« hakte sie nach. »Nein«, antwortete ich leise. »Dann solltest du damit anfangen, deine Ausbildung zu gebrauchen und deine Patientinnen wirklich zu behandeln«, sagte sie, und ich glaubte, in ihrer Stimme schwang etwas wie ein Hauch von Wärme.

Frida kann nicht geheilt werden, aber ich habe gelernt, nach den kleinen Veränderungen, den kleinen Siegen, Ausschau zu halten. Daß sie jetzt beispielsweise, ohne sich selbst zu verletzen, durch die gesamte Schwangerschaft gekommen war, daß sie seit mehr als einem Jahr einen anderen Ex, von dem sie komplett besessen war, nicht aufgesucht hatte. Daß sie bei Seven Eleven endlich einen Job gefunden und seit sieben Monaten noch nicht wieder verloren hat.

»Also warum genau jetzt«, wende ich mich im Auto an Aslak, kriege Frida einfach nicht aus dem Kopf, und die Frage dient nur dazu, etwas laut zu sagen, den Kreisel aus Gedanken und Selbstanklage zu unterbrechen.

Ich habe mit Aslak schon öfter über Frida gesprochen. Anfangs wollte er wissen, ob ich denn keine Schweigepflicht hätte. »Du hast ja keine Ahnung, um wen es geht«, war meine Antwort. Seither wies er mich mehrmals darauf hin, ich würde meine Schweigepflicht ausschließlich bei schwächeren Patienten übergehen. »Du würdest mir nichts erzählen, wenn eine Politikerin oder ein Star mit demselben Problem in deine Sprechstunde kämen.« – »Sie haben nicht dieselben Probleme«, konterte ich, aber er hat recht.

Er hebt den Blick von seinem Handy und muß sich kurz sammeln, bevor er weiß, wovon ich spreche.

»Es ist nicht deine Schuld«, sagt er. »Zu Weihnachten bringen sich die Leute um.«

»Sie hat sich nicht umgebracht«, gebe ich zurück. »Und ich sage nicht, daß es meine Schuld ist, ich sage nur, daß das eine echte Scheißidee war.«

Ich habe so eine Wut in mir und weiß nicht, worauf ich sie richten soll, außer auf Frida, auf ihren unfaßbaren Egoismus.

»Schon, aber du verstehst schon, was ich meine«, sagt Aslak.

»Ich verstehe überhaupt nichts«, lüge ich. »Sie ist schwanger, sie hat einen Job, wir hatten eine ganz klare Strategie für Weihnachten. Wir hatten eine Absprache!«

Meine Stimme bricht.

»Du nimmst das zu persönlich«, sagt Aslak. »Es geht hier nicht um deine Mutter.«

Ich drehe mich zu ihm.

»Gib nicht den Hobbypsychologen. Konzentrier dich lieber auf dein Spiel.«

Als wir nach Hause kommen, ist es schon lange dunkel. Es ist äußerst aufgeräumt und riecht extrem nach Putzmittel und Cif Scheuermilch, also hatte Mia offensichtlich am Abend vorher eine Party oder Besuch. Die Gedanken an Frida und Mama und alles, was sich im Laufe der Autofahrt aufgetürmt hat, verfliegt schlagartig angesichts der Erleichterung darüber, daß Mia offensichtlich nicht mit Jens und Zadie Silvester gefeiert hat. Sie ist zuvorkommend und fröhlich, macht sogar einen Witz über Aslaks Flanellhemd. Den ganzen Herbst und die meiste Weihnachtszeit über hat sie quasi alles an ihm genervt, im Dezember fragte sie ihn einmal am Nachmittag, ob er es nicht satt habe, auszusehen, als käme er direkt aus dem Stall oder einer Scheune. Das traf Aslak, aber er versuchte zu lachen. »Ich dachte, sie wäre mit dem Rebellieren durch«, sagte ich später im Bett vorsichtig. Er tat, als verstünde er nicht, worauf ich anspielte, las weiter seine Zeitung. »Tut mir leid, ich weiß nicht, was in sie gefahren ist«, fuhr ich fort. Da setzte er sich abrupt auf und starrte mich an, und ich begriff, daß meine Entschuldigung für Mia, als hätte ich mehr Verantwortung für sie, als wäre sie mehr meine Tochter, schlimmer, ja viel verletzender war als ihre ursprüngliche Bemerkung beim Abendessen.

Ab dem Moment, da ich die Haustür in Oslo aufmache, stelle ich mir vor, was Mama jetzt gerade macht, was sie tut, während ich Mia umarme, während ich ihr und Viljar einen

Käsetoast mache, während ich den schlafenden Viljar in sein Bett hinauftrage und zudecke, während ich die Spülmaschine einräume, während ich Mia, die morgen früh zur Arbeit muß, zwei tiefgefrorene Brötchen in einem Küchenhandtuch zum Auftauen auf ihr Brett lege.

Mama wollte die nächsten Wochen allein sein, vereitelte all unsere Versuche, einen Besuchsplan zu schreiben. Magnus hatte sich Urlaub genommen, um bei ihr zu bleiben, bis die nächste Chemotherapie überstanden war, aber sie war hartnäckig, fast aggressiv. Es gebe Grenzen dafür, wieviel wir über sie entscheiden könnten, meinte Magnus, als wir anschließend darüber sprachen, sie sei ja ein erwachsener Mensch. Ich antwortete, sie sei alt. Irgendwas dazwischen, sagte Magnus, sie habe noch immer ihre fünf Sinne beisammen. Was das betraf, hatte ich, seit ich Mama an Heiligabend bei sieben Grad Minus schlafend in Papas alter Hütte gefunden hatte, so meine Zweifel, das zeugte von schlechtem Urteilsvermögen – sogar für ihre Verhältnisse. Aber sowohl ihre Form wie auch ihre Laune wurden über Weihnachten besser, und bei unserer Abreise heute morgen wirkte sie beinahe gesund. Besser als seit vielen Jahren, sagte ich zu Aslak, als wir aus ihrer Einfahrt bogen und sie Viljar mit großen, übertriebenen Bewegungen hinterherwinkte. Aslak antwortete nicht, in den letzten Tagen hat er wieder mit Andeutungen darüber angefangen, wir könnten zurückziehen, in kleinen ins Gespräch mit Mama oder Viljar eingeflochtenen Bemerkungen – wie schön es doch sein müsse, da zu wohnen, wo es den ganzen Winter über Schnee gebe – und indem er listig Mamas Krankheit als Teil seiner Argumentation benutzte. Mia ziehe im Herbst ja sowieso aus, hörte ich ihn eines Abends sagen, als Mia und ich im Wohnzimmer einen Film schauten, während er und Mama in der Küche saßen. »Na eben«, flötete Mama.

Den Gedanken, daß Mia ausziehen wird, verdränge ich bisher oder verschiebe ihn, bis es ganz sicher ist, bis der Zulassungsbescheid der Schule, an der sie sich beworben hat, da ist. »Im Herbst ziehe ich sowieso aus, Mama«, hat sie gesagt. Ich bin auf ihre Selbständigkeit stolz und fürchte mich zugleich wahnsinnig davor, daß sie von mir fortgehen wird, wir waren, solange sie lebt, höchstens ein paar Wochen am Stück voneinander getrennt. Als sie im letzten Sommer für vier Wochen durch Asien reiste, mußte ich mich in den ersten drei Nächten zu Viljar ins Bett legen.

Mit mir hat Aslak nicht über einen Umzug gesprochen, und ich habe seine Bemerkungen ignoriert, sogar die, die ich hören sollte, der Gedanke ist befremdlich, fast noch mehr, nachdem wir Weihnachten dort verbracht haben, noch mehr, nachdem Jens nach Oslo gezogen ist und mit Mias Beschlagnahme begonnen hat.

»Glaubst du, Oma wird überleben?« fragt mich Mia an einem Abend Ende Januar.

Wir sind auf dem Rückweg vom Fitneßstudio, Mia hat mich zu einer gratis Probestunde Kettlebell-Training mitgenommen, zu der ich aus lauter Freude über ihre Initiative Ja gesagt hatte, nicht ahnend, daß es bedeutete, in einem Saal voll neujahrsoptimistischer Menschen eine Stunde lang bleischwere Gewichte zu heben und zu schwingen. »Ich dachte, du fändest Fitneßstudiomuskeln prollig«, sagte Aslak, bevor ich losfuhr, er lehnte am Türrahmen zum Schlafzimmer, beobachtete, wie ich meine Sportsachen anzog, und lachte mich aus, als ich mich in die engen Leggins zwängte. Als Aslak direkt nach unserem Umzug nach Oslo einmal mit nacktem Oberkörper im Garten am Kopfteil eines Bettes gehobelt hatte, hatte ich auf der Treppe gesessen und ihn beobachtet, die Muskeln an seinem Oberkörper, und den seltenen Drang bekommen, sie anzufassen, ihn anzufassen – vielleicht in erster Linie als Anerkennung für das, was er durch den Umzug mit mir nach Oslo aufgegeben, geopfert hatte. Ich legte ihm die Hände flach an die Brust und lächelte, während ich sie langsam entlang der Rippen nach außen gleiten ließ, mit festem Griff hinter seinem Rücken zusammenbrachte und ihn an mich zog, ihn auf Hals und Schulter küßte. »Verstehe, ich muß wohl anfangen zu trainieren, damit das hier immer weitergeht«, hatte er gesagt. »Nie im Leben darfst du diese Muskeln gegen so prollige aus dem Fitneßstudio eintauschen.« Er hatte über meine Antwort gelacht. Irgendwie macht es mich wehmütig, daß er sich gut genug daran erinnert, um es zu erwähnen, aber nachdem ich den Kampf mit den Leggins gewonnen hatte, sagte ich mit einem Lächeln, Fitneßstudiomuskeln seien wohl allemal besser als gar keine, woraufhin er still wurde und ich mir schnell selbst einen Klaps auf den Po gab, um anzuzeigen, wessen fehlende Muskeln ich meinte.

Mein Körper fühlt sich völlig zerschunden an, ich kann mich nicht erinnern, wann ich das letzte Mal Sport gemacht habe, und mir graut es vor den Schmerzen morgen, aber zumindest habe ich nun eine Idee davon, wozu ich meine Patientinnen auffordere.

Ich weiß nicht, was ich Mia antworten soll. Ich bin müde, die einzige zu sein, die keine reale Hoffnung hat, daß Mama gesund wird, weswegen Weihnachten für mich kaum auszuhalten war. Die Gewißheit, daß es eines ihrer letzten Weihnachtsfeste sein würde, der Streß, es ihr so schön wie möglich gestalten zu wollen, damit sie mit einer gewissen Ruhe, mit guten Erinnerungen sterben konnte, wurde alles bestimmend – fast ein Mantra, zu dem ich bei jedem Anflug von Streit oder Konfrontation Zuflucht genommen habe.

»Das Leben überleben?« frage ich Mia mit einem kurzen Lachen, ich schinde Zeit.

»Mach keine Witze.« Mia bleibt auf dem Bürgersteig stehen und greift mich am Arm. »Ich meine es ernst.«

»Ich weiß es nicht, Mia«, antworte ich, was schließlich stimmt.

»Papa sagt, es ist ein sehr schlechtes Zeichen, wenn es sich auf Lymphknoten und Leber ausbreitet und daß die meisten dann innerhalb eines Jahres sterben«, sagt sie.

»Welcher Papa«, erwidere ich, obwohl ich genau weiß, daß Aslak nie im Leben auf die Idee kommen würde, Mia so etwas zu sagen.

Zumindest liegt eine gewisse Genugtuung in der Bestätigung, daß Jens nicht plötzlich als perfekter Vater vom Himmel gefallen ist, daß er Fehler macht, Falsches sagt, Mia so verunsichert, daß sie bei mir nach Antworten suchen muß.

»Jetzt bist du bescheuert«, sagt Mia. »Kannst du nicht einfach auf meine Frage antworten?«

»Ich habe dir geantwortet, ich weiß nicht, ob Oma den Krebs überleben wird, aber soviel kann ich dir versprechen:

Jens weiß das noch weniger.« Ich spüre, wie mein Puls schneller wird.

»Er ist auch Arzt, und er hatte viele Krebspatienten«, entgegnet Mia.

Ich lasse die Sporttasche fallen, fasse Mia an beiden Schultern. Es gibt nun zwei Wege, wie das Gespräch verlaufen kann, ich bemühe mich, den richtigen einzuschlagen, aber es gelingt mir nicht.

»Verdammt noch mal, Mia, warum verteidigst du ihn? Warum bist du nicht wütend auf ihn, warum bist du nicht sauer?« frage ich mit lauterer Stimme.

Mia bleibt völlig ruhig, macht sich nicht los, sieht mich an, als würde sie darauf warten, daß ich fertig werde, nur ihre Mundwinkel verraten andeutungsweise eine Gefühlsregung, vielleicht vor allem Trotz, was mir reicht, um weiterzumachen.

»Du weißt schon, daß er abgehauen ist, als ich schwanger war? Du weißt, daß er mich mit der Verantwortung für dich alleingelassen hat? Daß er sich neunzehn Jahre für nichts interessiert hat? Daß er uns beide im Stich gelassen hat, er hat nicht nur mich verlassen.«

Sie reagiert nicht. Ihre augenscheinliche Ruhe macht mich wahnsinnig, auch wenn ich verstehe, sie ist mühsam erkämpft. Ich rüttle sie, während ich spreche, will Gefühle losrütteln, sie ist neunzehn und muß voll davon sein, aber ihr ausdrucksloses Gesicht zeigt mir, daß ich mich hier als unsicherer Teenager erweise. Ich werde noch wütender auf Jens, er hat sie kaputtgemacht, sie mit psychopathischen Zügen infiziert.

»Ja, seltsam, wie dich alle im Stich lassen, Mama.« Mia nimmt ruhig meine Hände von ihren Schultern.

Am nächsten Tag schicke ich Jens eine Textnachricht, wir müßten sprechen und ich würde nach der Arbeit bei ihm vorbeikommen. Er antwortet mit zwei Emojis, einmal Daumen hoch und einem Smiley mit Sonnenbrille, ich muß einfach lachen, auch wenn ich Aslak für seinen extensiven Emojigebrauch kritisiere: Es sei reine Faulheit, nicht mit Worten ausdrücken zu können, was man sagen wolle. Aslak hat deshalb nicht damit aufgehört, im Gegenteil, er antwortet nun auf fast alle meine Fragen mit einer lila Aubergine, um mir etwas zu demonstrieren. Um lustig zu sein, würde er behaupten. Ich finde es nicht lustig, ich reagiere nicht darauf, und er hört nicht damit auf, es ist ein zäher, absurder Kampf, den keiner von uns verlieren will. Jens' Daumen und Sonnenbrille hingegen lösen etwas anderes aus, erscheinen beinahe intelligent, als ob er eigentlich zu weltgewandt für Emojis ist und sie sich genau deshalb erlauben kann.

Er öffnet mir barfuß die Haustür, mit für Winter überraschend gepflegten Füßen, ich überlege, ob er wohl zur Pediküre geht, klammere mich an diesen einzigen ihn herabwürdigenden Gedanken, um nicht vollständig vom Gefühl fortgerissen zu werden, wieder neunzehn zu sein. Als ich meine Jacke ausziehe, geht er um mich herum, um sie mir abzunehmen, hängt sie auf einen Kleiderbügel im Schiebetürenschrank der Garderobe und erzählt währenddessen von den flexiblen Arbeitszeiten in der privaten Drop-in-Klinik, in der er arbeitet. Ich schlüpfe aus meinen Stiefeletten, die groß und klobig aussehen, als Jens sie neben Zadies Lederpumps und schmale, knöchelhohe Stiefeletten stellt. Er winkt einladend mit der Hand, und wir gehen ein halbes Stockwerk nach oben in eine offene

Küche mit derart minimalistischem Design, daß sie für Aslak die reinste Provokation wäre. Man müsse einen Griff oder Knauf sehen, ihn in der Hand fühlen, bevor man die Tür öffne, ein perfekt designter Griff solle einem *Lust* machen, eine Tür zu öffnen. Niemand bekäme Lust, einen Schrank ohne Griff zu öffnen.

»Möchtest du Kaffee, Sigrid? Tee? Wein?« Jens deutet mit einer ausladenden Bewegung auf die knauflose Schrankreihe hinter ihm.

»Ich fahre«, sage ich und lächle.

»Du hast mal gesagt, mit ein paar Promille im Blut wärst du eine bessere Fahrerin«, entgegnet er lachend.

Ich bin überrascht und geschmeichelt, daß er sich daran erinnert, wie ich damals fünfzig Kilometer gefahren bin, um ihn von einer Party abzuholen, nachdem er den letzten Bus verpaßt hatte. Ich selbst hatte eine Geburtstagsparty für eine Freundin arrangiert und den ganzen Abend viel getrunken, um den obsessiven Gedanken an Jens zu ertränken. Wir hatten uns erst ein paar Monate zuvor kennengelernt, und ich freute mich so sehr über seinen Anruf, daß ich von der Geburtstagsfeier abhaute, die vier Kilometer nach Hause lief, um Mamas Auto zu holen, ins Nachbardorf fuhr und keinen Gedanken an die Promille in meinem Blut verschwendete, bis Jens es kommentierte. »Bist du von deiner eigenen Party weg«, fragte er, als wir nach Hause fuhren, »und betrunken fünfzig Kilometer gefahren, um mich abzuholen?« Ich schrumpfte förmlich auf meinem Sitz zusammen.

»Und du hast doch gesagt, mit ein bißchen Opiaten im System wärst du ein besserer Arzt«, kontere ich, auch wenn er das nie gesagt hat, keine Ahnung, wo das herkam, aus dem Wunsch, ihn zu zerrupfen, zu treffen.

Er ist kurz perplex, dann lacht er erneut. Hebt die Hände.

»I stand corrected«, sagt er mit schlechterer englischer Aussprache als Mia. »Aber das ist lange her. Du sollst wissen, daß ich damit durch bin, Sigrid.«

Das soll ich wissen. Das will er, daß ich weiß. Er blickt mich an, ich frage mich, wie ich in seinen Augen aussehe, wie ich vor neunzehn Jahren aussah. Ich bin mir sicher, daß er mich nie durch denselben verherrlichenden Besessenheitsschleier betrachtet hat, der alle Bewegungen und Blicke und Textnachrichten besonders und schön macht. Der, wenn er sich im Lauf der Zeit auflöst, Gewöhnlichkeit und häßliche Zehennägel enthüllt. Darauf habe ich gewartet, auf das befreiende Gefühl, wie gewöhnlich er ist, aber Jens ist noch immer schön und besonders. Vielleicht ist er das für den Rest der Welt ebenso, denke ich jetzt, da ich sehe, wie er seinen langen wohlproportionierten Körper streckt, von den gepflegten Zehen bis zu den schlanken Fingern, um aus dem obersten Schrankfach zwei Tassen zu nehmen.

Ich bemühe mich, wieder ernsthaft zu werden, und es gelingt mir.

»Ich möchte mit dir über Mia reden. Und wie wir mit ihr über Mamas Krankheit sprechen«, fange ich an.

Er nickt. Gibt Teeblätter in zwei kleine Teesiebe und legt sie in die Tassen.

»Ja, sie ist ja schon so erwachsen«, sagt Jens.

Schon so.

»Sie ist irgendwas dazwischen«, entgegne ich. »Sie ist zugleich noch immer ein Kind, das Angst um seine Großmutter hat.«

Jens lächelt und nickt.

»Ich fand es immer am besten zu sagen, wie es ist. Solange sie nur genügend Informationen bekommen, halten Kinder ja mehr aus, als wir glauben«, sagt er.

Ich kann darauf nichts antworten, versuche, nicht daran zu denken, daß ich mich inmitten einer meiner vielen Jens-Phantasien befinde, in der ich mit ihm über die Erziehung unseres Kindes diskutiere, daß er Meinungen und Auffassungen über Mia hat und Wünsche für sie. Ich nehme die Tasse, die er mir entgegenstreckt, und puste vorsichtig hinein, führe sie an die Lippen.

»Es ist nun ja aber mal so, daß wir nicht genügend Informationen haben«, sage ich. »Und du noch weniger. Keiner weiß, wie es ausgeht.«

Jens kommt näher.

»Ich verstehe, daß du Angst um Anne hast, Sigrid«, sagt er. »Daß es sich ungerecht anfühlt und daß du die Hoffnung aufrechthalten mußt. Insbesondere wenn man daran denkt, was für ein Verhältnis ihr beide habt. Daß du es irgendwie nicht an dich ranlassen willst und gerne den Gedanken an alles, was dazugehört, noch aufschiebst.«

Endlich werde ich wütend.

»Beeindruckende Analyse. Aber hör mal zu, *Jens*, ich möchte, daß du aufhörst, mit Mia über Mama zu sprechen. Wenn sie dich fragt, sagst du, sie soll mit mir sprechen. Ich kenne Mia besser als du«, sage ich. »Wir brauchen hier ein paar Grenzen.«

»Natürlich.« Er zuckt mit den Schultern, erscheint aber nicht nennenswert schuldbewußt, und an seiner natürlichen Präsenz ist etwas zutiefst Verstörendes, daß er nicht mit dem Blick ausweicht, daß er einfach frei, leicht und reuelos lebt. »Ja, Grenzen waren für dich ja schon immer wahnsinnig wichtig«, spricht er weiter und lacht.

Als ich nach Hause komme, ist Aslak schon im Bett. Er wacht davon auf, daß ich die Schlafzimmertür aufmache, hebt den Kopf und sieht mich an, fragt aber nicht, wo ich war. Ich ziehe mich schnell aus, kuschele mich unter der Decke an ihn, lege ihm meine kalte Hand zwischen die Schenkel, er atmet tief ein, sein Körper spannt sich, er dreht sich zu mir. Zum ersten Mal seit vielen Jahren schließe ich die Augen und spüre Jens' Körper an meinem, Jens' Haut unter den Fingerkuppen, ich kenne ihn noch immer in- und auswendig, jede Sommersprosse, seine Beckenkämme, die Kniekehlen.

In der dritten Februarwoche kommt Frida zur Kontrolle. Seit sie aus der Psychiatrie entlassen wurde, hat sie mir fünfmal geschrieben, völlig high von ihrer Einweisung und durch die ganze Aufmerksamkeit auf den Geschmack gekommen. Am Telefon hat sie abwechselnd heulend und drohend einen früheren Termin gefordert, ja erwartet, aber ich bin standhaft geblieben. Jetzt, direkt nach Neujahr, gebe es eine lange Warteliste, habe ich geantwortet, und am liebsten hätte ich geschrien, es sei zu ihrem eigenen Besten, die Grenzen, die ich krampfhaft versuchte aufrechtzuhalten, seien die beste Behandlung, die sie sich erhoffen könne. Sie weiß das, versteht es und arbeitet auch wirklich hart daran, es zu akzeptieren, aber genau hier verläuft bei ihr der schmale Grat zwischen gesund und krank, zwischen Einsicht und der Fähigkeit, diese in Kontrolle zu überführen.

Sie sitzt auf ihrem angestammten Platz, ich entdecke sie, als ich den Patienten vor ihr aufrufe. Unsere Blicke begegnen sich kurz, ich lächle.

»Lucas?« Ich wende den Blick zu der Mutter mit einem mit Windpocken übersäten Kind auf dem Schoß.

Sehe aus dem Augenwinkel Frida in ihrem Stuhl zusammensinken.

Die Mutter steht mit dem Sohn auf dem Arm auf, neben ihr erhebt sich ein Mann. Als die drei gemeinsam auf mich zugehen, legt er ihr die Hand aufs Kreuz, wie um sie zu führen oder zu stützen.

»Ach, Moment, kannst du seine Mütze und Handschuhe mitnehmen«, bittet die Mutter den Mann.

Er holt die Sachen vom Stuhl neben Frida, kommt wieder zurück und legt der Mutter den freien Arm diesmal um die Schultern. Ich öffne die Tür zu meinem Sprechzimmer, sehe wie Frida ihnen mit dem Blick folgt, beinahe gierig.

Frida hat nur noch vier Wochen bis zum Entbindungstermin und jetzt beschlossen, nicht gebären zu wollen.

»Da führt nun kein Weg mehr daran vorbei, Frida.« Ich erinnere mich daran, wie ich bei Mia in den Nächten vor meinem Termin wach wurde, weil ich nach Mama und Jens rief.

»Lieber sterbe ich«, sagt Frida.

»Nein, du mußt anfangen, dich vorzubereiten«, entgegne

ich. »Wird Kristoffer bei der Geburt dabei sein, habt ihr darüber gesprochen?«

Sie schweigt.

»Du mußt mich wieder einweisen«, sagt sie dann. »Es war völlig unverantwortlich von diesem Arzt, mich so früh zu entlassen. Völlig prämatur.«

»Ich habe mit ihm gesprochen.« Frida scheint der Gedanke, daß wir über sie gesprochen, ihren Fall diskutiert haben, sofort aufzumuntern. »Wir sind beide der Meinung, daß es das beste ist, dich zu entlassen. Und es entspricht ja auch deiner eigenen Erfahrung, daß es dir nicht besser davon geht, dort zu sein, oder? Das hast du doch selbst gesagt.«

Ich erinnere mich nicht daran, ob Frida das gesagt hat, aber ich weiß, es stimmt, daß Fridas Einweisungen vor allem Öl ins Feuer sind. Sie schwankt ununterbrochen zwischen zwei Zuständen und Welten, sie ist zu krank, um selbständig zu sein, und zu selbständig, um krank genug zu sein.

»Das habe ich nie gesagt«, entgegnet Frida. »Ich meine es ernst, ich werde das Kind nicht zur Welt bringen, ich bestehe auf einen Kaiserschnitt.«

»Ich verstehe, daß du Angst hast, aber leg dich doch erstmal auf die Liege, damit ich deinen Bauch abtasten kann?«

Sie tut, was ich sage, ihr Bauch ist im Verhältnis zu dem dünnen Körper und den schmalen Hüften enorm. Für eine Sekunde streift mich die Erinnerung an das Gespräch mit Mama, als ich mit Viljar schwanger war und sie sich offenbar dafür entschieden hatte, es besser zu machen, besser zu sein als das letzte Mal bei Mia. »Du hast so ein Glück, daß du meine Hüften geerbt hast, wir sind dafür geschaffen, Kinder auf die Welt zu bringen«, hatte sie vergnügt gesagt und sich an die Hüften gegriffen. Ich mußte mich zusammenreißen, um nicht zu entgegen, das wiege in keiner Weise auf, daß sie nicht dafür geschaffen sei, Kinder zu *haben.* Aber sie hatte recht, meine Geburten waren physisch unproblematisch, so einfach, daß ich in der Begegnung mit Patientinnen mit Gebärangst meine Worte abwägen muß. Anfangs glaubte ich, sie hätten Angst vor dem Schmerz, aber nach und nach begriff ich das als eine zu simple Erklärung, die meisten hatten Angst vor dem überwältigenden Unbekannten, dem Kontrollverlust. In den letzten Jahren wurden es immer mehr. Letztes Jahr kam ein Mann in meine Sprechstunde, starrte vom Reinkommen bis zum Rausgehen auf den Boden, murmelte, er brauche Hilfe, um schlafen zu können. »Natürlich müssen Sie schlafen«, sagte ich nach ein paar einleitenden Fragen, ob es denn einen speziellen Grund dafür gebe, daß er nicht schlafen könne, Probleme, etwas, worum er sich sorge? Seine Stimme brach, als er von seiner schwangeren Freundin erzählte und wieviel Angst er vor der Geburt hätte, vor allem, was passieren, was schiefgehen könne, und wo er mit sich hin solle, was denn seine Rolle dabei sei.

Ich bin ziemlich sicher, Frida hat keine Angst vor der Geburt an sich, eher manifestiert sich darin ihre eigentliche Angst, das, was ihr wirklich Angst machen *kann,* wovor auch ich Angst habe, nämlich, wie sie es hinkriegen würde, für ein Kind zu sorgen.

»Schön«, sage ich zu ihr, sie zieht den Pullover über den Bauch hoch. »Du weißt, viele stehen schon bereit, um dich zu unterstützen.« Sie wendet den Kopf zur Wand, antwortet nicht, hat mehr als zehn Jahre voller Unterstützung hinter sich, und selbst Frida muß nach und nach einsehen, wo sie auf der Leiter der Hilfesuchenden eingeordnet ist. Im Laufe der Jahre habe ich mit Sozialamt, sozialpsychiatrischem Dienst, Wohlfahrtspflege und Krankenhäusern über Frida gesprochen, unzählige Male, immer dasselbe, kein Platz mehr, keine Angebote mehr, wieder von vorne anfangen, in einem ewigen Kreislauf. Es gibt keinerlei Grund, sie noch länger hierzubehalten, sagte der Arzt aus der Psychiatrie bei seinem Anruf. Ich wollte am liebsten antworten, es gebe auch keinerlei Grund, sie rauszulassen.

Ich lege meine Hände auf ihren Oberbauch, führe sie behutsam nach unten, spüre unter der Haut Bewegungen, greife an jede Seite, ertaste mit der rechten Hand einen kleinen Rücken, lächle Frida zu, sie blickt noch immer an die Wand. Am Ende finde ich ganz unten den Kopf, stupse vorsichtig daran, er bewegt sich nicht.

»Deine Kleine ist jetzt jedenfalls bereit für die Welt.« Frida setzt sich auf, schüttelt den Kopf und heult los, ich verstehe sie so gut, daß ich den Arm um sie legen muß, sie schluchzt in meinen weißen Kittel.

An einem Samstagvormittag Anfang März ruft Mama an, als Viljar und ich gerade im Sinne meiner halbherzigen Konfrontationstherapie gegen seine Vogelphobie Enten am Bogstadvannet füttern. Der Schnee ist geschmolzen, schon liegt Frühling in der Luft. Daß Mama anruft, ist nicht unnormal, seit Weihnachten sprechen wir fast jeden zweiten, mindestens jeden dritten Tag miteinander, und Aslak und ich haben uns nach Ostern extra eine Woche freigenommen, um heimzufahren. Magnus war gerade eine Woche dort und eine meiner Tanten Ende Januar. Was für ein Glück sie doch habe, so viele Menschen um sich zu haben, habe ich ihr gegenüber einmal bemerkt. Sie hat nicht geantwortet, vielleicht hat sie am anderen Ende genickt, vielleicht die Augen verdreht. Ich wisse nicht, wie ich es sonst lösen könne, gestand ich Aslak, als das schlechte Gewissen und eine neue, vielleicht auch alte Sehnsucht die Überhand bekam. »Naja, sonst müßten wir ja dorthin ziehen«, sagte er und schob rasch nach: »Oder sie hierher.«

Mama besteht darauf, sie kommt allein klar, will allein klarkommen, für sie sei es am besten, wenn wir unser Leben lebten. »Ein Tag nach dem anderen«, sagte sie, kurz bevor wir am 1. Januar fuhren. Ich nickte, abzufahren war noch schwerer, da sie tapfer, dünn und dankbar war.

Viljar und ich haben altes Brot dabei, ich breche kleine Stückchen ab und werfe sie den Enten im Wasser zu. Auch wenn Viljar am Morgen Entenfüttern eine wahnsinnig tolle Idee gefunden hatte, hat er sich nun auf eine Bank hinter mir verdrückt und trippelt dort in einer Mischung aus Angst und Begeisterung hin und her, während er zu den Stellen deutet, an die ich den nächsten Brothappen werfen soll.

»Glaubst du nicht, Enten können klettern, Viljar?« Ich lache über ihn und darüber, wie gemein ich bin, und ziehe dabei das klingelnde Handy aus der Tasche.

Ich wappne mich, wie üblich.

»Hallo, Mama«, gehe ich ran.

11

»Der Krebs hat in die Lunge gestreut«, sage ich.

Sigrid bleibt stumm.

»Bist du da?« frage ich nach ein paar Sekunden, höre Viljar im Hintergrund, die Sehnsucht nach ihm, nach ihnen, wummert in mir.

»Ja, bin ich«, spricht Sigrid endlich. »Wann hast du das erfahren?«

»Bei der Kontrolle gestern«, antworte ich.

»Was hat der Arzt gesagt?« fragt sie, ihre Stimme klingt ebenso monoton wie beim ersten Mal, als ich ihr von der Krebsdiagnose erzählt habe; damals hat mich das mehr aufgebracht, warum kann sie nicht wie eine normale Tochter, zumindest wie ein normaler Mensch, reagieren, warum kann sie nicht die Stimme erheben oder weinen oder toben?

»Wie, was er gesagt hat? Er hat gesagt, daß ich sterben werde«, platzt es aus mir.

»Das hat er natürlich nicht, Mama«, entgegnet Sigrid.

Nein, das hat er selbstverständlich nicht, nicht so, aber die Botschaft war ebenso deutlich, lag sirrend unter all den Worten, die er verwendete – und denen, die er nicht verwendete. Ich starrte auf seinen Mund, wartete auf ein *Aber*, als er mir von den Metastasen in der Lunge berichtete, und zum Schluß kam es auch: »*Aber* wir glauben, Sie können noch immer viele gute Jahre haben, mit der richtigen Behandlung.«

»Er hat jedenfalls aufgehört, Worte wie ›gesund‹ und ›Hoffnung‹ zu verwenden«, sage ich zu Sigrid. »Jetzt redet er von Jahren und glauben.«

»Ach, so sagt man das eben«, wiegelt Sigrid ab. »Ich werde dort anrufen.«

»Man? *Ihr* sagt das so«, gebe ich zurück. »Und es ist demütigend, so unterschätzt zu werden.«

»Niemand unterschätzt dich«, antwortet Sigrid. »Aber niemand *weiß*, wie es ausgehen wird, man kann dir doch nicht erzählen, daß du sterben wirst, wenn man sich nicht sicher ist.«

»Warum nicht? Ist doch wohl besser, positiv davon überrascht zu werden, daß man überlebt, als davon überrumpelt, daß man stirbt«, sage ich.

»Du, Viljar und ich sind gerade beim Entenfüttern, ich rufe noch mal an, wenn wir wieder zu Hause sind, wir gehen jetzt los, ich melde mich bald bei dir«, sprudelt es aus Sigrid.

Ich lege auf, ohne mich zu verabschieden.

»Sich *bald* wieder melden, wenn man gerade erfahren hat, daß die eigene Mutter stirbt«, beschwere ich mich bei Kant, der am Fußende meines Betts liegt, ich habe heute keinen Grund gefunden aufzustehen. »Wie findest du das?«

Kant hebt das rechte Ohr. Niemand reagiert, wie er sollte.

Ich durfte die CT-Bilder meiner Lunge sehen. »Hier sieht man es deutlich.« Der Arzt deutete auf einige weiße, wolkenförmige Flecken, die aussahen, als wüchsen sie aus meiner Wirbelsäule. »Sitzt er in der Wirbelsäule?« fragte ich. Der Arzt schüttelte den Kopf. »Nein, das ist Ihre *Lunge*«, sagte er beim erneuten Deuten laut, als wäre ich schwerhörig. Ich schämte mich sofort, aber es war zu viel, was keinen Sinn ergab, als daß ich die Informationen auf logische Weise hätte zusammenbringen können.

Ich bleibe liegen und betrachte meinen Arm, die Narbe, wo der Arzt vor vier Jahren ein Muttermal mit unscharfen Rändern entfernt hat – nur um sicherzugehen. Ich hatte mir derart wenig Sorgen gemacht, daß ich es schon ganz vergessen hatte, als er anrief, um mir mitzuteilen, man könne unbesorgt sein. Die Haut an der Unterseite meiner Oberarme hängt herunter, Fett und Muskeln sind verschwunden, in meiner Phantasie hat mein Körper sie auf der Suche nach Nahrung fürs Gesundwerden resorbiert, während er in Wirklichkeit Kräfte für einen erneuten Angriff gesammelt hat. Und jetzt wirst du sterben, sagt die schlaffe fahle Haut.

Kant stellt sich irgendwann an die Tür, scharrt winselnd.

Er ist alt, etwas schmal um die Taille, und wenn ich mich nicht täusche, hört er allmählich schlecht, aber er wird nicht vor mir sterben, das wird mir schlagartig bewußt, als ich mich aus dem Bett schäle, um ihn rauszulassen. Und dieser Einsicht folgen Gedanken, die ich so lange von mir habe fernhalten können – was dann mit ihm wird, mit dem Hof, mit dem Traktor, dem Auto, den Gardinen, Tischdecken, Blumentöpfen, all dem, was Sigrid und Magnus garantiert nicht haben wollen. Ich schicke Magnus eine Nachricht, frage, ob er eventuell die alten Bilder vom Dachboden will, die im Wohnzimmer meiner Eltern gehangen haben. Sie sind nichts wert, nur alte Kopien, aber sie wegzuwerfen habe ich nicht fertiggebracht, als ich nach ihrem Tod das Haus ausräumte, wie es Sigrid und Magnus mit meinem tun werden; ich stelle mir vor, wie sie bedenkenlos alles von mir wegwerfen, was sie finden. Sie sind ja Kitsch, schicke ich eine Nachricht hinterher. Eine kleine Schreibblase erscheint unter meiner letzten Nachricht, die drei Punkte tanzen eine halbe Ewigkeit, dann verschwinden sie. Tauchen wieder auf, verschwinden wieder. Zu guter Letzt kommt eine Nachricht von Magnus. »Hör auf«, steht da nur.

Magnus war nach Weihnachten mehrmals hier, ist von Stavanger hochgefahren, eines Abends kam er ohne Vorwarnung. »Ich wollte nur nach dir sehen«, erklärte er. »Nach mir sehen oder mich sehen?« antwortete ich mit einem leichten Lachen. »Beides«, antwortete er. Als ich ihm von den Metastasen erzählt habe, hat er gesagt, er möchte am Sonntag kommen. Ich glaube, er war im Laufe der letzten drei Monate mehr hier als in den vergangenen drei Jahren zusammen.

»Es ist komisch, aber am schwersten fällt es mir zu begreifen, daß ich nie wieder gesund werden soll, daß ich nie wieder einen Körper haben werde, der normal funktioniert, daß ich als Kranke sterben werde«, sage ich zu Gustav.

Ich war eine Woche lang nicht bei ihm, habe mich gescheut, zum einen, weil es mir nicht gutging, meine Kräfte reichten gerade dafür, durch den Tag zu kommen, mein Körper hat offenbar irgendwo ein Leck, aus dem die Energie abfließt – und auch, weil die Kommunikation mit ihm schwieriger geworden ist. Es ist mir unmöglich, mich rational zu verhalten zu dem Gedanken, daß ich vor ihm verschwinden werde, daß er nicht verstehen wird, was geschehen ist, wo ich abgeblieben bin, daß ich ihn im Stich lasse – oder noch schlimmer, daß er nicht merken wird, daß ich fort bin.

Ich habe den Arzt im Haukeland Klinikum gefragt, was mich genau umbringen wird. Letztendlich würden meine Organe versagen, aber es sei nicht zweckmäßig, meinen Fokus jetzt darauf zu richten, jetzt gehe es darum, das beste aus der Zeit zu machen, die mir noch bleibt. Ich verliere allmählich die Geduld, daß sich alle, mit denen ich spreche – Ärzte, Sigrid, Magnus – nicht auf ein Gespräch über den Fakt, daß ich sterben werde, einlassen wollen.

Selbst Gustav weicht aus, er rutscht unruhig in seinem Stuhl hin und her, wackelt mit dem Kopf.

»Nein, das mußt du dir jetzt einfach anhören«, sage ich. »Stell dir vor, ich werde vor dir sterben, wer hätte das geglaubt«, spreche ich weiter.

Ich zumindest nicht, ich bereite mich schon lange auf seinen letzten, tödlichen Schlaganfall vor. »Für ihn wäre es wohl fast gut, bald erlöst zu werden«, meinte eine Freundin vor ein paar Jahren. »Und für dich auch«, fügte sie hinzu. »Für mich?« fragte ich perplex. »Ja, dann kannst du endlich im Leben weitergehen«, sagte sie. »Ich möchte nirgends hin«, antwortete ich ihr. Nichts in mir sehnt sich danach, daß er stirbt, im Gegenteil, ich fürchte mich seit vielen Jahren davor.

»Ich kann mich eigentlich gar nicht daran erinnern, wie ich ohne dich gelebt habe«, sagte ich zu Gustav nach seinem ersten Schlaganfall im Krankenhaus, er schlief, Sigrid und Magnus rannten lärmend vor seinem Zimmer auf dem Flur auf und ab. Man hatte uns mitgeteilt, er werde durchkommen, aber man könne mir nicht sagen, wieviel Schaden er genommen habe, ob er mich überhaupt wiedererkennen werde. Von dem Moment an, da ich ihm begegnet bin, habe ich mein Leben nach ihm ausgerichtet, und bis jetzt existiert keine andere denkbare Art zu leben, als mit ihm als Ausgangspunkt.

Für Sigrid und Magnus wäre es besser gewesen, hätte ich

einen Schlaganfall nach dem anderen bekommen und wäre schrittweise verschwunden; Gustav wäre damit erheblich besser umgegangen als ich, und er hätte meinen Verlust deutlich besser ertragen, als ich es aushielt, ihn zu verlieren. »Das ist nicht wahr, Mama«, widersprach mir Sigrid, ich glaube, damals war sie ungefähr dreizehn, aber was hätte sie auch sonst antworten sollen.

»Du hast ganz schön Glück, daß man sich an dich nur bis Vierzig erinnert«, sage ich häufiger zu Gustav. »Alles danach erhält einen Freibrief, wird etwas Unverschuldetem zugeschrieben.« Sigrids und Magnus' Erinnerungen an ihn vor seiner Erkrankung stecken in goldenen Rahmen: Gustav ist und bleibt, wie er damals war. Manchmal empfinde ich es als Ungerechtigkeit, daß von uns beiden nur ich Gegenstand ihrer erwachsenen Deutung und Verurteilung bin. Hatte immer wieder das Bedürfnis, mehr Nuancen in ihr Bild von ihm zu bringen, meist um eine eigene Reaktion zu rechtfertigen. »Mein Gott, Sigrid, was ich dir alles erzählen könnte«, brüllte ich einmal. Da war sie bereits erwachsen, bestimmt Mitte Zwanzig, es war eine Antwort auf etwas, an das ich mich nicht mehr erinnern kann, aber das sich in eine Riege von Bemerkungen darüber einreihte, wenn Papa gesund wäre.

»Entschuldige, wir müssen nicht weiter darüber reden, das war dumm von mir. Ich habe einfach Angst«, sage ich zu Gustav, als er den Blick auf die Badezimmertür richtet. »Willst du baden?«

Ich rolle ihn ins Bad, lasse Wasser in die Badewanne, ziehe ihn Schicht für Schicht aus, bis er nackt im Rollstuhl sitzt. Am Oberkörper sieht man unter der Haut noch immer Muskeln, aber seine Beine sind abgemagert, wirken fast wie zu einem anderen Körper gehörig oder zu überhaupt keinem Körper. Ich klingle nach einer Pflegekraft, um Gustav in den Lift zu bekommen. Anfangs war es mir unangenehm, daß Gustav im Beisein von mir vor jemand anderem, fremdem nackt war, ich erinnere mich, wie schrecklich ich es fand, als er bei einem der ersten Male, da ich beim Waschen durch eine Schwester dabei war, eine Erektion bekam. Am schrecklichsten war, wie wütend ich wurde, ganz instinktiv, wie ich ihn, nachdem die Schwester gegangen war, beschimpfte, ausflippte wegen dem, was verloren, aber zugleich noch da war.

Ich lasse ihn vorsichtig ins Wasser ab, und als ich den Schwamm über seinen Körper bewege, schließt er die Augen.

Wie sich herausstellt, hat Magnus zwei Wochen *Off*. Das habe er mir mehrmals erzählt, meinte er bei seiner Ankunft am Sonntag. Ich kapiere seine Arbeitszeiten nicht, er scheint nicht mehr als ein paar Wochen pro Halbjahr bei der Arbeit zu sein, entweder auf einer Plattform in der Nordsee oder auf einer Werft in Südkorea, aber wenn ich darüber eine Bemerkung mache, geht er in die Luft. »Ich arbeite mehr als jeder andere, den ich kenne«, echauffiert er sich. »Dein Verhältnis zu Arbeit ist völlig verquer, für dich muß sie entweder körperlich sein oder zwischen acht und vier Uhr vor sich gehen, sonst qualifiziert sie sich nicht als Arbeit. Das ist ziemlich altmodisch.« – »Ich *bin* alt«, halte ich dagegen. »Nein, bist du nicht«, antwortet Magnus, »du hast nur alte Ansichten.«

Ich traue mich nicht, ihn zu fragen, ob er die gesamten zwei Wochen hierbleiben will, das wäre viel zu lang, das halte ich nicht aus. Er hat krampfhaft gute Laune, fast jovial, vermeidet jedes Gespräch über Krebs oder Metastasen, wenn es nicht gerade um einen der Artikel in seiner ständig dicker werdenden Mappe geht. Er hat aufgehört, sie per E-Mail zu schicken, als ihm klar wurde, daß ich sie nicht las, jetzt druckt er sie aus und bringt jedes Mal einen neuen Stapel mit. »Ist doch völliger Humbug, daß du nichts lesen sollst, was dir Hoffnung geben könnte«, meinte er, als ich ihm erzählte, sowohl Sigrid wie auch alle anderen Ärzte hätten mich davor gewarnt, Informationen im Netz zu suchen. »Typisch Ärzte, die wollen sich nur den Rücken freihalten«, sagte er. Ich schaffe es nicht, die Mappe zu öffnen, die er auf den Küchentisch gelegt hat, sehe durch die Deckfolie all die Stellen leuchten, an denen er besonders wichtige Information markiert hat.

Sigrid ruft Freitagvormittag an, eine Woche nach dem Befund über die Metastasen in der Lunge.

»Ich habe mit deinem Arzt gesprochen«, fängt sie an. »Wir sind uns einig, daß du in Zukunft etwas mehr Unterstützung brauchst.«

Noch immer mit monotonem Tonfall. Armer Aslak, denke ich.

»Was meinst du?« frage ich.

»Du sagst ja selbst, daß es dir an manchen Tagen so schlecht geht, daß du kaum aus dem Bett kommst«, sagt Sigrid, »und ich habe vereinbart, daß dich jemand von der Wohlfahrtspflege anruft, um einen Besuch zu vereinbaren, da könnt ihr euch dann über die Betreuung verständigen.«

Es stimmt, daß es mir Lauf der letzten Woche immer schlechter geht, daß das Atmen schwieriger wird, was Magnus' Ansicht nach rein psychisch sei, weil ich *glaubte*, ich würde keine Luft kriegen.

»Warum jemand von der Wohlfahrtspflege, wenn ich dich doch habe«, murmle ich.

»Was war das?« fragt Sigrid schnell.

»Kannst du nicht normal sprechen«, sage ich, »du redest, als wäre ich irgendeine beliebige Patientin.«

»Du *bist* eine beliebige Patientin, Mama, du hast Krebs auf dieselbe Weise wie Tausende andere, und ich versuche dir zu helfen, so gut ich kann«, antwortet Sigrid, endlich etwas aufgebracht.

Dann wärst du hier, denke ich, der Gedanke überrascht mich selbst. Ich will sie nicht hier haben, ich will niemanden hier haben, ich möchte nur, daß sie hier sein *möchte*, daß sie mich vermißt und braucht, an meiner Schulter heult, den Gedanken nicht erträgt, daß ich sterbe.

Zwei Wochen später sehe ich ein E-Auto der Wohlfahrtspflege in die Einfahrt biegen, ich stehe am Fenster im Flur neben der Haustür, verstecke mich hinterm Vorhang, es graust mir. Magnus und ich haben zwei Tage darauf verwendet, das ganze Haus zu putzen, was seit Weihnachten nicht mehr geschehen war. Niemanden interessiere, wie staubig es hier ist, sagte Magnus, als ich loslegte; sie kämen schließlich nicht, um sich einen Eindruck vom Haus zu verschaffen. Ich antwortete ihm, ich würde putzen, mit oder ohne seine Hilfe.

Sigrid will, daß ich einen Vertrag mit dem ambulanten Krankenpflegedienst abschließe: »Du kannst das gestalten, wie es dir gefällt, ich möchte nur, daß einmal täglich jemand bei dir vorbeikommt und nach dir sieht.« Ich erinnere mich daran, wie die Mutter meines Vaters krank geworden war, sie zog bei meinen Eltern ein, und meine Mutter pflegte sie bis zu ihrem Tod – im Gästezimmer. Allein der Gedanke, bei Sigrid und Aslak zu sterben, läßt mich erschaudern, das liegt so fern, ist so demütigend, nicht zuletzt die Vorstellung, sie mit meinem Körper, meiner Krankheit zu belagern, zu belasten. Trotzdem reagiert irgendwas in mir auf Sigrids patente Lösung, obwohl ich weder ihr gegenüber noch vor Magnus jemals die Erwartung geäußert habe, man müsse sich um mich kümmern, wenn ich alt oder krank sei. Wir haben nie darüber gesprochen, keiner hat es je mit einer Silbe erwähnt. Freundinnen und Kollegen von mir haben sich darüber unterhalten, was sie von ihren Kindern erwarteten: »Ich sage nur eines: wenn sie mich in irgendein Heim stecken, nachdem ich auf ihre Kinder aufgepaßt habe, während sie bei der Arbeit oder auf Reisen oder am Machen waren, haue ich lieber nach Gran Canaria ab.«

Ähnlich problematisch war für mich der Gedanke, daß mir jemand von der Hauskrankenpflege so nahekommt, meinen Routinen, dem Haus, allem, was sie sehen würden; ich versuchte mich daran zu erinnern, wer jetzt als Pflegekraft bei der Wohlfahrtspflege im Ort arbeitete, bestimmt eine ehemalige Schülerin. Pflegedienste verbinde ich mit Gustav; oder mit der Mauer aus Bürokratie, gegen die ich auf der Suche nach mehr Unterstützung für meinen Vater habe anrennen müssen, nachdem er sich mit neunzig Jahren ständig in seinem eigenen Garten verlief, aber ansonsten zu gut funktionierte, um mehr Hilfe zu bekommen – Hauskrankenpflege ist nur ein

Abstecher von der Straße ins Unvermeidliche. Es dauerte eine Woche, bis ich meinen Stolz geschluckt hatte und für den Anruf der Wohlfahrtspflege bereit war, dann hatte ich ein Treffen vereinbart und den Putzeimer hervorgeholt.

»Na gut, aber dann laß mich das machen«, sagte Magnus, als er einsah, daß ich nicht mit mir diskutieren lassen würde. Zu meiner großen Überraschung mußte ich feststellen, daß Magnus nicht putzen *konnte,* nicht mal die Basics. Ich beobachtete eine Weile von der Küchentür aus, wie er sich abmühte, den Lappen am Schrubber zu befestigen, danach seine hilflosen, unsystematischen Wischbewegungen, die den Schmutz nur im Raum verteilten. Mir fiel nicht ein, ob ich ihm oder Sigrid Putzen beigebracht hatte, aber vorgeworfen haben sie es mir nie, bestimmt haben beide Reinigungshilfen. Vielleicht ist es meine verdiente Strafe, daß ich zwei Tage lang hinter Magnus' Putzerei herputzen mußte und, sobald er im Bett war, Böden und Badezimmerspiegel erneut wischte und daß mein Körper jetzt ununterbrochen wehtut, in allen Gliedern, daß ich furchtbar kurzatmig bin, nicht tief in die Lunge einatmen kann, daß ich vor Fieber fröstelnd zittere.

Die Krankenpflegerin für Krebskranke ist Hanne. Wir sind gleich alt, waren in der Schule in derselben Klasse, aber nie eng befreundet. Vor vielen Jahren war eine ihrer Töchter meine Schülerin, in der achten Klasse gab es, wenn ich mich recht erinnere, beim Elterngespräch eine schwierige Situation, als ich Hanne informieren mußte, ihre Tochter werde des Mobbings einer Mitschülerin beschuldigt. Hanne meinte, die Schule und ich würden mit der Situation auf haarsträubende

Weise umgehen, wir seien parteiisch und zu unaufmerksam. Im nachhinein betrachtet, hatte sie womöglich recht.

Mit einer Decke um die Schultern beobachte ich vom Flur aus, wie sie das Auto abstellt, eine Weile sitzen bleibt und durch ihr Handy scrollt, dann öffnet sie die Tür und steigt aus. Sie sieht jünger aus als ich, jünger als die meisten Siebenundsechzigjährigen, trägt Jeans, Joggingschuhe und eine braune Lederjacke, ich wünschte, sie käme in dem obligatorischen Schwesternkittel. Ich lege die Decke weg, richte den Schal um meinen Kopf, vermeide aber, mir im Spiegel in die Augen zu sehen.

Als ich ihr die Tür aufmache, bin ich unsicher, wie ich sie begrüßen soll, unsicher, wie gut wir einander kennen, was das Setting, die Rollen sind, alles ist anders. Hanne läßt mir keine Wahl, sie lächelt und umarmt mich routiniert, aber herzlich, läßt die Hand kurz auf meinem Oberarm ruhen, es fühlt sich an, als könnte sie ihn problemlos mit den Fingern umfassen. Mir ist vor Schmerzen schwindlig, ich muß mich am Türrahmen festhalten.

»Schade, daß wir uns auf die Weise wiedersehen, Anne.« Sie schlüpft im Flur aus den Joggingschuhen.

Sie sagt nichts von wegen Ungerechtigkeit, Überraschung oder unvorstellbar, wie alle anderen, ich erwische mich dabei, daß mir das fehlt.

»Ja, so ist wohl das Leben«, antworte ich schließlich, mehr bringe ich nicht mehr heraus.

»Ja, so ist das Leben, aber schade ist es trotzdem. Wir werden versuchen, es dir so gut wie möglich zu machen.« Sie geht hinter mir die Treppe hoch. »Wenn ich es richtig verstanden habe, meint Sigrid, wir müßten schnellstmöglich einen Hauskrankendienst einrichten?«

Ich habe keine Ahnung, was Sigrid zu wem gesagt hat, habe aber nicht genug Luft für eine Antwort, muß mich darauf konzentrieren, nicht rückwärts die Treppe hinunterzupurzeln, Schweiß strömt über meinen Nacken, ich muß stehenbleiben. Hanne hakt mich unter und trägt mich die restlichen Stufen beinahe hoch.

»Wie lange geht das mit dem Atmen schon so?« fragt sie, nachdem sie mich aufs Sofa verfrachtet hat, ich versuche ruhig zu atmen, irgendwo tief in meiner Brust pfeift es.

»Ein paar Wochen«, bringe ich schließlich hervor, »aber es ist in den letzten Tagen schlechter geworden, seit Magnus weg ist. Wie wenn jemand auf meiner Brust sitzen würde.«

Im Krankenhaus wissen sie nicht, ob der Krebs oder eine Lungenentzündung der Grund für die Atembeschwerden und den stechenden Schmerz im Rücken ist. »Aber eigentlich spielt das auch keine Rolle«, meint der Arzt, »aufgrund des hohen CRPs behandeln wir es sowieso wie eine Lungenentzündung.« Für mich spielt es eine entscheidende Rolle, ich hoffe inständig, daß es eine Lungenentzündung ist, denn damit kann ich besser umgehen, hatte ich doch vor dreißig Jahren schon eine, ich weiß, was das ist. Was Krebs ist, weiß ich nicht, ich verstehe es noch immer nicht, auch wenn ich alle technischen Details von Zellteilung und Mutation und Streuung kenne. Ich wünsche mir Bakterien oder Viren, eine Attacke von außen, nicht diesen hinterhältigen Angriff durch meinen Körper, meinen eigenen Organismus.

Hanne hatte mich zur Ambulanz gebracht, wo eine der neuen Turnusärztinnen Dienst hatte. Ich versuchte Smalltalk zu machen, eine zauberhafte Patientin zu sein, damit sie sähe, wie wir hier sind, umgängliche, dankbare Patientinnen, sogar wir mit metastasierendem Krebs. So viele eingefleischte Muster, die nicht verschwinden wollen. »Was spielt es denn für dich noch für eine Rolle, ob eine Turnusärztin bleibt oder das Dorf verläßt«, schoß es mir durch den Kopf, während ich mir durch den Nebel aus Schmerzen ein Lächeln abrang, »was für eine Rolle spielt es für dich, ob sie nach Oslo geht, was für eine Rolle spielt was auch immer.« Die Einsicht blitzte nur einen Augenblick auf und verschwand dann wieder, sie war sowieso zu nervös, um auf das zu hören, was ich sagte, ihre Hände zitterten, als sie mir das Stethoskop auf Brust und Rücken legte. Ich wußte, sie würde mich einweisen, noch bevor sie das Rasseln und Pfeifen in der Lunge hörte.

Am dritten Tag im Krankenhaus ist der Arzt bei der Visite zufrieden, wie das Antibiotikum anschlägt. Beinahe wirkt er wie ein stolzer Vater.

»Wir müssen uns in Zukunft um Ihre Ernährung kümmern«, sagt er. »Wenn Sie dermaßen unterernährt sind, hat Ihr Körper nichts, von dem er zehren kann, nichts, um zu kämpfen.«

Er ist – abgesehen von Magnus – der erste und einzige, der, seit der Krebs in die Lunge gestreut hat, dieses Wort benutzt.

»Um zu kämpfen«, wiederhole ich.

Er wirkt, als würde er es bereuen, oder vielleicht denkt er auch nur nach, ich bin mir nicht sicher, ob Ärzte die Fähigkeit zur Reue haben oder ob sie im Medizinstudium lernen, nichts zu bereuen, niemals, sich nie zu erklären oder zu verteidigen. Zu Fehlern stehen, eventuell, aber ja nichts bereuen.

»Ja, es ist wichtig, daß Ihr Körper zukünftig in einem besseren Zustand ist, um Infektionen wie jene in Ihrer Lunge zu bekämpfen«, sagt er, und ich bemerke verwundert einen kleinen Stich der Enttäuschung, »und je mehr an Verteidigung Sie aufzubieten haben, desto besser.«

Ich werde still. Er sieht mich aufmunternd und ein wenig ungeduldig an. Mich beschleicht das Gefühl, daß ich ihn aufhalte, daß er wichtigere Patienten hat, auf die er seine Zeit verwenden möchte. Das hat er sicher auch, jemanden, der leben und einen Beitrag leisten wird, und mir schießt in den Kopf, daß ich von nun an nur noch ein schwarzes Loch für Kapazitäten, Fürsorge und Geld bin.

»Ist das wirklich so?« frage ich.

Nachdem er gegangen ist, schaue ich im Bett die Fotos auf meinem Telefon durch. Ich habe endlos viele Bilder mit Blick von der Terrasse, Sonnenaufgänge und Sonnenuntergänge, Kant im glühenden Morgennebel, Kants Silhouette vor rosa Himmel, das Wasser in jedem erdenklichen Licht, die Berge in grün, braun, rot, weiß. Nur ausnahmsweise tauchen Bilder von Magnus auf, von Sigrid, Mia, Viljar. Keines von Gustav. Wenn jemand mein Telefon fände, wäre meine Fotosammlung nichtssagend. Oder vielleicht ein Beweis für Eintönigkeit. Einsamkeit. Ich lösche mindestens die Hälfte der Bilder von Wasser und Bergen.

Vier Tage später werde ich aus dem Krankenhaus entlassen. Das Atmen fällt mir leichter, endlich kann ich wieder tief einatmen und klar denken. Als ich Kant im Nachbarhof hole, gehe ich die gesamten dreihundert Meter zu Fuß.

»Gut siehst du aus«, sagt die Nachbarin beim Öffnen der Haustür. »So gut wie ewig nicht.«

Sie kommt fast nie bei mir vorbei, aber ich weiß, daß sie nach mir sieht, daß sie morgens nach Licht und Rauch aus dem Schornstein Ausschau hält, daß sie, wenn ich schwimme, oft mit einem Fernglas am Küchenfenster sitzt und meinem Auto hinterhersieht, wenn ich an ihr vorbeifahre. Sie tut das nicht erst, seit ich krank bin, und zwar ganz unverhohlen, manchmal habe ich das als aufdringlich empfunden. Jetzt nicht mehr. Ich lächle, bedanke mich, lasse Kant vor mir herlaufen.

Am nächsten Tag ruft mich Sigrid an, bevor ich aufgestanden bin, und will sich versichern, daß ich nicht schwimmen gehe.

»Das ist dir doch klar, Mama, oder? Du kannst jetzt nicht schwimmen, versprich mir, daß du nicht schwimmen gehst«, insistiert sie.

»Ja, ich verspreche dir, daß ich heute nicht schwimmen gehe«, antworte ich.

»Du kannst auch morgen nicht schwimmen gehen, du hattest gerade eine Lungenentzündung«, sagt Sigrid. »Es wird ein Weilchen dauern, bis das wieder geht, Mama«, spricht sie etwas sanfter weiter.

Sie legt auf. Unsere Gespräche sind jetzt so häufig und kurz, fast eher wie Sprachnachrichten, meist sagen wir beim Auflegen nicht einmal Tschüß, verstehen beide zugleich, wann das Gespräch vorbei ist. Ich bleibe liegen und sehe aus dem Schlafzimmerfenster, die Hügel zur Hütte hoch werden allmählich so grün, daß ich durch die Bäume das Dach nicht mehr sehen kann. Meine Beine, die Muskeln an den Schenkeln sehnen sich nach dem Aufstieg, die Füße nach dem weichen Fichtennadelpfad, ich sehne mich nach Rucksackriemen auf den Schultern, dem Gewicht am Rücken, dem Schweiß am Haaransatz, nach einem Haaransatz, an dem man schwitzen kann.

Ich ertrage kaum den Blick zum Wasser, wie es kleine, einladende Kräuselwellen über die Wasseroberfläche sendet, in der Morgensonne glitzernd ruft es nach mir, komm schon, ruft Gustav. Nicht zu schwimmen kommt mir wie ein Verrat an ihm vor. Ich ringe nach Luft, als mir klar wird, daß ich nie mehr mit einem Kopfsprung vom Steg ins Wasser springen werde, mein gesamtes Verständnis von Zukunft sammelt sich in der Imagination dieses Sprungs, wird wieder und wieder durchgespielt, während ich im Bett liege, das Gefühl von Wasser, das den Körper umschließt, das Rauschen in den Ohren, wie ich knapp über der Wasseroberfläche Luft hole, in eine gesunde Lunge.

Mir wird schwindlig, ich greife nach dem Telefon, rufe, ohne nachzudenken, Sigrid zurück, bringe aber, als sie rangeht, kein Wort heraus.

»Mama?« fragt sie, nachdem sie ein paar Sekunden gelauscht hat, vorsichtig.

»Ich werde es nicht hinkriegen, eine gute Kranke zu sein«, sage ich schließlich, höre selbst, daß meine Stimme schrill, wütend, anschuldigend klingt.

Sigrid bleibt stumm, aber sie atmet deutlich hörbar, in einem mir bekanntem Rhythmus, genervt, ungeduldig. Das befeuert alles, was sowieso in mir schwelt und schmerzt.

»Ich werde es nicht schaffen, nichts zu erwarten, Sigrid, und ich will nicht das beste aus der Zeit machen, die mir noch bleibt«, rufe ich, japse vor lauter Anstrengung nach Luft. »Ich will nicht mit Enkelkindern und Schmerzen, Morphium und Pfefferkuchen herumjonglieren, ich kann das nicht, ich will das nicht, ich schaffe das nicht.«

12

Ich werfe wahllos Hosen und Pullover in den Koffer, ausreichend Unterwäsche und Socken für mehrere Wochen, Langlauf- sowie auch Joggingschuhe, späte Ostern erschweren vernünftiges, leichtes Packen. Gedankenlos schreibe ich Mama eine Nachricht, frage, ob Langlaufwetter sei. Bereue es im selben Augenblick, als ich auf *Senden* gedrückt habe. Das normalchaotische Osterpacken für Viljar, Aslak und mich ist innerhalb weniger Minuten durch die Erkenntnis gelöscht worden, daß ich nicht für normale Ostern packe, gelöscht durch die Angst, was uns erwartet, mich.

Ich hole das schwarze Kleid aus dem Schrank, zögere kurz, lege es dann ganz oben in den Koffer. Nehme es wieder heraus. Lege es wieder hinein. Nehme es heraus, hänge es zurück in den Schrank, schiebe die Schranktür zu. Schaue aufs Handy, Mama hat nicht geantwortet. Ich lege das Kleid wieder in den Koffer, schließe ihn.

Aslak sitzt in der Einfahrt im Auto, Viljar angeschnallt im Kindersitz, bereits in seinen iPad versunken. Der Motor ist demonstrativ im Leerlauf, mich überrascht, daß sich Aslak das traut, da Mia mitkommt, aber nach Weihnachten ist er ihr gegenüber nach und nach kühler geworden, vielleicht besonders nachdem er herausgefunden hat, daß ich bei Jens war.

Tja, warum habe ich nicht davon erzählt, dachte ich, als mich Aslak ein paar Tage nach meinem Besuch bei Jens zur Rede stellte, hatte keine passende Antwort. Gute Erklärungen für meine Handlungen, Gedanken, Ansichten fallen mir zunehmend schwer. Nicht weil ich sonst noch nie etwas vor Aslak verborgen oder ihn angelogen hätte – allein seine romantische Vorstellung über die Basis unserer Beziehung ist irgendwie ein Lüge, bestenfalls eine Übertreibung –, sondern weil ich einfach nicht wieder zu mir finde, zu irgendwelchen Ankerpunkten. Die Grenzen sind plötzlich verschwommen, unwichtig.

Ausnahmsweise wurde Aslak richtig wütend. »Weswegen bist du denn eigentlich wütend?« fragte ich ihn. »Ich mußte doch mit ihm reden, wenn er Mia mit Fehlinformationen über Mama füttert, Gott weiß, was ihm noch alles einfällt. Du weißt ja, daß er ihr geraten hat, sich krankschreiben zu lassen, als sie sich im Januar den Knöchel verstaucht hat«, fuhr ich fort, verdrehte die Augen zum Himmel. Aslak biß nicht an. »Das ist ein Scheinargument, mir ist scheißegal, was er Mia erzählt«, sagte er, was überhaupt nicht stimmt, und da verstand ich einen der Gründe, warum er fast nie wütend wurde, er weiß, wie dumm und unlogisch er in einem Streit wird. »Dir ist scheißegal, was er Mia erzählt?« wiederholte ich, ergriff die Gelegenheit, gewann Zeit. »Nein, natürlich nicht«, erwiderte Aslak, »aber darum geht es doch überhaupt nicht, es geht darum, daß du mir nicht erzählt hast, daß du ihn triffst.« – »Ja, weil es nicht wichtig war« sagte ich und schaffte glücklicherweise, nicht auch noch hinzuzufügen, es habe nichts mit ihm zu tun. »Und was wichtig ist, entscheidest allein du? Für mich?« – »Nein, natürlich nicht, aber ich dachte, es wäre das beste, dich da nicht reinzuziehen, vor allem deinetwegen.« – »Meinetwegen«, wiederholte er, wurde lauter, »meinetwegen wolltest du Jens treffen, um über Mia zu sprechen, ohne mir davon zu erzählen, ohne mich da reinzuziehen. Was glaubst du, wie sich das für mich anfühlt?« schrie er. Ich kann mich nicht daran erinnern, ihn je zuvor so gesehen zu haben, fast bebend.

Auf dem Weg aus der Stadt ist viel Verkehr, Aslak hat sich für die Route über Kongsberg entschieden, um Zeit zu sparen, aber wir brauchen allein bis Asker eineinhalb Stunden. Viljar hat die Brote, die er eigentlich erst in Nesbyen bekommen sollte, schon verputzt und es geschafft, fast einen Liter Saft zu trinken. Er muß pinkeln. Aslak seufzt genervt.

»Hättest du denn nicht ein bißchen aufpassen können?« Er blickt Mia, die neben Viljar sitzt, im Rückspiegel an.

»Worauf denn aufpassen?« fragt Mia verwundert.

Wir sehen beide zu Aslak.

»Auf deinen Bruder, er hat einen Liter Saft in sich reingekippt, ohne daß du reagiert hast«, antwortet Aslak.

»Oh, sorry, aber ich wußte nicht, daß es Regeln dafür gibt, wieviel Viljar trinken darf.« Mia klingt nicht sauer, eher überrascht.

»Jedenfalls darf man den Kopf einschalten, anstatt sich die ganze Zeit in seinem Scheißsmartphone zu vergraben.« Aslak reckt den Hals, um zu sehen, wie weit es bis zur Tankstelle an der Kuppe des Hügels ist, bei dem zähfließenden Verkehr wird es mindestens eine halbe Stunde dauern.

»Sie kann doch nicht kontrollieren, wieviel er trinkt, Aslak. Es ist meine Schuld, ich hätte ihm nicht die ganze Flasche auf einmal geben sollen«, sage ich.

»Warum verteidigst du sie, sie wird doch wohl ab und zu aus Eigeninitiative ein bißchen Verantwortung übernehmen können«, erwidert Aslak laut. »Sie ist erwachsen, sie kann selbst denken.«

»Ich muß Pipi«, ruft Viljar.

»Oh Mann ey, was soll der Scheiß?« fährt Mia Aslak an. »Er ist dein Kind, paß doch selbst auf ihn auf.«

Aslak schweigt. Mia schweigt. In der Fahrspur neben uns fährt ein Volvo mit Skiträger, darin ein älteres Paar, beide in weißen Wollpullovern und bestimmt mit sämischen gegerbten Kniebundhosen, sie scheinen die Musik aus dem Radio mitzusingen, lachen über sich und einander. Ich sehne mich auf ihre Rückbank.

»Ich muß jetzt Pipi, jetzt!« schreit Viljar wieder.

Aslak steuert das Auto auf den Standstreifen, schaltet die Warnblinkanlage an.

»So.« Er blickt zu mir und macht eine Handbewegung. »Bitte.«

Kurz hinter Lærdal rufe ich bei Mama an, um ihr zu sagen, wo wir sind. Sie geht nicht ran, ich drehe mich um und mache ein Snapchatfoto von Mia und Viljar, beide schlafen, Mias Kopf lehnt an der Kopfstütze des Kindersitzes. Ihre Gesichter sind von dem fortlaufenden Film auf Viljars iPad schwach erleuchtet. Schreibe *Lærdal jetzt.* Smiley. Lösche den Smiley. Senden.

»Sie sieht aus, als wäre sie dem Tod ganz schön nah«, sagte Magnus bei seinem Anruf aus dem Krankenhaus, als Mama vor ein paar Wochen mit Lungenentzündung eingeliefert worden war. »Aber die Ärzte sagen, sie wird wieder«, sprach er weiter. »Mal ehrlich, du kannst sie doch nicht in diesem Zustand das Haus putzen lassen, Magnus«, schrie ich, als er mir erzählte, daß sie, obwohl sie kaum Luft bekam, vor dem ersten Besuch des Krankenpflegediensts das ganze Haus geputzt hatte. »Und wie hätte ich sie aufhalten sollen, du kennst sie doch«, entgegnete Magnus. »Und wie konntest du wegfahren, wenn es ihr so schlecht ging?« fragte ich, noch immer mit unkontrolliert erhobener Stimme. »Da sah sie nicht so schlecht aus, sie hat gesagt, sie fühlt sich gut, Scheiße Mann, sie hat es ja geschafft zu putzen, ich habe erst kapiert, wie schlecht es ihr ging, als ich die Nachricht bekommen habe, daß sie ins Krankenhaus mußte«, antwortete er. Wurde für ein paar Sekunden still. »Es ist scheißunfair, mir dafür die Verantwortung zu geben, Sigrid, ist ja nicht gerade so, als wärst *du* da oder warst es«, sagte er und legte auf.

Auch wenn ich unzählige Krebspatienten mit ähnlichen Verläufen von der Diagnose bis zum Tod begleitet habe und weiß, wie beharrlich, fast beeindruckend schnell der Prozeß gehen und sich der Zustand gleichsam über Nacht verschlechtern kann, insbesondere nach einer Nachricht über das Auftreten von Metastasen, überrascht es mich trotzdem, daß es mit Mama geschieht. Ich weiß seit November, wie die Sache ausgehen wird, habe geglaubt, ich hätte keine Hoffnung, aber das Gefühl, das mich überkam, als sie erzählte, der Krebs habe in die Lunge gestreut, beweist, daß ich voller Hoffnung gewesen war. Zumindest voller Verdrängung. »Überrascht dich das, wo du doch selbst gesagt hast, daß es so kommen wird?« fragte Aslak, als ich ihm davon erzählte. Ich war tatsächlich überrascht, ich war schockiert, und ich war wütend, daß sie nur eine von vielen war, ein Teil der Statistik, eine x-beliebige Patientin.

Ich habe Angst davor, sie zu sehen. Solange wir auf Distanz waren, solange ich mich auf Distanz gehalten habe, konnte Mama in meiner Vorstellung aussehen wie immer, mit blauen Viking-Stiefeln, gelber Jacke, ihren dicken langen Haaren in einem Dutt, immer in Bewegung, am Schwimmen, Gehen, Putzen, Jäten. Sie hat aufgehört, Mia und mir Selfies zu schicken. Vor zwei Jahren hat Mia ihr Snapchat beigebracht, sie saßen bei uns auf dem Sofa, Mama mit der Lesebrille auf der Nase. »Und dann verschwindet das Bild sofort?« fragte sie. »Ja, das ist ja der Witz daran«, antwortete Mia. »Genial«, staunte Mama. Seitdem trudelten Bilder von ihr und Papa, Kant, der Hütte, dem Haus, den Hühnern ein, unkommentiert und ungefiltert, mitunter konnte man unmöglich verstehen, was wir ihrer Ansicht nach damit anstellen sollten, aber da sie nur Aslak, Mia und mich in ihren Kontakten hatte, traute ich mich nie zu fragen. Jetzt vermisse ich nach dem Aufwachen die fünf Snapshots von Wasser und Bergen und Morgenschwimmen, Selfies von Mama mit roten Bäckchen, nassen Haaren, gesundem Blick.

Ich bin daran gewöhnt, Mama zu vermissen, habe sie den größten Teil meines Lebens vermißt, aber die Sehnsucht, die in den letzten Monaten in mir gewachsen ist, ist unbeherrschbar, taucht ständig auf, in meinen Blicken zu Mia, den Umarmungen von Viljar, den Streitereien mit Aslak, der Wut gegen Jens.

Ich versuche noch mal, sie zu erreichen.

»Mama geht nicht ran«, sage ich zu Aslak nach dem dritten Versuch.

»Sie geht doch nie ans Telefon«, antwortet er.

»Bei mir immer«, widerspricht Mia von der Rückbank.

»Mal so, mal so«, wiegle ich ab.

»Na, dann ist das doch die Lösung. Mia, du rufst sie an«, sagt Aslak, »wenn sie bei dir doch immer ans Telefon geht.«

Mia wird still. Ich möchte ungern die Spannungen zwischen den beiden befeuern, indem ich mich auf eine Seite schlage, aber mir ist vor Nervosität, daß Mama nicht ans Telefon geht, ganz schlecht, ich kann die Vorstellung von ihrem Körper am Fuß der Treppe, auf dem Badezimmerfußboden, im Garten nicht mehr rational von mir fernhalten. Ich drehe mich zu Mia.

»Könntest du es versuchen?« frage ich mit einem Lächeln.

Für einen Moment scheint Mia protestieren zu wollen, entdeckt dann aber etwas an mir, in mir und nickt statt dessen. Macht den Lautsprecher an. Ich höre das kurze Klicken, bevor Mamas Mailbox anspringt, »Hallo, hier ist Anne, ich kann gerade nicht ans Telefon gehen …«

Gerade jetzt hat Frida zum ersten Mal ihr Baby an die Brust gelegt bekommen. Ich hätte mich über das Bild, über den ruhigen Stolz in Fridas Blick in die Kamera gefreut, bräche es nicht in die Angst wegen des fehlenden Kontakts zu Mama. Aslak und Mia schauen mich beim Plingen der Nachricht an. Ich schüttle den Kopf.

»Ist nur eine Patientin«, sage ich.

»Die am Gründonnerstag um zehn eine Nachricht schickt?« Aslaks Mißtrauen ist neu.

Ich drehe das Telefon zu ihm.

»Ich will es auch sehen«, sagt Mia, ich zeige ihr das Bild von Frida aus der Ferne. »Warum schickt sie dir dieses Foto?«

»Weil ich ihre Ärztin bin«, antworte ich.

»Das ist wohl nicht ganz normal«, sagt Mia. »Papa meint, man dürfe auf gar keinen Fall seinen Patient:innen die Handynummer geben, dann hat man nämlich nie wieder Ruhe.«

Aslaks Blick geht starr geradeaus.

»Tja, der Unterschied ist wohl, daß Jens keine Patienten hat, sondern Kundinnen«, antworte ich und drehe mich wieder Richtung Straße, überlege kurz, meine Hand auf die von Aslak zu legen, die auf dem Schaltknüppel ruht, traue mich aber nicht.

Ich beschließe, Mama zehn Minuten für einen Rückruf zu geben, bevor ich Magnus anrufen muß. Versuche ruhig zu bleiben. Zoome in Fridas Foto, sie ist bleich und verschwitzt, hat dunkle Ringe unter den Augen, sieht aber besser aus als seit langem. Ich habe sie zum letzten Mal vor vier Tagen gesehen, da war sie von der Schwangerschaft so erschöpft, daß sie kaum mehr Kapazitäten für ihre ständig wechselnde Selbstdarstellung hatte. Und vielleicht, vielleicht, habe ich manchmal gedacht, denke ich jetzt, wage ich zu hoffen – als ich das flaumige, kleine Köpfchen aus der rosa Decke ragen sehe –, wird sich mit der Verantwortung für dieses kleine, neue Wesen etwas in ihr ändern.

13

Gustav verlor seine Sprache inmitten eines Schreis. Er stand oben an der Treppe und brüllte mir etwas hinterher, wie zu jener Zeit mehrmals am Tag, eine ständig neue Variation an Schimpfwörtern, von deren Existenz in seinem Wortschatz ich nicht den blassesten Schimmer hatte. Als er mitten im Satz verstummte, blieb ich am Fuß der Treppe stehen. Hörte, wie er von neuem ansetzte, aber daß die Geräusche, sofern sie es aus ihm herausschafften, fremd, unverständlich klangen, als spräche er in der Räubersprache.

Ich schrieb ihm einen Brief, im Krankenhaus, auf dem Flur vor seinem Zimmer, nachdem ich mit angesehen hatte, wie ihm klar wurde, daß er nicht mehr sprechen konnte, die Anstrengung und Verzweiflung, als er versuchte etwas zu sagen, die Muskeln, die sich am Hals und im Kiefer anspannten – seinen irren Blick, die Erkenntnis, in sich gefangen zu sein. Ich war noch immer sauer. So wütend und erschöpft, daß ich dachte, das geschehe ihm recht, er könne mich wirklich gernhaben, wenn er sich erlaubte aufzugeben, nachzugeben, zu verschwinden.

Ich verbrenne den Brief, den ich an jenem Abend an ihn geschrieben habe, den er nie bekommen hat und den ich seit damals nie wieder gelesen habe. Es fühlt sich an, als gäbe es noch mehr, das ich verbrennen sollte, ich habe aber keine Ahnung, was – das ganze andere Papierzeug in meinem Schreibtisch ist offiziell, sachlich: Rechnungen, Verträge, einige Zeitungsausschnitte aus der Zeit, als Gustav die Proteste gegen die neue Hüttensiedlung am Nordufer angeführt hat. Ein paar Briefe und Postkarten von Freundinnen. Die alten Listen von Gustavs Medikamenten, die Sigrid und Magnus vielleicht bei eventuellen Fragen vom Pflegeheim brauchen können, lege ich gut sichtbar auf den Küchentisch. Eine Weile bleibe ich mit aufgestützten Händen am Tisch stehen, starre auf einen durchsichtigen Fleck auf einem der Zettel, der kann irgendwas von irgendwem sein, von Gustav, Sigrid, Magnus: Ich streiche mit dem Finger über den Fleck, dann gehe ich auf den Dachboden und sehe nach, ob das Fenster geschlossen ist. Leere die Mülleimer im Bad und in der Küche.

Ich rufe Kant, lege ihm die Leine um, meine Hände zittern, ich weiche seinem Blick aus, gebe ihn bei der Nachbarin ab. Schließe zum ersten Mal seit zwei Jahren die Tür ab, lege den Schlüssel in Gustavs alten Stiefel, setze mich ins Auto und schnalle mich ohne nachzudenken an, fahre rückwärts aus der Einfahrt, die Märzsonne blitzt im Fenster von Sigrids altem Zimmer.

14

Ich stehe in einem kühlen Zimmer im Haukeland Krankenhaus, kann mich vor lauter Angst kaum bewegen. Ich stehe mit dem Rücken zu Mama, blicke aus dem Fenster. Da ist dieser bekannte Geruch nach Krankenhaus, der mir seit meiner Turnuszeit ein Gefühl von Sicherheit gegeben hat, aber mit Mama so bleich und mitgenommen im Bett hinter mir ist er Übelkeit erregend, aggressiv, angsteinflößend.

Kein Mensch würde den mißglückten Selbstmordversuch einer krebskranken Siebenundsechzigjährigen als Hilfeschrei einordnen. Dieser Schrei ist jungen Menschen vorbehalten, die jemanden wollen, der die Führung übernimmt und ihnen in der Welt und im Leben eine Richtung oder Verankerung gibt. Mama schreit nicht, sie sagt kein Wort. Sie liegt stumm in ihrem Krankenhausbett, wie in den ersten vierundzwanzig Stunden nachdem man sie im Zentrum von Bergen im Thon Hotel gefunden hatte.

»Wenn du dich wirklich hättest umbringen wollen, hättest du es geschafft. Das ist nur ein Hilfeschrei, ein ganz schrecklich egoistischer.« Ich bereue sofort, bin aber so voll Angst und Wut und schlechtem Gewissen, daß ich nicht weiß, was ich sagen soll, es gibt nichts zu sagen.

Allein, im Auto auf dem Weg ins Krankenhaus, brüllte ich bei Tempo 120 alles aus mir heraus, was ich dachte, oh Mann, sie muß überleben, wenn sie nur überlebt, ich verspreche es, es gibt noch so viel zu sagen.

Als ich die Tür aufmachte und sie im Krankhausbett liegen

sah, dünn, bleich, ohne Haare und schweigend, verstummte ich, bekam kein Wort heraus. Blieb stehen und schaute sie an, sie war wach, wich meinem Blick aus. Im Auto hatte ich mir unsere Umarmung vorgestellt, ihren Körper an meinem gespürt, ihren Geruch, in den vierzig Kilometern war nichts wichtiger, als daß sie wenigstens lange genug lebte, um zu wissen, daß das ich war, um die Kraft und all das Ungesagte spüren zu können, die in dieser Umarmung lagen.

Meine Wut war erst entstanden, als mir der Arzt im Krankenhaus erklärte, sie sei gesünder, als ich glaubte, sie sei mitgenommen, würde das aber überleben – mit Betonung auf *das*.

»Mensch, Mama, was hast du dir dabei gedacht?« frage ich, als sie nach einer Minute noch nicht geantwortet hat, meine Stimme zittert.

Ich stehe noch immer mit dem Rücken zu ihr, blicke aus dem Fenster.

»Was ist mit Mia?« schreie ich in Richtung Parkplatz, der Sonne, des beginnenden Frühlings, und was ist mit mir, »was ist mit Viljar?«

Als sie weiterhin nicht antwortet, drehe ich mich um und sehe sie an, sie weint.

Bevor ich reagieren kann, kommt Magnus mit großen Augen und rotem Gesicht zur Tür herein, geht schnurstracks zu Mamas Bett und umarmt sie, hält sie lange fest, weint in ihren Nacken, sein breiter Rücken zittert, während Mama ihre dünnen Arme um ihn legt.

15

»Oh, ein für allemal: Ich lobe mir April.« Magnus kommt in Pyjamahose und Wollpullover auf die Terrasse, blinzelt in die Sonne und zu mir, streckt sich, lächelt. »Was für ein Wetter!«

Ich antworte nicht, lehne in eine Decke gemummelt an der Hauswand und trage über dem um den Kopf gewickelten Schal eine dicke Wollmütze. Die Luft ist klar und kalt, aber die braungebeizten Holzpaneele hinter mir haben die Wärme der Sonnenstrahlen gespeichert. Ich lehne den Kopf zurück, schließe die Augen. Sitze seit einer Stunde hier und sehe aufs Wasser, es herrscht völlige Windstille, ich kann das Thermometer vorm Steg erkennen. Magnus setzt sich neben mich auf die Bank, ich höre, wie er die Zeitung nimmt, die ich mit herausgebracht habe, nervös darin blättert, sie dann wieder beiseitelegt.

»In dem das Alte fällt«, sage ich nach einer Weile, ohne die Augen aufzumachen.

»Hä?« fragt er.

»Wohl liebt er Friede selten«, spreche ich weiter, langsam und leise.

»Was redest du da?« wundert sich Magnus.

»Na, du hast doch Bjørnson zitiert.« Ich mache die Augen auf und sehe ihn an.

»Ach, hat sich Bjørnson April gelobt?« fragt Magnus.

Wieviel seiner mangelnden Grundkenntnisse auf den Gebieten von Putzen, Kochen und Literaturgeschichte ist meinen Versäumnissen geschuldet, und wieviel kommt von Gustavs Genen? Gustav hatte eine selektive Konzentration und

Erinnerung, wie er es selbst bezeichnete, wenn er ohne Milch oder Kartoffeln oder irgend etwas anderem vom Einkaufszettel nach Hause kam. »Ich vergesse alles, was unwichtig ist.« – »Dir unwichtig«, entgegnete ich. Dafür war seine Fähigkeit, sich zu vertiefen, nicht von dieser Welt, wie er beispielsweise auf dem alten Klavier ganze Klaviersonaten auswendig lernte, ohne Noten lesen zu können, oder einen ganzen Frühling gewissermaßen verschwand, um hinterm Schuppen Shetland-Kohl und Tomaten zu züchten. Ich bin sicher, daß sein Gehirn besonders komponiert ist, daß es ungewöhnliche, abweichende Verbindungen darin gibt. Ich sollte es nach seinem Tod der Forschung zur Verfügung stellen, denke ich manchmal.

»Ihr wißt, daß ich verbrannt werden möchte«, sage ich zu Magnus. »Wehe, ihr begrabt mich.«

Ich bin kurz davor, den Bogen zu überspannen, kann aber nicht anders, Aufsässigkeit ist einfacher als Entschuldigung, harte, kalte Distanz einfacher als Scham und Angst.

Ich weiß, wir haben die Verabredung, nicht über Krankheit, Tod und Beisetzung zu sprechen, bevor Viljar im Bett ist, aber Sigrid hat ihn zum Beschneiden der Apfelbäume in den Garten mitgenommen, hält ihn überhaupt so weit wie möglich von mir fern, vertraut mir nicht. Das kann ich gut verstehen, ich traue mir selbst nicht mehr.

»Kannst du aufhören, so zu sprechen«, antwortet Magnus. »Bitte.«

»Ich sage es ja nur«, gebe ich zurück.

»Hast du diesen Artikel gesehen, den ich dir auf den Küchentisch gelegt habe?« will er wissen. »Über Immuntherapie, das klingt sehr vielversprechend.«

»Da war heute morgen kein Artikel auf dem Küchentisch«, sage ich. Wir schweigen, beobachten beide Sigrid, wie sie die Apfelbäume förmlich massakriert, neue Triebe resolut und effektiv abtrennt. Die Bäume sehen nackt und deformiert aus, sie schützt sich wohl davor, im Herbst zur Ernte herkommen zu müssen, denke ich. Im Herbst.

»Wir müssen darüber sprechen können, Mama«, sagte Magnus am Ostermontag. Sigrid, er und ich saßen im Wohnzimmer, die anderen waren bei Aslaks Eltern, bestimmt auf Anordnung von Sigrid, die mit verschränkten Armen und ohne mich anzusehen in Gustavs altem Ohrensessel saß. »Ich verstehe, daß du verzweifelt bist, daß es sich hoffnungslos anfühlt«, sagte Magnus, »aber Mensch, Mama, was hast du dir dabei gedacht?« Ich konnte weder antworten noch ihnen in die Augen sehen – wieviel leichter wäre es für sie gewesen, damit umzugehen, daß ich gestorben bin, sauber, effektiv, dann könnten sie einen Schlußstrich ziehen, anders als unter einen schlampig ausgeführten, gescheiterten Selbstmordversuch. Am liebsten würde ich sagen, ich hätte es für sie getan, damit sie mich nicht verwittern sehen müßten, nicht das Gefühl bekämen, sie müßten auf mich aufpassen, da sein, zwei, drei, vier, fünf Jahre lang Zeugen davon werden, wie ich schrittweise mehr und mehr verfiele, mehr und mehr bräuchte, immer anstrengender würde.

»Entschuldigung«, flüstere ich schließlich, sonst gab es nichts zu sagen, ein Versuch, mich zu erklären, war ausgeschlossen – Sigrid würde mich egoistisch und selbstbezogen nennen, denn was sei mit *ihnen*, wie sie im Krankenhaus sagte, ob ich glaubte, mein Schmerz sei der allein gültige, der einzige, der etwas bedeute?

»Nein«, entgegnete Sigrid im Wohnzimmer laut, stand auf, »das reicht nicht, Mama«, sprach sie weiter. »Wie konntest du«, brüllte sie und schlug gegen die Wand. Sie würgte sich selbst ab, drehte sich um und verließ den Raum. Magnus ging hinterher. Ich blieb – mal wieder – allein zurück, atemlos und mit pochendem Herzen wegen allem, was sie weggelassen hatte. »Wie konntest du«, wie zur Hölle konnte ich mich nach einer endlosen Reihe von Versäumnissen und Abwesenheit dafür entscheiden, ohne ein Wort zu verschwinden, sie ultimativ im Stich zu lassen.

»Wir brauchen ein paar Verhaltensregeln«, sagte Magnus am nächsten Tag. »Du mußt versprechen, daß du dir nichts antun wirst«, begann er, »du mußt versprechen, daß du uns anrufst, wenn du wieder solche Gedanken hast.« – »Okay, ich verspreche, euch anzurufen, bevor ich mich umbringe«, antwortete ich, lächelte, wollte die Stimmung aufheitern. Er starrte mich an. Sigrid hatte ihm dieses Gespräch mit mir überlassen, und ich vermißte sie dabei, vermißte ihre beharrliche Art, daß sie mir in die Augen blickte und mich bat, lebendig zu bleiben, am Leben, in ihrem Leben. Aber ich begriff, daß ich zwischen ihr und mir nun mehr zerstört hatte, als es Zeit gab, es zu kitten. »Ich habe mich entschuldigt, Magnus, und ich verspreche, mich nicht umzubringen«, sagte ich schließlich lauter und schärfer als beabsichtigt.

Sigrid und Viljar kommen auf die Terrasse.

»Ich fahre mal kurz zu Papa runter«, verkündet Sigrid, sie

war, seit sie nach Hause gekommen ist, noch nicht bei ihm. »Kann Viljar bei dir bleiben, bis Aslak wieder da ist?« fragt sie Magnus.

»Natürlich, kann er bei uns bleiben«, antworte ich.

Sigrid reagiert nicht.

»Na, klar«, sagt Magnus, »hast du Hunger, Viljar, wollen wir Frühstück machen?«

»Ich will, daß Oma Frühstück macht.« Viljar rennt in seinen orangefarbenen Cherrox-Gummistiefeln auf mich zu und läßt sich kurz vor mir im vollsten Vertrauen, ich würde ihn auffangen, vornüber fallen.

Sigrid und Magnus wechseln einen Blick, kurz, routiniert und versuchsweise vor mir versteckt, aber Herrgott noch mal, ich habe die beiden gemacht. Fast muß ich loslachen, ihre verschwörerische Komplizenschaft ist offensichtlich wie bei Kindern, aber ich verkneife mir einen Kommentar, hebe Viljar auf meine Knie, der Rücken schmerzt unter der Anstrengung.

»Ach nein, das Frühstück machen du und ich«, sagt Magnus rasch. »Wie wäre es denn mit Pfannkuchen?«

Beim Gedanken an Pfannkuchen hat mich Viljar augenblicklich vergessen, windet sich aus meinem Arm, springt an Magnus hoch, der ihn in die Luft wirft und dann in die Küche trägt. »Er sollte selbst Kinder kriegen«, bemerkte ich mal vor vielen Jahren gegenüber Sigrid, als wir beide in der Küche saßen und zusahen, wie Magnus für Mia an der Böschung zum Wasser hinunter kleine Skisprungschanzen baute. Jedenfalls bräuchte er jetzt ein Kind, oder wenigstens eine Freundin, einen Puffer, der abfedern kann, was kommt. Als sie Teenager waren, machte sich Sigrid oft über Magnus' fehlendes Liebesleben lustig, oder über seine geheime Freundin, darüber wie er sie – oder auch ihn – vor uns versteckte. Nur ein einziges Mal reagierte Magnus darauf und meinte, ob nicht vielleicht auch das genaue Gegenteil vorstellbar sei. Irgendwann, nachdem Sigrid Ärztin geworden ist, gelangten die beiden – oder vielleicht auch nur Sigrid – zu der Ansicht, Magnus leide unter Bindungsschwierigkeiten, wie sie beim Frühstück mal erklärte, während sie mir das Brotkörbchen reichte, und es erst losließ, als ich ihr in die Augen sah.

Sigrid steht auf, geht die Treppe zur Garage hinunter. Ich bekomme Angst, was sie Gustav wohl erzählen wird, was ihr womöglich über mich einfällt. Wie in jener Nacht, als ich von der Treppe vor Gustavs Zimmer aus hörte, wie sie ihm sagte, sie würde es mit mir nicht mehr aushalten, ich sei so selbstzentriert und unfair, und wie sehr sie ihn vermisse.

»Sigrid«, sage ich, sie bleibt stehen und dreht sich um, »kannst du bitte Gustav nichts davon sagen?«

Sie denkt einen Moment nach.

»Natürlich.« Ich glaube, sie lächelt dabei, aber das Gegenlicht ist zu stark, um sicher zu sein.

Magnus fährt am Sonntag nach Ostern wieder nach Stavanger. Sigrid wird mit ihrer Familie noch ein paar Tage bleiben. Mich hat keiner gefragt, mein Recht auf eigene Meinungen ist endgültig verspielt. Ich werde eingeplant, habe mich nicht dagegen gewehrt, dafür fehlt mir die Kraft. »Mein Rücken tut furchtbar weh«, sagte ich vor ein paar Tagen zu Sigrid, »es fühlt sich an, als käme es vom Skelett an sich, nicht von den Muskeln.« Sie untersuchte mich mit kühlen Händen und routinierten Bewegungen, was gleichwohl eine derart willkommene Berührung war, daß ich mich beinahe umdrehte, um sie zu umarmen. Sie zog mir den Pullover nach unten. »Ist wohl deine Lunge«, stellte sie fest, »außerdem hast du deinen Körper einer Zusatzbelastung ausgesetzt, und er muß nichtvorhandene Kräfte aufbringen, um sich zu erholen, kein Wunder also, daß du Schmerzen hast.«

Ich habe die gesamte Osterzeit in erster Linie auf dem Sofa oder auf der Terrasse im Liegestuhl verbracht. Sigrid oder öfter noch ihr Sprachrohr Mia bittet mich ständig, einen zusätzlichen Schal umzulegen, paßt auf, daß ich meine Medikamente nehme, weckt mich zum Essen. »Noch eine Kartoffel, Oma«, ermuntert mich Mia. »Noch eine Karotte, noch eine kleine Portion, das schaffst du, in deinem Glas ist noch ein bißchen Milch.« Daß diese Aufforderungen von Mia kommen, macht sie schwerer erträglich, aber Sigrid hält sich in sicherer Distanz, operiert hinter den Kulissen. Ob sie mich damit strafen oder schonen will, bleibt unklar, vielleicht schont sie sich selbst. Und Mia.

»Mia weiß nichts«, sagte Sigrid, als wir nach meiner Entlassung nach Hause fuhren, »sie glaubt, du wärst wieder wegen einer Lungenentzündung im Krankenhaus gewesen.« – »Okay«, antwortete ich. »Und ich möchte auch nicht, daß sie es weiß.« Sigrids Stimme klang belegt. »Nein«, sagte ich, »Natürlich nicht.«

Ich hatte überlegt, Mia einen Brief zu hinterlassen. Aber irgendwie fand ich es problematisch, das nur für eines meiner Enkelkinder zu tun, ich hätte also auch Viljar schreiben müssen, aber ein Abschiedsbrief an einen Vierjährigen war schlicht undenkbar – auch wenn ich natürlich hätte schreiben können, er solle ihn erst lesen, wenn er alt genug sei, was wiederum auch problematisch gewesen wäre, da er sich mit sechzehn, siebzehn nicht sonderlich an mich erinnern würde, und das Öffnen des Briefs einer Großmutter, an die man sich kaum erinnerte, die aber entschieden hatte, sich das Leben zu nehmen, war eine ziemlich absurde Vorstellung. An Sigrid und Magnus zu schreiben war ausgeschlossen. Ich weiß, Sigrid bedarf einer Entschuldigung, einer Wiedergutmachung, aber ich finde keine Worte dafür, weiß nicht, wie. »Was ist mit Mia?« schrie Sigrid im Krankenhaus. »Und was ist mit dir?« hätte ich am liebsten zurückgeschrien, »Was ist mit dir, Sigrid, mit dir?«

Ich habe immer gedacht, eine Entschuldigung bei Sigrid müsse ehrlich sein, müsse eine Resonanz in mir und meinen Erinnerungen haben. Daß es eine Rolle spielt, wenn sie übertreibt, indem sie alles, was weh tut, was in ihrem Leben schmerzt, an ihrer Kindheit festmacht. Daß es von Bedeutung ist, daß einige ihrer Erinnerungen Zerrbilder meiner eigenen sind; daß es wichtig ist, diese zu korrigieren, daß ich ihr nur unter riesigen Vorbehalten eine Entschuldigung geben könnte, daß die für Sigrid sowieso wertlos wäre. »Sie erinnert sich ja an nichts, das gut war«, klagte ich Gustav, nachdem mich Sigrid mit dieser Regensachengeschichte konfrontiert hatte, sie habe all die Kleinigkeiten vergessen, die Apfelernte, unsere Filmabende und wie ich immer die Milchhaut von ihrem Kakao abzog. Sie hat auch die ganzen Abende vergessen, die ich nach Gustav erstem Schlaganfall bei ihr im Bett lag, als sie wochenlang abends Bauchschmerzen hatte und nur schlafen konnte, wenn ich mich in dem schmalen Bett eng an sie kuschelte – und all die Male, die ich mich wieder zu ihr legte, nachdem sie bei meinem Versuch, mich davonzuschleichen, aufgewacht war und nach meinem Arm gegriffen hatte.

Als ich in dem Hotelzimmer in Bergen im Abstand von vier Sekunden Tablette um Tablette schluckte, wurde mir bewußt, daß ich mich nicht darauf vorbereitet hatte, daß es dauern würde, daß ich Zeit haben würde zu denken. Nach der Hälfte der Tabletten war ich noch klar genug für die Einsicht, ich hätte genausogut meinen Stolz runterschlucken können, das Bedürfnis recht zu haben. Daß keine von uns recht hatte.

Seit mich Sigrid im Krankenhaus abgeholt hat, versuche ich, diese tiefe Wahrheit in mir wiederzufinden, aber das Gefühl entgleitet mir jedes Mal, wenn ich sie sehe.

Noch am Leben zu sein ist wie ein Vakuum. Alle Berührungen, alle Blicke, alle Worte, Farben, Gerüche und Empfindungen treffen mich anders, fließen durch neue Filter und werden entweder als Sentimentalitäten beziehungsweise Gefühle enthüllt oder als deren Gegenteil. Nur wenig ist stimmig, mich kann eine auf dem Terrassengeländer wippende Bachstelze aufregen und der Geruch von Dung auf den Äckern berühren. Und ich habe ununterbrochen das Gefühl, auf etwas zu warten und zugleich etwas verpaßt zu haben.

»Sie kann das nicht ordentlich durchdacht haben«, hörte ich eines Vormittags Aslak unten im Keller zu Sigrid sagen, als sie glaubten, ich schliefe. Ich stellte mir vor, wie sie das ganze Gerümpel unter der Treppe betrachteten, mein angesammeltes Zeug. Zu einem gewissen Teil, hat er recht: Hätte ich mich gut genug vorbereitet, wäre ich jetzt tot.

Ich habe auch nicht genug an Sigrid und Magnus gedacht, nur, daß ihnen diese Warterei erspart bleiben solle, mich bis zum Tod pflegen zu müssen. Nicht bedacht, daß es als ein weiteres Im-Stich-Lassen ankommen könnte, eine endgültige Bekräftigung dafür, wie rücksichtslos und wenig fürsorglich ich bin. Nach all den Anschuldigungen von Sigrid geht es mir kaum in den Kopf, daß sie noch immer etwas von mir erwartet, daß sie mich nicht aufgegeben hat.

»Selbstmord ist nicht gleich Selbstmord, Magnus«, sagte ich bei einem unserer vielen Gespräche während dieser Ostertage; soweit ich mich erinnern kann, war es das letzte, ich war dösig und benebelt von Morphium und Schlafmitteln. Magnus war hochgekommen, als er gehört hatte, daß ich aufstehen und aufs Klo gehen wollte, half mir ins Bad und setzte sich anschließend auf meine Bettkante. Ich hatte nicht genügend Kraft, um zu erklären, was ich meinte. »Doch, ist es, Mama«, antwortete er, »ein Selbstmord ist ein Selbstmord.«

Er und teils auch Aslak haben mich in der vergangenen Woche mit Aussagen und Ausrufen überschüttet, die mir zeigen sollen, wie froh ich sein könne, am Leben zu sein; übers Wetter und Ostern und das Essen, über Viljar, der ein Lied auf dem Klavier gelernt hat. Schau ihn dir an, sagte Magnus' Blick, als sich Viljar nach einer alternativen Version von *Alle meine Entchen* zu mir drehte und beinahe platzte vor Stolz. Schau ihn dir an, sieh dir all das an, was du verpaßt hättest, sieh uns an, sieh, wie schön es ist, am Leben zu sein, selbst mit heftigen Schmerzen und Atemproblemen und der Aussicht auf mehr und mehr und mehr davon, bis zum Tod, schau wie schön.

»Schaffst du einen kleinen Spaziergang, Oma«, fragt mich Mia am Nachmittag, bevor sie wieder nach Oslo fahren.

Ich liege auf dem Sofa, Sigrid, Aslak und Viljar sind bei Aslaks Eltern. Ich habe den Streit beim Aufbruch gehört, wie Mia sich gesträubt hat. »Sie haben dich im letzten Jahr kaum gesehen«, tadelte Aslak lautstark. »Ich war vor vier Tagen dort«, hielt Mia dagegen. »Ja, für eine halbe Stunde, ist dir klar, wie egoistisch du dich aufführst?« sagte Aslak. Ich hörte Sigrid mit leiser, beschwichtigender Stimme etwas sagen, verstand aber nicht, was. »Das ist nicht *meine* Familie«, platzte es aus Mia heraus. Dann wurde es still, bis die Haustür ins Schloß fiel. Mia kam allein die Treppe hoch, ich sah durch die Tür nur die Hälfte ihres Gesichts, sie faßte sich mit einer Hand an die Stirn, wirkte verzweifelt.

»Ich kann es versuchen«, antworte ich, habe solche Schmerzen im Rücken, daß allein der Gedanke, sich mehr als ein paar Meter zu bewegen, weh tut.

Mia hilft mir hoch. Stützt mich auf dem Weg in den Flur, sucht mir Jacke und Schal, ruft nach Kant. Wir gehen langsam auf dem Pfad zum Wasser hinunter, die Sonne geht gerade unter, läßt den verbliebenen Schnee auf den Berggipfeln golden schimmern; die Luft ist mild und schmeichelt der Lunge, es riecht herb nach Frühling – noch ein Frühling.

Mia erzählt von einer neuen Realityserie, an der sie arbeitet, ich höre mit halbem Ohr zu, muß mich konzentrieren, keinen falschen Schritt zu machen, kann den Nervensignalen beziehungsweise meinem Gleichgewichtssinn nicht trauen, was Sigrid zufolge aber von den Medikamenten kommt, nicht vom Krebs.

»Also, ich glaube, ich werde mein Studium um ein Jahr verschieben«, erzählt Mia.

»Das Studium verschieben?« wiederhole ich, bleibe stehen.

»Ja, oder vielleicht studiere ich lieber in Oslo«, sagt sie.

»Aber warum?« frage ich.

»Habe ich doch gerade erzählt, ich habe ein Angebot für einen neuen Job im selben Projekt, da kann ich eventuell nebenher studieren«, antwortet sie etwas zu unbeschwert.

Ich bin verzweifelt gerührt, nehme sie in den Arm.

»Aber du hast doch die Studiumsvorkurse absolviert und so hart dafür gearbeitet, in England genommen zu werden«, sage ich.

Mia zuckt mit den Achseln.

»Schau.« Sie deutet auf Kant, der mit einem toten Hasen im Maul ankommt. »Oh nein, Shit! Wie traurig, ist das ein Kaninchen?«

Nachdem die anderen ins Bett gegangen sind, kommt Sigrid ins Wohnzimmer herauf. Ich sitze auf dem Stuhl vorm Fernseher, es läuft die Wiederholung der Nachrichten. Sie schaut ein paar Minuten mit, wir sehen zusammen einen Beitrag über eine Mutter, die in einem von einer Flut betroffenen Gebiet in Ostafrika ihre Tochter wiederfindet, der Rest der Familie ist höchstwahrscheinlich bei einem Erdrutsch umgekommen. Ich setze mehrmals an, atme ein, um etwas zu sagen, aber kriege noch immer nicht heraus, mir sei bewußt, daß ich sie im Stich gelassen hätte, finde keine Worte oder Sätze, die genug nuanciert sind, um sie einzuschließen und mich zu betreffen.

»Wie geht es dir?« Sigrid sitzt im weitest entfernten Sessel in der Ecke, wippt mit einem Bein, wirkt nervös.

»Ganz gut.« Ich schalte den Fernseher aus. »Ein bißchen Schmerzen im Rücken, aber besser als gestern.«

»Und wie sehen deine Pläne für die Zukunft aus?« fragt sie.

»Pläne?«

»Ja, beziehungsweise wann ist die nächste Chemo?«

»Ich erinnere mich nicht genau, vielleicht in ein paar Wochen.« Ich habe mich dafür entschieden, die Behandlung abzubrechen, aber das kann ich Sigrid nicht gestehen, nicht jetzt.

»Ich komme dann wieder und begleite dich«, sagt sie.

»Brauchst du nicht«, entgegne ich.

Sigrid legt das Gesicht in die Hände, beugt sich nach vorn. Ich bin überrascht, brauche zu lange, um aufzustehen, es verursacht Schmerzen im Bauch. Ich gehe zu ihr, setze mich auf die Armlehne des Sessels und lege ihr die Hand auf den Rükken, streichle langsam, sie hat abgenommen, ich spüre die Rippen, die von Schluchzern gebeutelt unter meiner Hand beben. Mehrere Minuten sagen wir beide nichts.

»Ich verspreche es, Sigrid«, sage ich schließlich.

16

Beim Ausräumen des Autos in Oslo sehe ich, daß Aslak einen kleinen Sekretär mitgenommen hat. Ich hieve ihn aus dem Kofferraum, stelle ihn auf den Kies in der Einfahrt. Erkenne ihn, auch wenn er hier nackt und völlig anders aussieht als im Flur zwischen Magnus' und meinem Zimmer, dort hat er gestanden, solange ich denken kann. Ich glaube, er war von Oma, eines der vielen Möbelstücke, die nach Mamas und Papas Hofübernahme stehen geblieben sind. Mama hat ein prinzipielles Desinteresse an Einrichtung, unser Haus ist noch in demselben Zustand wie bei Papas erstem Schlaganfall, nicht einmal sein im Hobbykeller begonnenes Malprojekt hat sie beendet. Er hatte eine Wand geschafft, die war also dunkelgrün, während die drei restlichen Wände Glasfasertapeten und eine Wandvertäfelung aus Kiefernholz haben. Ich kann mich nicht daran erinnern, daß sie je ein Möbelstück angeschafft oder umgestellt, einen Stuhl oder ein Sofa verschoben hätte, außer als das Haus für Papa rollstuhlgerecht gemacht werden mußte. Da schob sie für den Treppenlift den Schrank im Gang einen Meter nach links, so daß er die Kellertür zur Hälfte versperrte, und obwohl der Sozialdienst den Lift längst abgebaut und abtransportiert hat, steht der Schrank noch am selben Ort.

»Warum hast du den Sekretär mitgenommen?« frage ich Aslak, der Viljar und eine erste Ladung Gepäck ins Haus getragen hat und wieder herauskommt.

»Anne fragte, ob wir ihn haben wollten«, antwortet er.

»Und das wollten wir?« frage ich mit einem mißglückten Versuch zu lächeln.

Er gibt keine Antwort, hebt meinen Koffer aus dem Kofferraum.

»Dir ist schon klar, was sie da treibt, oder?« sage ich.

War es ihm nicht, das sehe ich, indem er beim Griff nach Mias Tasche die Bewegung für den Bruchteil einer Sekunde stoppt, sie sich dann aber mit Schwung über die Schulter hängt.

»Es ist nur ein Sekretär, Sigrid. Ich werde ihn abschleifen und einölen, du wirst sehen, wie schön der wird.«

»Darum geht es nicht, Aslak«, sage ich lauter. »Du kannst jetzt von Mama keine Sachen annehmen, das ist, als würdest du ihr erlauben aufzugeben.«

»Erlauben?« wiederholt Aslak, »Von wem braucht sie eigentlich eine Erlaubnis?«

Er sagt nichts mehr. Mias Tasche über der Schulter, greift er mit der einen Hand nach meinem Koffer und mit der anderen nach dem Sekretär.

»Kannst du vielleicht Viljars Flasche mit reinbringen?« fragt er mich, die noch genau so vor dem Auto steht wie nach der Ankunft vor zwanzig Minuten, zu nichts anderem fähig. Ich bleibe stehen.

Ein paar Tage später ruft Magnus bei mir an, er meint, wir sollten Mama nach Deutschland bringen, für eine second opinion, wie er es nennt. Er hat gründliche Nachforschungen angestellt, seine Stimme klingt genauso aufgeregt, wie als er mit dreizehn von Modellflugzeugen erzählte.

»Wir glauben, daß wir das beste Gesundheitssystem der Welt haben«, sagt er, »aber was die Behandlung von Krebs betrifft, sind wir im Vergleich mit beispielsweise Deutschland und den USA in Wirklichkeit unglaublich rückständig.«

Ich weiß nicht, was ich entgegnen soll, brauche aber auch gar nichts zu sagen, denn Magnus nimmt sich in seinem Monolog kaum Zeit zum Luftholen.

»In Deutschland ist man viel innovativer, die Ärzte dort haben die Freiheit, auch nicht autorisierte Methoden zu nutzen, sie haben einen größeren Ermessensspielraum und sind experimenteller, im Ernst, Sigrid, es gibt haufenweise Behandlungsalternativen, für die die norwegischen Ärztinnen zu arrogant oder feige sind«, fährt er fort.

Ob er vergessen hat, daß er in diesem Moment mit einer norwegischen Ärztin spricht?

»Ich habe eine auf Darmkrebs spezialisierte Klinik in Bayern gefunden«, sagt er, da ich nicht innerhalb von ein paar Sekunden antworte.

»Magnus«, setze ich an, suche nach einer Antwort, die weder arrogant noch feige klingt, »darüber haben wir doch an Ostern gesprochen.«

Exakt darüber haben wir zwar nicht gesprochen, aber ich habe ihn gebeten, Mama keine Artikel über Forschungsergebnisse und alternative Behandlungsmethoden mehr zu geben, das stresse sie nur, darüber solle er mal nachdenken.

»Das ist nicht alternativ«, sagt er jetzt, »es ist ein dokumentiertes Behandlungsverfahren.«

»Ich kann dir versprechen, sie kriegt Zugang zu jeder dokumentierten Behandlungsmethode in Norwegen; in dem Haufen, von dem du redest, stecken haufenweise unseriöse Therapeuten, die an kranken, verängstigten und hoffnungsvollen

Menschen Geld verdienen wollen.« Der Gedanke, Mama in den Händen solcher alternativer Heiler zu wissen, tut weh. »Hast du mit Mama darüber gesprochen?«

»Nein, noch nicht«, antwortet Magnus, klingt resigniert.

»Tu es nicht. Willst du wirklich die Zeit, die ihr bleibt, darauf verwenden, sie nach Deutschland zu schleifen und einer Behandlung auszusetzen, die nicht hilft oder schlimmstenfalls ihren Zustand verschlechtert?«

»Nein, aber ich finde, es ist es wert, alles zu versuchen, was man versuchen *kann*, ich kapiere nicht, warum du dich so sträubst, sie stirbt ja sowieso, das hast du selbst gesagt, was haben wir also zu verlieren?«

»Du hast mir nicht zugehört. Ihr Zustand könnte sich verschlechtern, die Zeit, die sie noch hat, könnte für sie unnötig schlechter und stressiger werden, und darum geht es doch wohl jetzt, oder? Ihr die so angenehm wie irgend möglich zu machen, oder?«

»Ach, das war dann also, was du an Ostern versucht hast?« Magnus legt auf.

An Ostern kam er mir eines Nachmittags, als ich joggen war, nach. »Was treibst du da eigentlich?« fragte er mich durchs Autofenster. Ich verstand sofort, worauf er abzielte, lief weiter, er fuhr langsam neben mir her. »Sie hat gerade versucht, sich umzubringen, sie hat Angst und ist mutlos, und du führst dich auf, als ginge es dabei um dich, glaubst du, du machst ihr Lust darauf weiterzukämpfen?« – »Oha, Mann, Magnus, sie soll nicht weiter*kämpfen*, das ist kein Krieg, sondern eine Krankheit, verstehst du nicht, daß sie schon verloren hat, sie hat bereits aufgegeben«, entgegnete ich und widersprach mir dabei selbst. »Ist ja auch kein Wunder, daß sie aufgibt, wenn du sie schon aufgegeben hast«, antwortete Magnus, drückte aufs Gas und ließ mich zurück.

Magnus glaubt, Mamas Selbstmordversuch sei ein ernsthafter Schrei nach Hilfe gewesen. Das könne gar nicht anders sein, so schlecht, wie sie es geplant habe, erklärte er mir am selben Abend, als sie schon im Bett war. Ich sei mir da nicht sicher, war meine Antwort, und das ist die Wahrheit. Sie habe doch einen Scheißzettel an die Tür gehängt, meinte Magnus. Ich nickte. Das war vielleicht der schlimmste Gedanke an der Sache, daß sie sich die Zeit genommen hatte, dem Hotelpersonal eine Nachricht zu hinterlassen, das Zimmer nicht zu betreten, sondern statt dessen die 112 zu rufen, damit niemand sie finden mußte – daß sie sich hingesetzt und einen letzten Gruß geschrieben hatte, an das Personal des Thon Hotels.

Am 27. April wache ich davon auf, daß Viljar auf dem Weg die Treppe hoch »Zum Geburtstag viel Glück«, singt, Aslak macht Psst, Mia flüstert irgend etwas. Ich habe meinen Geburtstag vergessen. Niemand hat ihn in den vorausgegangenen Tagen erwähnt, es gab keine schlagartig verstummenden Gespräche, wenn ich einen Raum betrat, oder verräterische Zutaten im Kühlschrank, nichts wie in früheren Jahren. Außer dem jetzt, in diesem Moment: Viljar, der die Tür aufmacht, vorsichtig ins Zimmer tritt, plötzlich eingeschüchtert von der feierlichen Atmosphäre.

»Jetzt kannst du singen, Viljar«, sagt Aslak hinter ihm, er trägt ein Tablett mit einem Kuchen, ich setze mich auf.

Viljar schüttelt den Kopf, versteckt sich lieber auf Aslaks Bettseite unter der Decke.

»Ach. Naja, jedenfalls, alles Gute zum Geburtstag.« Aslak stellt das Tablett auf meinen Nachttisch. Gekaufter Kuchen.

»Alles Gute, Mama«, gratuliert Mia.

»Danke. Lieb von euch«, sage ich. »Gehört zum Kuchen denn auch ein Geburtstagskuß?« Aslak schneidet bereits den Kuchen an.

Zum ersten Mal an diesem Morgen würdigt er mich eines Blicks.

»Na klar.« Er küßt mich flüchtig.

»Und eine Umarmung von mir.« Mia umarmt mich. »Die kriegst du als vorläufiges Geschenk. Sorry, aber ich habe völlig vergessen, daß du Geburtstag hast.«

Ich blicke zu Aslak, er gießt Kaffee in drei Tassen.

»Schon okay, ich habe es selbst auch vergessen.« Ich lächle Mia an.

»Du hast deinen Geburtstag vergessen?« Viljar taucht unter der Bettdecke auf.

»Ja, stell dir das mal vor!« Ich ziehe ihn zu mir, küsse ihn auf den Kopf, halte ihn ganz fest. »Und deshalb ist es ja doppelt gut, daß ihr daran gedacht habt.«

Aslak sagt nichts, wirkt als wollte er weg. Mia wirft einen kurzen Blick zu uns beiden.

»Naja, eigentlich ist mein Geburtstagsgeschenk ja, daß ich heute abend auf Viljar aufpasse, damit ihr zur Feier des Tages essen gehen könnt«, sagt Mia.

Aslak findet mein Verhältnis zu Geburtstagen zu unsentimental und meinte, als Mia zwei wurde, wir müßten Traditionen schaffen. »Sie wird zwei, Aslak, sie wird sich an nichts davon erinnern«, sagte ich. »Na und?« entgegnete Aslak, »Wir erinnern uns doch. Außerdem erlebt sie es, was ja auch etwas bedeutet. Du bist zu sehr aufs Erinnern fixiert.« Er lud seine Eltern und seinen Bruder, Mama, Papa und Magnus und mehrere Nachbarn ein und buk Schokoladenkuchen. Fast die gesamte Feier über hatte er Mia auf dem Arm oder Schoß, fütterte sie mit Kuchen, wechselte ihre Windel – zeigte allen, wie sie losheulte, wenn er sie absetzen wollte. »Ui, sie will wohl wieder auf Papas Arm«, sagte Aslaks Mutter und schlug dabei lachend die Hände zusammen.

Schokoladenkuchen wurde also unsere Geburtstagstradition, denn das ist bis heute der einzige Kuchen, den Aslak kann. Ich bin eine Spur enttäuscht, daß er dieses Jahr einen bei Baker Hansen gekauft hat, verstehe aber die Botschaft dahinter und stimme ihm zu, ich habe es auch nicht besser verdient. Abgesehen davon ist sein beginnender Widerstand irgendwie befriedigend, fast anziehend.

Trotz meines Verdachts, Aslak und ich würden beide am liebsten zu Hause bleiben, gehen wir auf Mias Anordnung meinen Geburtstag mit einem Abendessen feiern. Allerdings ist Samstag, und wir haben nirgendwo reserviert, so landen wir in einem kleinen verwaisten Tapasrestaurant in Grünerløkka.

»Glaubst du, sie kriegt Viljar zum Schlafen?« frage ich, als wir endlich etwas zu essen haben, mit Blick auf die Uhr, es ist fünf nach neun.

»Sie hat ihn bestimmt vor Ewigkeiten hingelegt und ist längst auf einer Party«, sagt Aslak.

»Bestimmt.« Ich nehme einen Bissen gebackene Paprika, sie schmeckt nach fast nichts und doch intensiv genug, mich an meinen neunzehnten Geburtstag mit Jens in Barcelona zu erinnern.

So war ich noch nie auf Reisen gewesen, eigentlich überhaupt kaum. »Wir feiern in London, nein, Barcelona«, hatte er zwei Tage vor meinem Geburtstag verkündet. Das Gefühl, unterwegs zum Flughafen zu sein, unterwegs in ein anderes Land, ohne Mama oder Magnus oder sonst irgendwem Bescheid gegeben zu haben, war beinahe der beste Teil der Reise. Die restliche Zeit war von Jens' Stimmungsschwankungen geprägt, wobei er während seiner Hochs ansteckend glücklich und impulsiv war. Allein die Erinnerung, wie er mich angesehen, mich gesehen hat, läßt meinen Bauch kribbelnd pulsieren, auch wenn ich nun weiß, er war damals high und hat vor allem nur sich gesehen.

Ich begegne Aslaks Blick.

»Du, also ich verstehe, daß der Umgang mit der ganzen Jens-Sache schwierig ist«, spreche ich weiter.

Muß unwillkürlich lächeln, als ich den Namen sage, bin davon selbst überrascht.

»Der Umgang mit ihm ist nicht schwer«, sagt Aslak.

Er sieht aus dem Fenster.

»Ja, eben mit Mia und Jens«, präzisiere ich.

»Sie ist erwachsen, sie trifft ihre eigenen Entscheidungen«, antwortet er.

»Ihr sagt alle, daß sie erwachsen ist, aber in Wirklichkeit

ist sie das nicht, Aslak, sie ist noch keine Zwanzig«, sage ich. »Alle?« Aslak blickt mir in die Augen, aber zum Glück kommt genau in diesem Moment ein Kellner, um Wein nachzuschenken, er läßt sich Zeit, und danach sprechen wir darüber, daß Viljar Fußballschuhe braucht.

Am Montagmorgen kommt Frida in die Sprechstunde, sitzt mit einem Kinderwagen im Wartezimmer. Erst als ich ihren Namen aufrufe und eine Frau neben ihr gleichzeitig aufsteht, begreife ich, daß sie mit ihrer Mutter da ist. Ich gebe Fridas Mutter die Hand, stelle mich vor. Nur die Augen und ein Zug um den Mund sind wie bei Frida, ansonsten ist sie das komplette Gegenteil: stark übergewichtig, klein und dunkelhaarig.

»Ist es okay, wenn Mama mit reinkommt?« fragt Frida.

»Das liegt ganz bei dir«, sage ich.

Frida nickt ihrer Mutter zu. Ich lasse sie eintreten, hole den zusätzlichen Stuhl von der Wand. Frida plaziert den großen Kinderwagen mitten im Zimmer, hat Probleme, die Bremse festzustellen, dann klappt es. Sie setzt sich zuerst auf den gewohnten Stuhl ohne Armlehnen, wechselt aber schnell zu dem anderen, als sie bemerkt, wie ihre Mutter die etwas zu eng stehenden Armlehnen unsicher betrachtet.

»Alles Gute zum Geburtstag nachträglich«, sagt Frida lächelnd, und ich blicke zu Boden.

Überraschenderweise freut es mich, daß sich Frida an meinen Geburtstag erinnert, obwohl es nicht im geringsten überraschend ist.

»Danke, aber ich habe ja hier zu gratulieren.« Ich gehe zum Kinderwagen, bleibe stehen. »Darf ich?«

Frida nickt. Ich blicke in den Wagen, darin liegt ein großes Baby mit rosa Mützchen, rosa Handschuhen, rosa Decke.

»Wie schön sie ist«, sage ich. »Sie sieht aus wie du«, spreche ich weiter, auch wenn es nicht stimmt.

Fridas Mutter lacht.

»Sie sieht doch überhaupt nicht aus wie wir«, widerspricht sie.

Ich setze mich an den Schreibtisch.

»Wie geht es euch?« frage ich.

Frida ist anders, nicht auf der Hut, scheint nicht wie sonst nach etwas zu horchen, das hinter meinen Worten liegt. Sie wirkt ruhig, fast froh, zum ersten Mal, seit ich sie kenne.

»Gut, Mama hilft mir viel«, antwortet sie, schaut zu ihrer Mutter. »Sie wohnt jetzt eine Weile bei mir, um mich zu unterstützen.«

»Schön.« Ich erinnere mich nicht an alle Details über Fridas Mutter, weiß aber, daß man ihr das Sorgerecht entzogen hat, als Frida fünf war, und soweit ich weiß, hatten sie danach nie groß Kontakt. »Ein bißchen Hilfe am Anfang kann man gut brauchen.«

»Aber ich möchte über die Hilfe vom Jugendamt reden«, sagt Frida, »ich glaube, wir kommen ohne klar.«

Fridas Mutter nickt bestätigend.

»Aber wir waren uns doch einig darüber, daß du jede mögliche Unterstützung annimmst?« entgegne ich.

»Ja, aber nun hat sie mich«, erklärt Fridas Mutter.

Das Baby beginnt zu weinen. Frida steht augenblicklich auf und hebt sie mit unerfahrenen Bewegungen aus dem Wagen. Als sie sich das Kind mit einem Arm an die Schulter preßt, während sie mit der anderen Hand die Decke aus dem Wagen fischt, muß ich mir auf die Lippen beißen, um nicht herauszuplatzen, sie müsse auf den Nacken aufpassen. Schließlich fällt es ihr selbst ein, sie begegnet meinem Blick und lächelt kurz, als sie die Hand um Köpfchen und Nacken legt, sich hinsetzt.

»Ich glaube, es ist gut, wenn ihr jetzt am Anfang zusätzliche Unterstützung habt, wir können im Sommer noch mal darüber sprechen«, sage ich.

Die Mutter atmet ein, um etwas zu sagen, aber Frida nickt zum Glück.

»Willst du sie mal halten?« Sie streckt mir das Baby entgegen.

Das Gewicht und die Wärme des kleinen Körpers treiben mir Tränen in die Augen.

Mia hat sich indessen entschieden, nicht zum Studium nach England zu ziehen, sie will nun in Oslo bleiben. Ob es wegen Oma sei, habe ich sie gefragt, als sie mir vor etwa einer Woche nach der Rückkehr von Mama davon erzählt hat. Daß das zumindest nicht der ganze Grund war, verriet das Zögern vor ihrer Antwort, aber sie nickte, ja, wegzugehen fühle sich für sie jetzt voll falsch an. Ich fragte nicht weiter, war sicher, daß Jens sie dazu verleitet hatte, in Oslo zu bleiben. Als ich vor ein paar Tagen an ihrem Zimmer vorbeikam, sah sie sich Anzeigen von Wohnungen an, die sie sich unter keinen Umständen allein leisten konnte, und klappte schnell ihr Macbook zu, als sie sich umdrehte und mich in der Tür entdeckte.

Ich habe versucht, meinen instinktiven Widerstand gegen Mias immer enger werdendes Verhältnis zu Jens damit zu rechtfertigen, er sei unbeständig und unzuverlässig, er werde sie verlassen oder verletzen. Ein Teil in mir ist sicher, daß ich sie nur beschützen möchte. »Aber in Wahrheit«, gestand ich Papa bei meinem Besuch an Ostern, »erkenne ich in kurzen lichten Momenten, daß ich mich in erster Linie von ihr verraten fühle, weil sie seine Seite einnimmt, weil sie ihm vergibt.« – »Ist das die Wahrheit«, antwortete Papas Blick, »oder bist du einfach ein so fürchterlicher Mensch, eine so schlechte Mutter, daß du in erster Linie auf Mias Nähe zu Jens eifersüchtig bist?«

Am Abend bevor ich wieder zu Mama fahre, höre ich Aslak und Mia unten in der Küche sprechen, ich bin im Schlafzimmer und packe, habe auch diesmal keine Ahnung, was ich mitnehmen muß, ob ich mich auf einen plötzlich notwendigen langen Aufenthalt dort vorbereiten soll. Ich fahre diesmal allein, Aslak bleibt mit Viljar hier, und Mia hat gesagt, sie müsse arbeiten und sei am Wochenende sowieso mit ein paar Freundinnen zu einer Hüttenwanderung verabredet. Daß sie mir nicht mehr sagt, wenn sie zu Jens geht, habe ich mir selbst zu verdanken, und gleichwohl ist es eine schwierige Übung, ihre Erklärungen nicht zu durchleuchten.

Ich habe Aslak von Mias Entscheidung gegen England nicht erzählt, er hatte sie mehr als ich dazu ermutigt, im Ausland zu studieren. Im Frühjahr ihres Schulabschlusses saß er mit ihr zusammen, berechnete ihren Notendurchschnitt und suchte nach Privatgymnasien für ihre Vorkurse, das kriege sie hin, meinte er, eine andere Perspektive werde ihr guttun, ein bißchen mehr von der Welt zu erleben, jetzt, wo sie die Chance dazu habe.

»Ich frage mich, wie sie mit Zwanzig aussehen wird«, sagte Aslak einmal, als Mia ungefähr drei Jahre alt war, wir saßen auf dem Rasen vor seinem Haus und beobachteten, wie sie einem Ball hinterherlief. »Und wie sie wohl sein wird«, sprach er weiter. Vor allem erinnere ich mich an mein ambivalentes Gefühl ob der Langfristigkeit seines Gedankens. Die meisten, die die Geschichte von Aslak und mir hören, von der Verantwortung, die er als Dreiundzwanzigjähriger übernommen hat, kriegen sanfte Augen und Stimmen: »Denk an alles, worauf er verzichtet hat«, sagte eine Freundin von mir, »fast seine ganze Jugend.« – »Naja, also er war doch schon dreiundzwanzig, und um ehrlich zu sein, so viel gab es bei ihm nicht zum Verzichten«, antwortete ich lachend, kann es einfach nicht lassen, das Bild von ihm etwas zu nuancieren. »Ich wollte nur mit dir zusammen sein«, antwortet er, wenn ich darauf herumreite, »ist das so schwer zu verstehen?« Es *ist* schwer zu verstehen und schwerer noch, dem gerecht zu werden.

Ich entscheide mich für leichtes Gepäck und muß die kleine Tasche aus dem Schrank unten im Flur holen. Als ich an der Küche vorbeikomme, höre ich Aslak.

»Das wirst du bereuen, Mia«, sagt er. Ich bleibe stehen, trete einen Schritt zurück.

Aslak steht mit dem Rücken zu mir. Mia kann ich nicht sehen, höre aber, daß sie am Küchentisch sitzt.

»Was weißt du schon, du warst ja kaum aus Norwegen raus«, antwortet Mia.

»Eben deshalb«, sagt Aslak. »Mein Gott, ist dir klar, was für Möglichkeiten du hast, was du alles tun kannst, wie frei du jetzt in diesem Moment bist?«

»Ja, ich bin frei, mich für das zu entscheiden, worauf ich am meisten Lust habe, und das ist, hier zu sein und zu arbeiten und vielleicht an der Uni in Blindern was zu studieren«, antwortet Mia.

»Nein, das kommt nicht in Frage.« Aslak wird laut.

»Das bestimmst zum Glück nicht du«, entgegnet Mia. »Und ich brauche deine Erlaubnis nicht, es gibt genug Leute, die mich unterstützen.«

Aslak knallt eine Schranktür zu. Bleibt stehen.

»Leute«, wiederholt er mit erhobener Stimme, für ein paar Sekunden wird es still. »Worum geht es hier eigentlich?« fragt er dann, leiser, sanfter.

Ich erwarte eine höhnische, vielleicht wütende Antwort und bereite mich darauf vor, zu verschwinden, damit sie mich nicht entdeckt, wenn sie herausstürmt. Aber statt dessen höre ich, wie sie schnieft, mehrmals. Aslaks Rücken bewegt sich nicht.

»Ich kann doch jetzt nicht von Mama weg.« Mia weint. »Das verstehst du doch, sie ist doch völlig am Boden.«

Allein im Auto unterwegs zu sein, in Stille, ohne Radio oder andere Stimmen, nur mit dem Geräusch des Motors und der Räder auf dem Asphalt, hat etwas Meditatives. Normalerweise überschreite ich die Geschwindigkeitsbegrenzung nahezu konsequent, fahre in 80er-Zonen exakt 116 km/h. Solange ich meinen Führerschein nicht verliere, lohnt es sich fürs Schnellfahren viel zu zahlen, für das Gefühl, von etwas oder jemandem wegzukommen.

Auf dem Weg nach Westen, zu Mama, fahre ich langsam,

es sträubt sich alles in mir. Zum ersten Mal seit vielen Jahren werde ich mehrere Tage mit ihr allein sein und habe kein Gefühl dafür, wie diese Tage wohl werden, nichts ist mehr vorhersehbar, erwartbar. »Was wäre dir ein Bedürfnis, deiner Mutter zu sagen, wenn du wüßtest, daß sie stirbt?« habe ich Aslak vor ein paar Tagen gefragt. »Weiß nicht, vielleicht nur, daß ich sie liebe, daß ich ihr dankbar bin«, war seine Antwort. »Jetzt lügst du«, sagte ich. Er zuckte mit den Schultern. »Mir fällt nichts anderes ein«, meinte er, »ich glaube, es gibt sonst nichts, was für sie wichtig wäre zu wissen.« – »Ja, schon, aber danach habe ich nicht gefragt, ich habe gefragt, was *dir* ein Bedürfnis wäre zu sagen.« – »Warum ist das wichtiger, als was sie braucht, *sie* stirbt doch«, entgegnete er. »Jetzt willst du mir etwas demonstrieren, so selbstlos bist sogar du nicht. Das Bedürfnis, von dem, der weiterlebt, ist doch wohl wichtiger als das Bedürfnis von dem, der stirbt, der stirbt, entkommt ja«, schloß ich.

Aber die ganze Autofahrt über versuche ich wie Aslak zu denken. In der Zeit vor ihrem Tod sind Mamas Bedürfnisse wichtiger als mein Drang auf Abrechnung – an Ostern mußte ich mich täglich von ihr abwenden, ihr aus dem Weg gehen, mich auf Distanz halten, um sie nicht zu schütteln, um nicht zu fordern, sie müsse ein Bedürfnis haben zu bekennen, zu bereuen. Bis jetzt fällt es mir schwer zu akzeptieren, daß sie bereit war, ohne Vergebung in irgendeiner Form zu sterben.

Es ist Mai, grellgrüne Berghügel und kleine Sturzbäche aus Schmelzwasser entlang der Straße zum Dorf, das ist Mamas Jahreszeit, »jetzt fängt alles von neuem an«, sagt sie jedes Jahr, wenn sie von der Terrasse aus übers Wasser oder die Hügel blickt. Die Angst davor, die Kontrolle zu verlieren, davor, schrittweise immer kränker zu werden und unter Krebsgeschwüren und Schmerzen zu verblühen, kann ich gut nachvollziehen, im Gegensatz zu ihrem Willen beziehungsweise dem Vermögen, all das verlassen zu wollen, bevor sie muß, alle Sinne und Schattierungen, uns, mich.

Bei meiner Ankunft sitzt Mama mit Blick zum Wasser auf der Terrasse. Als erstes fällt mir auf, daß sie zugenommen hat. Ihre Backen sind etwas voller, die Wangenknochen weicher. Sie lehnt mit einem turbanartig um den Kopf gewickelten Schal, einer riesigen Sonnenbrille, die ich noch nie gesehen habe, und einer sämisch gegerbten, neu und teuer wirkenden Jacke an der Sonnenwand. Ich war darauf vorbereitet, daß es ihr schlechter geht, daß sie von der Chemo kaputt ist – und obwohl mir ihr Anblick in diesem Zustand sagt, daß sie offenbar keine Chemo mehr erhält, freue ich mich instinktiv wie ein Kind darüber, wie gesund sie wirkt.

»Du siehst aus wie ein Filmstar.« Ich setze mich neben sie. »Hast du dir eine neue Jacke gekauft?«

»Ja, die habe ich im Netz bestellt. Und die.« Mama schiebt die Sonnenbrille mit übertriebenem Gucci-Logo auf der Nase etwas nach unten und blickt mich über den Brillenrand hinweg an, sie lächelt. »Schön, oder?«

»Ja, voll, sehr schön.« Ich lehne meinen Kopf an die Wand, schließe die Augen.

Ich trage die Tasche in mein altes Zimmer, hier habe ich seit vielen Jahren nicht geschlafen, Aslak und ich sind zusammen mit Viljar sonst im Hobbykeller. Die Poster, die Papa mir gekauft hat, hängen noch an den Wänden, mein alter Schulranzen steht am Schreibtisch. Das Schulfoto von mir aus der siebten Klasse liegt ohne Rahmen am Rand des Regalbretts. Ich war mit dem Bild so zufrieden, fand mich selbst schön, freute mich, es Mama zu zeigen. Als ich damit nach Hause kam, stand sie am Spülbecken und drehte mir, als sie mich zur Tür hereinkommen hörte, mit einem Lächeln das Gesicht zu, und ich streckte ihr das Bild entgegen. Sie warf einen kurzen Blick darauf, meinte »wie schön« und wandte sich dann wieder dem Abwasch zu. »Leg es einfach in dein Regal, dann werde ich es für dich rahmen und aufhängen«, sagte sie. Seither hat es mit der Bildvorderseite nach oben ungerahmt dort gelegen, aber ich bemerke, daß die Staubschicht darauf nur hauchdünn, fast unsichtbar ist.

Ich setze mich aufs Bett, höre Mama direkt unter mir in der Küche mit Töpfen hantieren, zehn Minuten später vernehme ich den Geruch von gebratenem Knoblauch, und in Ermangelung anderer adäquater Gefühle oder Reaktionen auf ihr neues Ich überfällt mich schlagartig Hunger.

»Den hat mir Unni im Vinmonopolet empfohlen.« Mama hält eine Flasche Rotwein hoch, als ich in die Küche komme. »Kennst du den?«

Ich schüttle den Kopf. Mama hat noch nie etwas anderes als den ewig gleichen französischen Rotwein für 120 Kronen getrunken, und zwar ausschließlich an Samstagen oder Feiertagen und nach sechs Uhr.

»Der schmeckt wirklich derartig gut, daß ich gleich drei Flaschen gekauft habe«, erklärt Mama. »Machst du die bitte auf?«

Ich nehme ihr die Flasche ab, hole den Korkenzieher aus der obersten Schublade. Öffne den Küchenschrank, im Gläserfach fehlen mindestens vier Weingläser, ich muß mich auf die Zehen stellen, um eines der hinteren zu erwischen. Mama brät zwei Entrecôtes, ich trinke Wein in großen Schlucken und beobachte dabei ihren Rücken, ihre Bewegungen sind rascher und sicherer als beim letzten Mal, ruhiger und verläßlicher.

Beim Essen wirkt sie rastlos, fragt nach Viljar und Aslak, aber unterbricht beinahe jede meiner Antworten mit einer neuen Frage, steht ständig auf, um mehr Wasser, mehr Sauce, Salz, Pfeffer oder Wein zu holen. Ihre nervöse Unrast entfacht in mir etwas Hoffnung, ich bereite mich vor, will ihr die Führung überlassen, nicht unzusammenhängende Erinnerungen und Anschuldigungen abfeuern, ich werde zuhören, annehmen. Aber nachdem sie zehn Minuten mit derselben Hektik zugange war, ohne sich einem einzigen Satz von Bedeutung zu nähern, werde ich ungeduldig. Im Vergleich zum letzten Mal, als ich sie gesehen habe, wirkt sie manisch, und mir wird plötzlich klar, daß sie stark unter Cortison steht.

»Mama, hast du die Chemo abgebrochen?« frage ich.

Sie fällt mir ins Wort:

17

»Du, Sigrid, ich muß dich um einen Gefallen bitten«, sage ich.

»Okay?« sagt Sigrid. »Was denn für einen Gefallen?«

So hatte ich dieses Gespräch nicht beginnen wollen, aber die Nervosität hat die Kontrolle übernommen und der Wein meine Gedanken abgestumpft, er läßt mich unpräzise und schlampig denken, und ich habe vergessen, daß ich noch weniger vertrage als sonst, aber er macht mich auch mutiger.

»Oder, also eigentlich keinen Gefallen, ich brauche deine Hilfe«, sage ich.

Sigrid hat sich umgezogen, trägt jetzt den dunkelgrünen Rollkragenpullover, der seit ihrem Auszug in ihrem Zimmer im Schrank gelegen hat. Mit diesem Pullover verbinde ich vor allem den Anblick ihres Rückens auf dem Weg aus der Küche, wie sie um die Kurve Richtung Hauptstraße verschwindet, in der Dämmerung durch den Garten, in ein fremdes Auto oder auf den Rücksitz eines Mopeds. Sie hat die Haare zu einem lockeren Dutt gedreht, sich abgeschminkt, sieht jung aus, so wie mit neunzehn, und ganz plötzlich kommt es mir seltsam vor, daß ich zwei über vierzigjährige Kinder habe, zwei Kinder in der Mitte ihres Lebens.

Ich habe mich auf dieses Gespräch mit Sigrid vorbereitet. Geplant, was ich sagen werde und wie. Ich will damit anfangen, von der letzten Kontrolluntersuchung zu erzählen. Nein, es gebe keine kurative Behandlung mehr, hat der Arzt gesagt. Und hinzugefügt: bis dato. Ob er glaube, sie käme, bevor ich sterbe, wollte ich wissen. Das könne man unmöglich sagen, die Forschung arbeite in rasendem ..., hob er an, und ich unterbrach ihn, beendete seinen Satz: »Tempo. Aber ich frage Sie, was Sie glauben.« Er wurde still, überlegte. »Nein, ich glaube nicht, nicht angesichts Ihres bisherigen, rasant fortschreitenden Krankheitsverlaufs«, sagte er. »Also bedeutet die Fortsetzung der Chemotherapie rein praktisch gesehen, daß ich zwei, drei, sechs Monate Krankheit extra bekomme«, resümierte ich. »Wir wissen nicht, wie viele Monate Sie noch haben, weder mit noch ohne Chemotherapie, aber auf jeden Fall sind es mit mehr als ohne«, antwortete er, als sollte letzteres eine ermutigende Auskunft sein.

Diesen Teil des Gesprächs mit Sigrid hatte ich mir weniger problematisch vorgestellt, sie ist Ärztin und weiß, was diese zusätzlichen Monate beinhalten, für mich, für sie, für alle. Ich habe gedacht, sie würde meinen Wunsch verstehen, würde mir zustimmen. Schwieriger ist meine Entschuldigung, die habe ich am meisten durchdacht, am meisten geübt. Zu versuchen, ihre Version von unserem Leben zu bestätigen, daß sie genauso wahr, genauso wichtig ist wie meine.

Aber als ich über den Tisch hinweg Sigrids Blick begegne, so offen und kindlich, lösen sich alle Vorbereitungen in Luft auf, und eine Lawine alter Gefühle und Gedanken, Anschuldigungen und Verteidigung bricht los, ich höre meine eigene Stimme nicht, die da sagt:

»Kannst du mir bitte helfen zu sterben?«

18

Ich laufe auf dem Pfad Richtung Wasser. Abenddämmerung im Mai, die Berge zeichnen sich dunkel vorm Himmel ab. Vor dem Steg biege ich nach rechts, auf den Kiesweg, werde schneller, spüre bereits nach ein paar hundert Metern ein Brennen in den Oberschenkeln, fühle mich bleiern nach dem halb aufgegessenen Abendessen und den drei Gläsern Wein, nach Mamas Frage.

Habe unzählige Krankheitsverläufe mit demselben Ende erlebt, Patienten, die angesichts eines Körpers, der sie im Stich ließ, und dem über ihnen schwebenden Todesurteil sukzessive ihren Horizont verengten, bis sie zum Schluß nur sich selbst sahen, in einer finalen Ichbezogenheit verschwanden. Das sei nicht außergewöhnlich, sagte ich erst vergangenen Frühling zu der Ehefrau eines sterbenden Patienten, er habe nicht genug Lebenskraft für den Luxus von Großzügigkeit und Mitmenschlichkeit. Empathie sei ein Vitalitätsphänomen, den Gesunden vorbehalten, erklärte ich. Aber er sei noch nicht einmal menschlich, einfach nur völlig unfair, erwiderte sie mit einem Kopfschütteln, er denke nur an sich.

»Was, wenn wir nur rücksichtsvoll sind, solange es einem Zweck dient?« fragte ich Amir anschließend in unserem Pausenraum. »Um uns fortzupflanzen, um zur Herde zu gehören – und wir diese überflüssigen Eigenschaften über Bord werfen, sobald wir wissen, daß wir sterben.« Er schüttelte den Kopf und meinte, wir Menschen hätten auf jeden Fall doch die Angst, allein zu sein, insbesondere wenn es ans Sterben gehe, die Eigenschaften dienten also einem Zweck, falls man nicht allein sterben wolle. »Aber jeder stirbt für sich allein«, wandte ich ein, er verstand die Anspielung nicht.

An Mamas Egoismus ist nichts Besonderes, auffällig ist nur, daß ich dachte, sie würde eine Ausnahme sein, sie würde in dem Prozeß reuevoll und weich, selbstkritisch und entschuldigend werden. Ich bleibe auf dem Kiesweg stehen, ringe nach Luft, muß mich mit den Händen auf den Knien abstützen.

Mama hat mir in die Augen gesehen, als sie mich um Hilfe beim Sterben gebeten hat. Fest, aber ich bin ausgewichen, konnte sie nicht ansehen. Hatte unbewußt ihre nervösen Bewegungen und ihre Unterbrechungen als Aufladung zu einem ganz anderen Gespräch gedeutet. »Worum genau bittest du mich?« fragte ich nach einer langen Pause. »Ich bitte dich, mir zu helfen«, antwortete Mama etwas lauter. Ich hob den Blick und sah sie an, in der einen Hand hielt sie ihr Weinglas, die andere lag quer über ihrer Brust. Sie versuchte zu lächeln, meine Beine begannen zu zittern, das Zwerchfell, die Hände, ich mußte die Sitzfläche des Stuhls umklammern, um ihr nicht den Teller, die Gabel oder das Messer ins Gesicht zu schleudern und den Ereignissen vorzugreifen.

Ich fand keinen Anfang für alles, was ich sagen wollte, und es gibt kein Ende, ich stand auf, ging ruhig nach oben in mein altes Zimmer, warf das Schulfoto von mir in den Mülleimer, schlüpfte in Trainingshose und Joggingschuhe und rannte hinaus in die rauhe Frühlingsluft.

19

Der Sommer kommt. Ich sitze an einem brennendheißen Tag im Juni in einem Straßencafé in Paris, das Café ist grellbunt, laut und hat USA-Flaggen hinter der Bar hängen. Ich schaffe gerade mal die Hälfte der Champs-Élysées, kann aber, wenn ich mich drehe und den Hals an dem mit Magneten behangenen Ständer auf dem Bürgersteig vorbeirecke, den Arc de Triomphe sehen. Das muß reichen.

»Es muß doch etwas geben, was du schon immer tun, immer schon erleben wolltest«, sagte Erik. Wir saßen an einem Abend im Mai, direkt nachdem Sigrid gefahren und es kalt geworden war, vor dem Kamin. »Ja, vielleicht«, antwortete ich mit leichter Hoffnung, daß hinter seiner Aussage eine Einladung oder ein Vorschlag für uns beide lag. »Dann ist wohl jetzt die Zeit, das zu ändern«, meinte er, und ich konnte weder seinen Tonfall noch sein Lächeln deuten, und die Hand, die auf meinem Schenkel ruhte: unerträglich dieses physische Verlangen, er möge sie an der Innenseite meines Schenkels weiter nach oben bewegen, er möge Lust auf mich haben, und zugleich einzusehen, daß das für ihn natürlich nur eine Berührung aus Fürsorge, Mitleid war.

»Ich war noch nie in Paris«, erzählte ich. »Dann mußt du nach Paris«, sagte Erik bestimmt, drückte etwas väterlich die Hand auf meinem Schenkel zusammen, bevor er sie wegnahm und damit den letzten Rest Hoffnung killte, er würde mich wie früher sehen, wie früher haben wollen.

Er hatte zwei Stunden, bevor er auf meiner Türschwelle auftauchte, angerufen und gefragt, ob ich zu Hause sei, ob er auf eine Tasse Tee vorbeischauen könne. Vom Fenster aus hatte ich ab seinem Anruf, bis er in der Einfahrt parkte, nach seinem schwarzen Pickup Ausschau gehalten, dann seine Bewegungen verfolgt, wie er kurz noch sitzenblieb und eine Nachricht schrieb, dann einen Strauß oranger Tulpen vom Beifahrersitz nahm und aus dem Auto sprang, weich und frei im Körper, elastisch in der Landung. Er öffnete die hintere Tür, ließ seine drei irischen Setter heraus, legte ihnen die Leine an und führte sie in Gustavs alte Schafeinzäunung vor dem Stall. Mit Ausnahme der Tulpen war alles eine Wiederbegegnung mit einer Zeit und einem Körper, durch den Stöße von Lust und schlechtem Gewissen schossen.

Nachdem ich die Chemotherapie abgebrochen hatte, bekam ich im Laufe einiger Wochen nach und nach das Gefühl für meinen Körper zurück, Empfindungen und bereits vergessenes Begehren flackerten ansatzweise überraschend auf – wie bei diesem Anblick von Erik, der dem größten Setter über das glänzende Fell streichelte, bei seinen langen Schritten über den Hof, dem Geräusch seiner kräftigen Knöchel an der Haustür.

Sein Ausdruck, als ich die Tür aufmachte, war nicht derselbe wie früher, all die Male, da ich die Tür gerade einmal einen Spalt öffnen konnte, bevor er sich schon beinahe hereindrängte, ungeduldig, gierig. Als er nun im Mai klopfte, blieb er artig draußen stehen und wartete, bis ich die Tür weit geöffnet hatte, lächelte mich mild an und breitete die Arme aus, wie eine Einladung zu einer Umarmung – falls ich einer bedurfte. »Also, ich bin nicht zerbrechlich«, sagte ich, als er vorsichtig die Arme um mich legte. Hatte mich dreimal umgezogen, trug jetzt den blauen Rock, den er einmal im Eifer, ihn mir vom Leib zu reißen, kaputtgemacht hatte, und etwas extra Rouge auf den Wangen, auch wenn sich meine Gesichtsfarbe allmählich wieder dem Normalzustand näherte. Erik sah mir nur in die Augen, nicht auf meinen Körper, ich spürte seinen Blick irgendwo an meinem Hinterkopf kleben, als ich vor ihm die Treppe hochging. Am oberen Ende der Treppe erhaschte ich im Spiegel einen Blick auf mich, dürr und fremd, fahl und überschminkt – in mir wütete ein Wechselbad von hitzigem Begehren und Ekel vor meinem eigenen Körper.

Das Gerücht, ich sei noch kränker geworden als bei unserem Treffen zu Weihnachten, hatte ihn in seiner ein paar Kilometer vom Hof entfernt gelegenen Hütte am Nordhang des Sees erreicht – in dessen Wasser ich an jenen Morgen, wenn ich ihn in seiner Hütte wußte, nackt geschwommen war, auch noch lange nachdem wir unsere Geschichte beendet hatten. Klar erfordere ein Schluß einen Anfang, hatte ich damals gesagt, als er auf meiner Terrasse saß und ich das nagende schlechte Gewissen gegenüber Gustav nicht länger ertrug, und weiter erklärt, wir hätten ja wohl nie richtig begonnen. Da sei er anderer Meinung, hatte er gemeint, wir seien weit über den Anfang hinaus. Er hatte mit überraschendem Engagement für eine Fortsetzung argumentiert, und ein Teil von mir, dieser kleine Teil, der halbherzig eingewilligt hat, sich so lange es geht, fürs *Leben* zu entscheiden, und jetzt allein in einem amerikanischen Café auf den Champs-Élysées sitzt, bereut nun die Abwehr von damals, meine Entscheidung für die Einsamkeit.

Ich mußte mir die paar Tage allein in Paris regelrecht erstreiten, treffe die anderen morgen in Nizza am Flughafen. »Ganz sicher nicht«, antwortete ich Magnus, als er vorschlug, mit mir gemeinsam nach Paris zu fahren, »was stimmt mit euch eigentlich nicht? Jetzt habt ihr ewig herumgenervt, von wegen ›Lebenslust‹ und ›mir die Zeit, die noch bleibt, für ein paar Monate so gut wie möglich zu machen‹ – was zeugt denn bitte mehr von Lebenshunger, als wenn ich allein nach Paris möchte, um Croissants zu essen, Wein zu trinken und mir die Mona Lisa anzusehen«, sprach ich weiter. Ich hatte überhaupt keine Lust gehabt, nach Paris zu fahren, genausowenig wie mit Magnus und Sigrid und ihrer Familie nach Südfrankreich, aber als Magnus vorschlug, wir sollten diesen Sommer alle gemeinsam verreisen, hatte ich weder die Kraft noch das Herz, es abzuwenden. »Aber ich will zuerst ein paar Tage allein in Paris sein«, hatte ich gesagt, in erster Linie aus so was wie Pflichtgefühl, einerseits gegenüber Erik, der seit seinem Besuch im Mai unzählige Vorschläge von Hotels in Krebskrankenfußweite zu den wichtigsten Attraktionen geschickt hatte, und andererseits, weil ich auf jeden Fall ein paar der Sehenswürdigkeiten, die diese Welt zu bieten hatte, abhaken wollte, ein paar der Dinge, die Gustav und ich vorgehabt hatten – wobei ich jetzt überhaupt nicht mehr verstehe, was ich mir dabei gedacht habe, was der Witz daran sein soll, etwas zum ersten und zugleich letzten Mal im Leben zu sehen.

Ich begnüge mich also mit einem Eckchen des Arc de Triomphe. Mona Lisa, Notre-Dame und der Eiffelturm müssen hinter zahllosen Gläsern Wein in der kühlen Hotelbar des teuren Hotels, das ich auf Eriks Empfehlung hin gebucht habe, zurücktreten. Drei Tage sitze ich in erster Linie an einem Tisch am Fenster, versteckt hinter einer riesigen Pflanze, und beobachte die Menschen, die auf der anderen Straßenseite in einem exklusiven Modegeschäft ein und aus gehen, nehme dann den Lift nach oben und lege mich in meinem Hotelzimmer aufs Bett, gucke französisches Fernsehen, googele Fakten über den Louvre – um gegen mögliche Fragen von Sigrid und Magnus gewappnet zu sein – sowie die Kriterien für die Bewilligung eines assistierten Selbstmords in den Niederlanden.

Sigrid, Aslak, Viljar, Mia und Magnus warten in der Ankunftshalle auf mich. Zusammengerechnet haben sie mir seit dem Aufwachen heute morgen dreizehn Nachrichten geschickt, die letzte, daß sie nun direkt vorm Zoll auf mich warten würden. Mein Zustand hat sich über Nacht verschlechtert, irgendwas sitzt in meiner Lunge, das mein Körper in brutalen Hustenanfällen herauswürgen möchte – mit geringer Wirkung, mal abgesehen von der Belästigung meiner Mitpassagiere in der Air-France-Maschine, die mir erst empörte Blicke zuwarfen und mich dann auf französisch zum Schweigen bringen wollten. Ich hatte ganz vergessen, wie es sich anfühlt, wenn man versucht, einen Hustenreflex zu unterdrücken, dieses Gefühl zu ersticken, und letztendlich kapituliert, die Perücke abgenommen, meinen fleckig flaumigen Schädel entblößt und den ganzen Weg bis Nizza durchgehustet.

Ich habe die Perücke nicht wieder aufgesetzt, will mir auch kein Kopftuch umbinden, überraschenderweise interessieren mich die Blicke nicht mehr oder was die Leute denken könnten, und während ich am Gepäckband auf meinen Koffer warte, wird mir die Absurdität dessen bewußt, daß ich die ganze Zeit mehr Rücksicht auf meine Umwelt und ihre Ablehnung des Kranken als auf mich selbst genommen habe, daß ich versucht habe, sie vor den sichtbaren undelikaten Symptomen meines Sterbens zu schonen.

Als ich durch die automatischen Türen in die Ankunftshalle trete, deutet Viljar auf mich oder meinen Kopf und sagt etwas zu Aslak. Der lacht, Mia sieht ihn entrüstet an. Magnus lächelt mir zu, Sigrid wirkt vor allem nervös, aber der Anblick der fünf erfüllt mich mit Wärme, mit jedem Schritt wird das Atmen leichter.

»Verspürst du noch Freude?« wollte Sigrid wissen an jenem Abend, an dem ich sie gebeten hatte, mir beim Sterben zu helfen, nachdem sie von ihrer Joggingrunde zurückgekommen war. Ihr Gesicht war rot und feucht, ob vor Anstrengung oder weil sie geweint hatte, konnte ich nicht ausmachen. Ich saß auf dem Sofa, und sie blieb in der Tür stehen. »Verspürst du noch Freude?« wiederholte sie lauter, als ich nicht antwortete. »Ja, ich bin nicht depressiv, Sigrid, ich bin rational. Nicht jeder Wunsch zu sterben paßt in eure Diagnoseschemata«, sagte ich. »Glaubst du, es würde allen ohne dich besser gehen?« fragte Sigrid weiter. »Ach, Sigrid, hör doch mal auf und sprich nicht mit mir, als wäre ich eine deiner Patientinnen«, erwiderte ich laut. »Ist es nicht genau das, worum du gebeten hast, Mama: eine meiner Patientinnen zu werden?«

Beim letzten Mal, als Magnus, Sigrid und ich zusammen im Urlaub waren, war auch Gustav dabei. Das war im Sommer nach seinem zweiten Schlaganfall, noch bevor er die Sprache verlor. Ich hatte entschieden, auf die Lofoten zu fahren, entlang derselben Route, die Gustav und ich in unserem ersten Frühling genommen hatten. Durch meinen Kopf geisterte die Idee, Erinnerungen würden helfen, ihn gesünder, glücklicher zu machen. Zu diesem Zeitpunkt hatten weder die Ärzte noch ich die Hoffnung auf beinahe vollständige Genesung aufgegeben, und ich war optimistisch tatkräftig, voll mit Vorschlägen und Ansätzen, diesen Prozeß zu fördern. Gustav starrte die ganze Reise zu den Lofoten aus dem Fenster, schweigsam, unwirsch. Vergeblich versuchte ich ihn auf Orte hinzuweisen, an denen wir gehalten hatten, bog zu dem Campingplatz ab, auf dem wir in der ersten Nacht unser Zelt aufgeschlagen und an dessen Kiosk wir an einem Resopaltisch bei Bier und Pommes zum ersten Mal Andeutungen über eine mögliche gemeinsame Zukunft gemacht hatten. »Schau«, sagte ich zu Gustav, »erinnerst du ich daran, wie viele Stunden wir hier gesessen haben?« Er schüttelte den Kopf. »Doch, daran erinnerst du dich«, beharrte ich. Er kurbelte das Autofenster runter und zündete sich eine Zigarette an. »Nein, ich erinnere mich nicht«, antwortete er. Aufgeben kam für mich nicht in Frage, und ich hielt bei allen Orten von damals an, wiederholte mich: »Aber daran erinnerst du dich, Gustav, doch, doch, komm schon, du erinnerst dich daran, daß wir hier waren«, »Erinnerst du dich nicht an die Überschwemmung im Zelt?«, »Hier hat uns die Polizei aufgehalten, und du hast uns aus einem Strafzettel wegen zu hoher Geschwindigkeit rausgeredet«, »Und hier die Nacht, die wir hier hatten, an die erinnerst du dich sicher.« Gustav verneinte jedes Mal. An Sigrid und Magnus habe ich von dieser Reise kaum Erinnerungen, außer an ihre Scheitel im Rückspiegel.

Jetzt am Flughafen kommt Magnus auf mich zu, umarmt mich und nimmt mir in derselben Bewegung den Koffer ab. Sigrid bleibt stehen, hat die Hände voll mit Limonade- und Wasserflaschen, lächelt aber zumindest warm.

»Wo sind deine Haare?« fragt Viljar und rennt auf mich zu.

»Siehst du sie nicht?« Ich will ihn hochheben, aber er ist zu schwer geworden oder ich zu schwach, ich gehe statt dessen vor ihm in die Hocke, beuge den Kopf zu ihm, und er legt vorsichtig eine Hand auf meinen Scheitel.

»Iiih!« Schnell zieht er die Hand zurück.

»Also, Viljar«, tadelt Aslak.

»Ist schon in Ordnung«, sage ich. »Zum Glück wächst es jetzt bald wieder, nachdem ich mit dieser grausligen Chemo fertig bin«, füge ich mit der eigentlich Viljar zugedachten etwas comicartigen Stimme hinzu, sehe ihn fest an, er nickt etwas unsicher zu den ansonsten nicht auf ihn gemünzten Worten. Sigrid und Magnus wenden sich gleichzeitig ab.

»Na, also jetzt müssen wir aber schnell raus aus diesem Flughafen«, sagt Magnus laut, »wer hat Lust auf Schwimmen?«

Wir beziehen unser Hotel an der Promenade des Anglais, ich habe für diese Reise mehr Geld verpulvert als für das gesamte letzte Jahr insgesamt. »Selbstverständlich bezahle ich«, habe ich gesagt, auch wenn Sigrid und Magnus mehr verdienen als ich. Ihr Widerspruch war auffallend halbherzig, bestimmt dachten wir alle drei dasselbe, daß es nämlich zum jetzigen

Zeitpunkt zwischen meinem Geld und ihrem Erbe kaum mehr einen Unterschied gab.

Sigrid hat das Hotel gebucht und ohne zu fragen geplant, daß sich Mia und ich ein Zimmer teilen. Das haben wir schon häufiger getan, bei kleinen Wochenendtrips, zu denen ich sie mitgenommen habe, und als sie noch klein war und in meinem Bett geschlafen hat. Aber jetzt ist der Gedanke an eine ganze Woche ohne Privatsphäre unmöglich, im Bewußtsein all des Unkontrollierbaren, Fremden, Schmerzvollen, Häßlichen, das nun zu meinem Körper gehörte und das Mia nun alles entdecken würde. Wir stehen an der Rezeption, und ich traue mich nicht, es anzusprechen, nehme die Schlüsselkarte von Aslak entgegen und lächle Sigrid zugleich an.

»Oh, schau dir das an, Oma«, ruft Mia in unserem Zimmer angekommen begeistert, läßt ihren Koffer fallen, durchquert schnurstracks den Raum und reißt die doppelflügelige Balkontür aufs Meer auf.

Ich bemerke nur die Wand, die Bad und Toilette vom Rest des geräumigen Zimmers trennt, sie ist aus Glas, wenngleich auch bis auf Taillenhöhe aus Milchglas und somit nur teilweise durchsichtig. Schwer sich vorzustellen, daß irgend jemand, ganz gleich in welchem Beziehungsverhältnis, die Intimität auf der Toilette für eine Aussicht aufs Mittelmeer beim Duschen eintauschen möchte, aber ich habe weder Energie noch Lust mich über kreative Innenarchitekten zu ärgern – begreife nur, daß ich gezwungen bin, Mia auf schonende Weise beizubringen, ich bräuchte ein eigenes Zimmer. Sie steht mit dem Rücken zu mir auf dem Balkon, streckt die Arme in die Luft, dreht sich dann um und kommt herein.

»Ui!« Sie grinst beim Anblick des Bads los, wirft einen Blick auf mich, die noch immer den Griff ihres Koffers umklammert.

Sie sieht mich eine Weile an, denkt nach, öffnet dann die Glastür zum Bad, macht einen Schritt hinein und dreht sich fast bühnenreif in alle Richtungen, schaut mir durch die Glaswand in die Augen, lächelt.

»Du, also ich glaube, das ist vielleicht ein bißchen *zu* durchsichtig, wäre es für dich sehr schlimm, wenn ich Mama frage, ob ich ein eigenes Zimmer haben kann?« fragt sie.

Ich bin, seit Gustav im Pflegeheim ist, nie mehr als vier Tage weggefahren. Auch wenn ich ihn nicht jeden Tag besuche, spüre ich die dringende Notwendigkeit, in seiner Nähe zu sein. Ich rufe im Pflegeheim an, wie üblich beantworten sie meine Fragen freundlich und geduldig. Manchmal verstehe ich ansatzweise, was sie wohl über mich denken, was wohl alle über mich denken. In den ersten Jahren, als Gustav pflegebedürftig geworden war, waren alle voll der Bewunderung über meinen Einsatz, wie sie es nannten, mein Durchhaltevermögen, die Tapferkeit, ihn zu Hause zu pflegen. Niemand begriff, daß ich nicht das Gefühl hatte, ich hätte eine Wahl, daß ich mich an ihn klammerte und nicht umgekehrt – aber nachdem ich ihn schließlich ins Pflegeheim gegeben hatte, änderten die meisten ihre Auffassung. Zuerst begegnete man mir mit einem befreiten Verständnis, als atmeten sie an meiner Statt erleichtert auf, aber darauf folgte Erwartung, worauf weiß ich bis heute nicht, vielleicht darauf, daß ich endlich die Freiheit fände, mein eigenes Leben zu leben, wie es meine Schwester ausdrückte. Nachdem ich mich weiterhin bedingungslos für

Gustav eingesetzt habe, ihn möglichst oft besuche, den Dialog mit ihm und über ihn fortsetze, mich in seine Behandlung einmische, fast täglich anrufe und mich versichere, daß man ihn rasiert und duscht, ihm die Nägel schneidet, mich genau über alles erkundige, das in meinen Angstvorstellungen zu tun versäumt wird, begegnet man mir zunehmend mit mißbilligender Verwunderung, mit Ungeduld.

Mia ist gegangen, sich ein neues Zimmer zu organisieren, und ich habe mich aufs Bett gelegt, schon vor drei Uhr nachmittags vom Tag erschöpft. Es klopft an der Tür, ich brauche lange zum Aufstehen, sehe auf dem Handy, daß ich eine Stunde geruht habe, ohne daß es sich im geringsten so anfühlt, als wäre Zeit vergangen.

»Da hast du Glück gehabt, es gab noch ein freies Zimmer.« Sigrid wirkt genervt, als ich die Tür aufmache.

Sie scheint ihren Tonfall zu bereuen.

»Eine Vollkatastrophe, das Bad«, schiebt sie nach und lächelt. »Alles okay bei dir?«

Ich nicke.

»Willst du reinkommen?«

Sie zögert.

»Eigentlich soll ich die anderen unten am Strand treffen.« Sie blickt auf die Uhr. »Kannst du nicht mitkommen? Aslak hat Liegen mit Sonnenschirmen gemietet.«

Seit damals im Mai haben Sigrid und ich nicht mehr richtig miteinander gesprochen, auch wenn sie fast jeden Tag angerufen und Nachrichten geschickt hat. Am Morgen ihrer Abreise war sie, noch bevor ich aufgestanden war, in mein Schlafzimmer gekommen. »Weißt du, worum du mich bittest?« fragte sie. »Ja«, antwortete ich. »Also, worum bittest du mich«, sprach sie weiter. »Ich bitte dich um Hilfe«, antwortete ich. »Ja, schon, das habe ich verstanden, aber um was genau? Reicht es, daß ich dir eine ausreichende Menge Medikamente verschreibe, damit du es mit einer weiteren Überdosis versuchen kannst? Soll ich dir eine Spritze setzen? Dir ein Kissen aufs Gesicht drücken? Scheiße, was meinst du, worum genau du mich bittest?« – »In mehreren Staaten der USA erhalten todkranke Menschen Tabletten, die sie ihrem Belieben nach nehmen können«, antwortete ich. »Also hast du dir überlegt, daß ich, deine Tochter, bei deiner Apotheke vor Ort ein Rezept einreiche, mit dem man dir einen tödlichen Pillencocktail aushändigt?« – »Ich weiß es nicht, deshalb bitte ich dich ja um Hilfe«, antwortete ich, das ganze Gespräch verlief falsch, absurd, als sprächen wir beide mit zugeschnürten Kehlen, ohne den Anklang von Gefühlen, ganz anders, als ich mir das vorgestellt hatte. In meiner Vorstellung hatte sie in erster Linie mit einer akzeptierenden Trauer reagiert, ich hatte sie getröstet, sie beruhigt, wir waren uns – nach mehreren Gesprächen – einig, es sei das beste für uns beide, für uns alle, das, was am wenigsten weh täte. »Kannst du wenigstens darüber nachdenken?« habe ich an jenem Morgen in meinem Schlafzimmer gebeten. Sie hat mich angestarrt. Dann langsam genickt. »Ich werde darüber nachdenken, wenn du im Gegenzug versuchen kannst, an jemand anders zu denken als an dich selbst, an Mia und Viljar, an Magnus«, hat Sigrid geantwortet, gezögert, sich selbst aber weggelassen.

»Ja, natürlich komme ich mit zum Strand«, sage ich.

20

Nizza Anfang Juli mit einem trotzigen Vierjährigen, einer launischen Neunzehnjährigen, einer suizidalen, krebskranken Siebenundsechzigjährigen und mehreren angespannten Beziehungsverhältnissen kreuz und quer durch die Reisegruppe ist eine selten schlechte Idee.

»Ich glaube, es wird ihr helfen, mit uns außerhalb des gewöhnlichen Kontexts zusammenzusein«, begründete Magnus seinen Vorschlag, gemeinsam zu verreisen, und nach meinem Abschmettern sämtlicher experimenteller Behandlungen in Deutschland oder den USA, endloser Listen von Diäten, Nahrungsergänzungsmitteln und spezieller Akupunkturtechniken – sowie eines griechischen YouTube-Homöopathen mit extrem vielversprechenden Resultaten – war das endlich ein Vorschlag, den ich unterstützen konnte.

Der Kontext zumindest ist außergewöhnlich genug, die Stadt ist heiß und wuselig, Heerscharen von sonnenverbrannten, übergewichtigen Norwegern, Briten und Deutschen; abseits der Hotelrezeption habe ich noch kein Wort Französisch gehört. Es ist so rappelvoll, daß Mama und ich auf dem Gehweg der Promenade hintereinander gehen müssen, ich gebe ihr den Vortritt, lasse sie das Tempo bestimmen, folge ihrem Rücken. Erinnerungsfetzen von mir hinter ihr auf dem Fahrrad tauchen auf, wie ich mich auf dem gelben Fahrradsitz an ihrer blauen Jacke festhalte, ihre langen Haare, die mir ins Gesicht flattern.

Zum Glück hat sie jetzt wieder einen dünnen Schal um den Kopf gewickelt wie seit dem Ausfallen der Haare vor einem halben Jahr – der Anblick ihrer flaumigen Kopfhaut am Flughafen war extrem unangenehm, ich war peinlich berührt, schämte mich fast an ihrer Statt, sie sah entblößter aus, als wenn sie nackt durch die Türen der Ankunftshalle getreten wäre. »Du mußt deinen Kopf bedecken, um keinen Sonnenbrand zu bekommen«, sagte ich, bevor wir ihr Hotelzimmer verließen. »Also, es wäre besser«, schob ich angesichts des kleinen Kräuselns um ihre Mundwinkel nach. Ihr Nacken ist voll Schweiß, der Rücken krumm, die Riemen der Tasche graben sich ihr sichtbar in die Schulter, ich schließe zu ihr auf und nehme sie ihr wortlos ab, sie nickt.

»Wir müssen hier über den Fußgängerübergang, Mama.« Ich habe auf der anderen Straßenseite das Schild der Strandbar entdeckt, das mir Aslak als Bild geschickt hat.

Um zum Strand zu gelangen, müssen wir eine vielbefahrene vierspurige Straße überqueren. Mama gehorcht unmittelbar und tritt – offenbar, ohne nachzudenken – bei Rot auf die Fahrbahn. Reflexhaft packe ich sie mit ausgestrecktem Arm und ziehe sie zu mir zurück, bevor sie ein Hop-on-Hop-off-Bus ummähen kann.

Magnus ist mit Viljar zum Wasser, ich kann sie durch das Gewimmel aus Haut überall um uns in den Wellen erspähen. Aslak hat sich unter einem Sonnenschirm auf eine Liege gelegt, trinkt Bier und tippt oder spielt auf seinem Handy herum, wohingegen Mia ihre Liege in die Sonne gezogen hat und oben ohne und mit einem schwarzen Minibikinihöschen direkt vor Aslak liegt. Ich weiß nicht, ob ich beruhigt oder besorgt sein soll, ob sich darin Sicherheit und familiäre Nähe ausdrückt oder ob es etwas mir nicht Verständliches demonstrieren soll, aber Mama kommt mir zuvor.

»Also, ehrlich, Mia, so kannst du nicht rumliegen«, sagt sie laut.

Mia zieht einen Knopf ihres Headsets aus dem Ohr, dreht den Kopf und blinzelt schläfrig zu uns hoch.

»Oma, schau dich um, alle sonnen sich hier oben ohne«, erklärt sie.

Aslak blickt weiter auf sein Handy. Seine gesamte Körperhaltung signalisiert Triumph: Das hätte ich nun von meinem übertriebenen Bestreben danach, Mia und Viljar ein natürliches Verhältnis zu ihrem eigenen Körper zu verschaffen.

Mama erwidert Mia nichts, blickt mich unsicher an, gebrannt von früheren Versuchen, sich in die Erziehung meiner Kinder einzumischen, aber diesmal nicke ich ihr zu, diese spezielle Diskussion darf sie gern mit Mia führen.

Ich setze mich, Mia und Mama ihrem Schicksal überlassend, auf den Rand von Aslaks Sonnenliege, lächle ihn an. Auf mysteriöse Weise ist es ihm gelungen, durch den Sonnenschirm hindurch an der Brust bereits rot zu werden.

»Hallo.« Erst jetzt sieht er vom Handy hoch.

»Hallo«, sagt er, blickt mich an.

»Soll ich dir die Brust eincremen, du hast schon einen leichten Sonnenbrand?« frage ich.

»Nein, paßt schon«, antwortet er. »Danke.«

»Okay, aber könntest du mir vielleicht den Rücken einschmieren?« Ich halte ihm die Sonnencreme hin.

Er legt das Handy weg, nimmt die Flasche. Ich ziehe mein T-Shirt über den Kopf, wende ihm den Rücken zu. »Dein Rükken macht mich völlig wahnsinnig«, hat Jens an einem der ersten Morgen gesagt, nachdem wir zusammengezogen waren, »wenn du so daliegst, oh Mann«, dabei war er fast ohne Druck mit einem Finger vom Nacken die Wirbelsäule entlang nach unten gefahren, zwischen den Schulterblättern hindurch, zum Kreuz, Po, eine Berührung, der ich bis heute nachspüren kann, während Aslak meinen Rücken mit flachen Händen und ungleichmäßigen Bewegungen eincremt, was sich eher anfühlt, als stieße er mich von sich.

Ich mußte Aslak zu dieser Reise überreden. »Ist es nicht besser, wenn Anne, Magnus und du allein fahrt, wenn ihr etwas Zeit nur zu dritt verbringt?« sagte er. Ich könnte mir nichts weniger Verlockendes vorstellen, als mit Mama und Magnus, aber ohne Aslak oder die Kinder im Urlaub zu sein. Er wich mir aus, brachte halbherzige Argumente dagegen vor, ließ sich tagelang anbetteln. »Bitte«, sagte ich am Tag bevor wir die Flugtickets kaufen wollten, »ich schaffe das nicht ohne dich.« Ich saß in der Küche und sprach durch die Tür mit ihm, während er im Flurkämmerchen nach der Poliermaschine suchte. »Ich brauche dich da.« Er guckte hinter der Tür hervor. »Was hast du gesagt?« fragte er offensichtlich aufrichtig. »Ich brauche dich«, wiederholte ich.

Ich habe ihm nicht erzählt, daß Mama mich gebeten hat, ihr beim Sterben zu helfen. Weiß nicht, ob ich damit sie, ihn oder mich schütze. Der einzige, dem ich davon erzählt habe, ist Jens. Ich habe ihm auf dem Heimweg von Mama im Auto eine Nachricht geschickt, textete einhändig bei 110 km/h auf dem Weg durch die Berge. »Natürlich, Sigrid«, kam nach fünf Minuten als Antwort auf die Frage, ob wir uns treffen könnten. Er erschien mir die einzige Alternative zu sein, der einzige, mit dem ich sprechen konnte, der einzige, der helfen, der einzige, der es leichter machen konnte.

Wir trafen uns zwei Abende später im Izakaya. Zu Aslak sagte ich, ich würde eine Freundin treffen, bereute sofort, keinen Namen genannt zu haben, aber das hätte die Lüge größer gemacht und das Gewissen schlechter. »Eine Freundin«, wiederholte Aslak, ließ sich aber zu keiner Nachfrage herab. Beim Gehen konnte ich ihm nicht in die Augen sehen, weiß nicht, ob er mir hinterherschaute.

Jens wirkte nicht überrascht, daß ich ihn treffen wollte, saß, als ich fünf Minuten zu früh ankam, bereits an einem Tisch, winkte mir lächelnd zu und sagte, als ich mich setzte: »Ich habe für dich ein Glas Wein bestellt.« Ich war zu erschöpft, darauf zu reagieren, daß er sich nach unserem letzten Gespräch erlaubte, so natürlich, so gelassen zu sein. »Du bist hoffentlich hungrig.« Er reichte mir die Speisekarte. Über zwei Stunden lang sprachen wir miteinander, ohne daß er fragte, warum ich ihn hatte treffen wollen, und ohne daß es mir gelang, das Gespräch über Mama anzufangen.

»Erinnerst du dich daran, wie ich versucht habe, diese Veranda vorm Haus zu bauen?« fragte er irgendwann lachend. Er meinte die Plattform, die er im Frühling, bevor er abhaute, begann, die er nie vollendete – ja, so kann man die Welt auch angehen, dachte ich, so unbekümmert leicht. Halbfertigen Plattformen und anderen Erinnerungen keine größere Bedeutung schenken als notwendig, im Leben weitergehen und es zwanzig Jahre später nebenbei erwähnen, aufrichtig ahnungslos und unberührt davon, was das in jemand anderem berührt.

Ich nickte, fing an zu lachen, lachte so sehr, daß ich mir den Bauch halten mußte.

»Annes Perspektive ist doch leicht zu verstehen«, sagte Jens, als ich letztendlich, nach zwei Stunden und mehreren Gläsern Wein, von Mama erzählte, »ich würde bei ihren Aussichten vermutlich dasselbe tun.« – »Aber du würdest doch nicht deine Tochter fragen … du würdest nicht Mia darum bitten, dich umzubringen«, antwortete ich, vergaß für einen Augenblick, daß ich sein Vatergefühl nicht hatte stärken wollen. »Nein, vielleicht nicht«, gab er zu, »aber andererseits, wen soll man sonst um so etwas bitten?« – »Sie ist einfach so wahnsinnig egoistisch«, sagte ich, »wie immer«, fügte ich hinzu.

Niemals würde ich es wagen, Mama vor jemand anderem als Jens als egoistisch zu bezeichnen – alle, die sie kennen, haben ihre Aufopferung gesehen, wie sie Papa im Rollstuhl zum Laden, zur Schule, ins Kino geschoben hat, wie sie stehengeblieben ist, um die Decke enger um ihn zu wickeln, ihm das Gesicht abzuwischen, wie sie hinter dem Rollstuhl herging und lachte und redete, während Papa leer geradeaus starrte, wie sie ihm über die Wange strich, ihn auf den Hinterkopf küßte. Sie wissen, daß sie ihn so lange zu Hause gepflegt hat, bis es unverantwortlich wurde, keine permanente medizinische Betreuung zu haben, sie haben gesehen, wie bedingungslos sie ihn geliebt hat, bedingungslos liebt.

»Sie wirkt wie nach einer kompletten Gehirnwäsche«, sagte Jens, als wir ein halbes Jahr zusammen waren, er war der erste und einzige, der sie durch meine Augen, meine Beschreibungen sah, ich umarmte ihn bei diesen Worten instinktiv in einer Mischung aus schlechtem Gewissen und Erleichterung, preßte mich eng an ihn, kam ihm nicht nahe genug. Als er meine hemmungslose Hingabe ob seiner Reaktion erkannte, machte er in den folgenden Jahren damit weiter, das Bild von ihr auszumalen, ohne je zu weit zu gehen, er brachte ihr mehr als genug Sympathie entgegen und fütterte mich zeitgleich mit der ersehnten Bestätigung meiner Erklärungen und Erlebnisse.

Vor ein paar Wochen im Izakaya bemerkte ich mein nach wie vor ungestilltes Verlangen eben danach. »Natürlich ist es egoistisch«, antwortete Jens, »sie hat einfach nicht den Weitblick zu verstehen, was das für dich heißt, für deine Gefühle, aber das war ja noch nie anders.« Meine Nackenmuskulatur lockerte sich etwas, obwohl ich keine Ahnung habe, was es für mich und meine Gefühle heißt, ich habe den Gedanken nicht zu Ende denken können, meine Gedanken und Gefühle stoppen, springen, treten den Rückzug an, sobald ich versuche, mir vorzustellen, Mama in den Tod zu helfen.

»Tja, das ist ein brutal schwieriges Dilemma, Sigrid, das kann ich gut verstehen«, sagte Jens. Ich begriff nicht sofort, was er meinte. »Dilemma?« wiederholte ich.

»Findest du nicht, daß Oma viel besser aussieht?« fragt Mia.

Sie und ich sitzen auf dem Balkon ihres Zimmers, bevor wir alle gemeinsam zum Abendessen gehen. Trinken Rosé. Alkohol mit ihr zu trinken ist noch immer ungewohnt, auch wenn wir es im Laufe des letzten Jahres öfter getan haben. Zu oft, wenn es nach Aslak geht – »du flößt ihr den Wein ja förmlich ein, du mußt ihr wohl nicht deine schlechten Angewohnheiten aufdrängen«, meckerte er, nachdem Mia und ich an einem

Mittwoch Ende Mai die halbe Nacht zusammengesessen hatten.

»Ja, sie ist jetzt ziemlich fit, aber das ist temporär, wie wir es nennen, es kommt daher, daß sie vorerst keine Chemo mehr erhält«, antworte ich, ertrage es eigentlich nicht mehr, über Mama zu sprechen, bin in erster Linie müde von alldem, was mit ihr zu tun hat, daß sie sich ausbreitet und jeglichen Raum einnimmt.

Mias Telefon klingelt, sie reckt sich danach, checkt das Display und lehnt den Anruf ab. Lächelt mich an.

»Das war nur Filip«, erklärt sie.

»Filip?« Ich glaube ihr nicht, Mia lügt genauso schlecht wie Aslak, schweift wie er mit den Augen ab.

»Ich habe dir doch von ihm erzählt«, sagt sie.

»Ich glaube nicht«, entgegne ich.

»Doch, ich habe dir vor über einem Monat erzählt, daß ich einen Typen kennengelernt habe, der Filip heißt, du weißt schon, der, der im Herbst in die USA geht«, beharrt sie.

Ich durchkrame meine Erinnerung nach diesem Gespräch, finde nichts, kann mich nicht daran erinnern, daß Mia etwas von einem neuen Freund erzählt hat.

»Ja, stimmt, jetzt erinnere ich mich natürlich«, lüge ich. »Aber jetzt willst du nicht mit ihm sprechen?«

Als Mia in die siebte Klasse ging, klammerte sie sich, fast schon besessen, an einen Jungen aus ihrer Klasse, und ich begann mir Sorgen zu machen, sie könnte wie ich sein, könnte die alles absorbierende Art geerbt haben, mit der ich mich an Jens gebunden hatte. Als sie einige Jahre älter wurde und mehrfach ganz unbekümmert uneindeutige Beziehungen und

Verhältnisse einging und wieder beendete, machte ich mir noch mehr Sorgen, sie könnte wie Jens sein, könnte seine verantwortungslose Art geerbt haben, sich an niemanden zu binden.

»Doch schon, aber ich muß nicht genau jetzt mit ihm sprechen, jetzt will ich nur mit dir hier sitzen«, sagt Mia mit einem Achselzucken, und egal, ob sie Jens oder Filip meint, macht mich dieser Satz einfach nur glücklich.

Wir sind um sieben Uhr an der Rezeption verabredet. Mia und ich tragen das gleiche Sommerkleid, in unterschiedlichen Farben, die haben wir letztes Jahr in Italien gekauft. Sie hatte das Kleid in einem Schaufenster entdeckt, war reingegangen, um es anzuprobieren. »Du siehst ganz bezaubernd aus, fast hätte ich es selbst gern«, sagte ich, als sie aus der Umkleidekabine trat und sich präsentierte. »Na, dann probiere es an«, meinte Mia. »Ich werde es auch nicht anziehen, wenn du es anhast«, versprach ich ihr, als ich beide Kleider bezahlte. Mia zuckte mit den Schultern. »Ist doch völlig egal.«

Es ist fast zehn nach sieben, und Mama ist noch immer nicht aufgetaucht. Ich bin zu beschwipst und leicht im Kopf, um mir Sorgen zu machen, selbst als Magnus sie anruft und sie nicht rangeht.

»Ich glaube, jemand muß sie holen«, sagt Aslak schließlich, er wirkt besorgter als Magnus und ich.

Magnus geht in Richtung Lift, stoppt aber auf halbem Weg, dreht sich um und kommt wieder zu uns.

»Kommst du bitte mit?« fragt er mich leise.

Mama öffnet die Tür überraschend schnell. Sie trägt den

Morgenmantel und die Pantoffel des Hotels, nichts auf dem Kopf, hat ein Weinglas in der Hand, aber ihr Blick ist klar.

»Bist du noch nicht fertig?« fragt Magnus.

»Ach, ich bin etwas zu erschöpft, um auszugehen«, sagt Mama, »also ich bleibe heute abend wirklich besser einfach hier und bestelle mir etwas beim Room Service.«

»Das meinst du nicht ernst«, antwortet Magnus, blickt mich an, aber ich habe nichts dazu zu sagen.

»Doch, das meine ich ernst, geht ihr aus und habt es schön, und wir sehen uns morgen wieder«, flötet Mama und schließt uns die Tür vor der Nase.

Magnus und ich bleiben kurz wortlos stehen, dann drehen wir uns gleichzeitig um und gehen zum Lift.

Viljar kürzt das Abendessen radikal ab. Er ist nach der langen Reise und mehreren Stunden am Strand natürlich zu müde, was ich Aslak vorm Losgehen auch zu erklären versucht habe. Er habe doch jetzt eine Stunde geschlafen, hat Aslak entgegnet und dabei in Richtung Viljar genickt, der völlig erschlagen in der Mitte des Doppelbetts lag, wo er vermutlich – hoffentlich – sämtliche Nächte dieser Reise verbringen würde.

Er hat seine Pommes innerhalb weniger Minuten verputzt, wird ungeduldig und unruhig, noch bevor wir unsere Hauptgerichte bekommen haben. Aslak ist fest entschlossen, mir zu zeigen, daß es kein Fehler war, ihn mitzunehmen, mir zu zeigen, daß wir so urban und kosmopolitisch sein können, wie er meint, ich würde es mir für uns wünschen. Er versucht zuerst, Viljar zu unterhalten, dann ihn zu ignorieren, aber als sich Viljar schließlich flach auf den gefliesten, von Speisefett,

Salz und anderen Hinterlassenschaften eines langen touristifizierten Tags versifften Boden legt, hebt Aslak ihn auf seinen Schoß und gibt ihm sein Handy, ohne mich anzusehen. Er ißt schnell auf und geht mit Viljar zum Hotel zurück, während ich noch eine halbe Dorade auf dem Teller habe.

»Ich verschwinde dann mal«, sagt Mia nach dem Abendessen.

»Wohin?« frage ich.

»Ich treffe ein paar Leute.«

»Du triffst hier in Nizza ein paar Leute?« wundere ich mich. »Wen?«

»Ein paar aus der Arbeit sind mit einem Boot hier, wir treffen uns in einem Club am alten Hafen«, erklärt Mia.

Ich möchte am liebsten sagen, sie dürfe nicht gehen, vor allem weil ich keine Lust darauf habe, mit Magnus und Gesprächen über Mama und die Zukunft allein zurückzubleiben. Aber Mia ist volljährig, ich kann ihr überhaupt nichts verbieten, möchte die Stimmung zwischen uns nicht zerstören, ihre Nähe zu mir – und ich will auch keine unnötige Diskussion starten, die dem in meiner Vorstellung existierenden Dauervergleich zwischen mir und Jens nicht standhält.

Magnus betrachtet sie, während sie mich auf die Wange küßt und mit leichten Schritten in viel zu kurzen Shorts das Restaurant verläßt.

»Nochmal neunzehn sein«, sagt er.

»Dir ging es mit neunzehn doch elend«, antworte ich und lache.

»Was weißt du denn schon davon?« fragt Magnus.

Ich antworte nicht, sehe aber ein, daß ich nichts davon

weiß, es nur für gegeben annehme, daß es Magnus mit neunzehn genauso schlecht hatte wie ich, vielleicht noch schlechter, immerhin hatte ich irgendwann dann Jens.

»Du warst doch furchtbar einsam«, sage ich.

Magnus fängt an zu lachen.

»Einsam? Das wäre mir neu«, antwortet er.

Ich bin irritiert, überzeugt, daß er sich aufspielt. Auch wenn ich an Magnus aus der Zeit nicht wahnsinnig viele Erinnerungen habe, weiß ich, daß er zwanghaft und kontrollsüchtig war, Uhrzeiten mußten auf die Sekunde eingehalten, Kleidung mehrfach gebügelt werden, und dann sein frustrierter Aufschrei, wenn er auf dem Weg zum Schulbus einen minikleinen Fleck an seinem Pulloverärmel entdeckte, nichts in seinem Leben durfte dem Zufall überlassen bleiben.

»Du warst fast jedes Wochenende allein zu Hause«, sage ich.

»Ja, um Mama zu helfen«, entgegnet er achselzuckend, es klingt weder jammernd noch anklagend. »Und jemand mußte dich ja abholen.«

Nachdem er den Führerschein hatte, stand Magnus jederzeit auf, um mich abzuholen, wenn ich im Morgengrauen – weit nach der vereinbarten Zeit – anrief. »Knall nicht mit der Tür«, sagte er immer, wenn wir nach Hause kamen und ich die Tür laut ins Schloß warf, um Mama aufzuwecken, damit ihr einfiel, das müsse sie kümmern. Magnus war in der Familie der, der sich kümmerte, der mir zwischen zwölf und achtzehn versuchte, Grenzen zu setzen, der einzige, der sagte, ich müsse vor Mitternacht zu Hause sein, und der einzige, der bemerkte, daß ich es nicht war.

Ich antworte nicht, mir ist zu heiß, und ich bin zu beschwipst, um verdauen zu können, daß Magnus und ich vielleicht nicht dieselben Gefühle bezüglich unseres Aufwachsens haben, daß er sich nicht genauso wütend, genauso verzweifelt, genauso im Stich gelassen fühlt.

Ich teile den Rest des Weins aus der Flasche auf.

»Sollten wir anrufen, um zu checken, wie es Mama geht?« fragt er nach einer Weile.

»Nein, sie sagt schon, wenn etwas ist«, antworte ich.

»Ich finde, sie sieht besser aus, ich glaube, es tut ihr gut, ein bißchen rauszukommen, neue Impulse zu kriegen«, sagt Magnus.

»Das ist nur, weil sie die Chemo abgebrochen hat«, erkläre ich, »und es ist temporär.«

»Da bin ich mir nicht so sicher«, meint Magnus.

»Magnus ...« fange ich an.

Er unterbricht mich. »Ich weiß, was du sagen willst.« Er hat die Hände gehoben, um meine – seiner Ansicht nach herablassenden – Argumente gegen alternative Medizin abzuwürgen. »Aber es muß erlaubt sein, an etwas zu glauben, das nicht in im Arzneimittelverzeichnis steht, ich muß eine andere Auffassung haben dürfen als du.«

Ich nicke, auch wenn das keineswegs war, was ich hatte sagen wollen.

»Und eine andere Hoffnung«, fügt er hinzu, schluckt, und seine Augen werden feucht.

»Da hast du recht.« Und das hat er tatsächlich, er hat das Recht zu hoffen und das Recht, daß ich Mamas Wunsch und meine Wut nicht mit ihm teile.

21

Sie stehen im Halbkreis um mich, ich fühle mich wie ein gefangenes Tier, aber in den Blicken von Sigrid, Mia, Aslak, Magnus und Viljar liegt nicht Triumph oder Angriffslust. Sie wirken eher verwundert.

»Ich meine, was ich sage, ich möchte hierbleiben«, wiederhole ich laut.

Wir stehen in der Lobby des Hotels, zum Glück ist heute der letzte Tag in Nizza. Magnus hat einen Minivan gemietet, um an der Küste entlangzufahren. Es gehe nach Cannes, hat Mia beim Frühstück fröhlich verkündet. Niemand hat die Idee mit mir besprochen, bestimmt wurde sie während eines der vielen Abendessen, denen ich ferngeblieben war, geboren.

»Du bist fast den ganzen Urlaub im Hotel geblieben«, sagt Magnus. »Ach, komm doch mit.«

Der ganze Halbkreis nickt im Takt, sogar Viljar stimmt loyal mit ein, ihr Nachdruck setzt mich unter Streß, ich trete einen Schritt zurück, fühle mich mit dem Rücken zur Wand.

»Es hat mich ja niemand gefragt«, verteidige ich mich.

»Naja, es sollte ja sowas wie eine Überraschung sein«, sagt Mia.

»Und wer von euch glaubt, daß Überraschungen ganz oben auf der Wunschliste einer krebskranken alten Frau stehen?« Ich verberge unter einem Lächeln die Wut, die mich allmählich übermannt.

»Mensch, Mama.« Sigrid versucht den Arm um Mia legen, die sich mit Tränen in den Augen losreißt, zum Aufzug rennt.

Zu mehr als einem winzigen, fast unmerklichen Gewissensbiß habe ich keine Kraft, als mir klar wird, daß die Idee natürlich von Mia stammt.

»Was ist denn verdammt noch mal mit dir eigentlich los«, platzt Magnus heraus, bevor er sich ebenfalls umdreht und geht.

Es ist die Hitze. Sechsunddreißig Grad im Schatten schmelzen meine Fähigkeit zur Selbstkontrolle weg, ich habe mich die ganze Woche dabei ertappt, wie mich einiges, was ich sagte, vieles, was ich tat, und fast alle Gefühle überraschten. Wie grenzenlos mir Viljar auf die Nerven gehen kann, seine Bettelei ebenso wie Aslak und Sigrids unaufhörliche pädagogische Aufmerksamkeit und Betreuung, wie ungeduldig mich Mia machen kann, ihre egozentrische Weltsicht, der Mangel an richtigen Interessen – oder wie wütend ich auf Sigrid werden kann, die ihre Kunst, so zu tun, als ob nichts wäre, in dieser Woche perfektioniert hat.

»Und du willst nichts dazu sagen?« fragte ich sie gestern, als ich ein weiteres Mal nicht zum Abendessen mitkommen wollte. War die meiste Zeit allein im Hotel geblieben, entweder in meinem Zimmer oder an der klimatisierten Bar neben der Rezeption. Bereits am ersten Tag am Strand haben mich die Nähe und das Zusammensein beinahe erstickt – dieses Gefühl wurde von einem Zuviel an Haut noch verstärkt, sogar Sigrids und Magnus' halbnackte Körper wirkten auf mich zudringlich, aufdringlich. Sigrid war den fünften Abend in Folge vor meinem Hotelzimmer aufgetaucht, um zu fragen, ob ich zum Abendessen mitkommen wolle. Sie wollte gerade gehen, da packte ich sie – für mich ebenso überraschend wie für sie – am Arm, sie wich zurück. Ich ließ schnell los. »Wozu etwas sagen?« fragte sie zurück. Ich antwortete nicht und ging in mein Zimmer. »Wozu?« wiederholte sie und folgte mir. Ich wußte, ich war diejenige, die etwas sagen sollte, ich sollte ihr sagen, daß ich eingesehen hätte, wie rücksichtslos es war, sie um Hilfe zu bitten, daß ich aus purer Verzweiflung nicht kapiert hätte, worum ich sie da bat, daß ich es bereute. Aber die Liste all dessen, wofür ich mich zu entschuldigen hatte, was alles bereut und wieder gut gemacht werden mußte, ist zu lang geworden, es ist unmöglich, die Waage zwischen mir und Sigrid ins Gleichgewicht zu bringen, also ging ich wie viele Male zuvor aus einer Kurzschlußreaktion in Verteidigungshaltung und damit in Angriff gegen sie. »Sei nicht bescheuert«, sagte ich, »du bist die ganze Reise ausgewichen.« – »Ach, darum geht es bei diesem Benehmen«, entgegnete Sigrid, »um eine weitere Demonstration?« Ich schüttelte den Kopf, wußte selbst nicht, worum es ging.

Norwegen atmet, ist fruchtbar und grün, gleitet vorm Zugfenster vorbei, ich bin froh, daß ich dieses Land nie wieder verlassen muß. Die große Eiche auf dem Hof zu Hause, die Aussicht auf die Berge, das Wasser, den Geruch von Getreide und Gras auf den Äckern, von Holz und Schaf an der sonnenwarmen Stallwand – die Landschaft, die mich geschaffen, geformt, beherbergt hat.

Wir haben uns am Hauptbahnhof in Oslo verabschiedet, alle spürbar besser gelaunt als während der vergangenen Tage in Nizza, erleichtert bei dem Gedanken, einander eine Weile nicht sehen zu müssen. Sigrid umarmte mich rasch. »Wir bleiben in Kontakt«, sagte sie. Ich hob den Arm, um ihn ihr um den Nacken zu legen, ihre Umarmung zu erwidern, sie ein Sekündchen fest an mich zu drücken, aber ich war zu langsam, sie hatte sich bereits wieder gelöst und Aslak zugewendet. »Dann gehen wir, oder?« sagte sie zu ihm, und ich blieb stehen und sah Sigrid, Mia, Aslak und Viljar die Rolltreppe zur U-Bahn hinunter verschwinden, setzte mich erst dann auf eine Bank und mußte hart gegen den Schlaf ankämpfen, bevor eine halbe Stunde später mein Zug Richtung Westen ging.

Ich hole Kant ab, nehme ihn zu Gustav mit. Merke im Auto überrascht, wie ungeduldig ich bin, Gustav wiederzusehen, fahre erfüllt von einer alten Erwartung und Begeisterung zum Pflegeheim, spüre den vertrauten Drang, in seiner Nähe zu sein, ihm nah.

Er sitzt im Rollstuhl am Fenster, an derselben Stelle, wo ich ihn vor meiner Abreise verlassen habe, schläft mit dem Kinn auf der Brust. Ich bleibe ein paar Meter entfernt stehen, beobachte, ob sich sein Oberkörper hebt und senkt, will nicht riskieren, ihn anzufassen und eine kalte Wange oder kalte Hand zu spüren. Sein Kopf bewegt sich sichtbar im Rhythmus seines Atems, ich gehe näher und streiche behutsam über den Haaransatz im gebeugten Nacken.

»Gustav?« spreche ich ihn an.

Er hatte immer einen leichten, unruhigen Schlaf, ich fürchtete die Morgen, an denen ich ohne ihn aufwachte, weil er auf seiner ruhelosen Jagd nach Schlaf an einem anderen Ort im Haus – dem Sofa, dem Wohnzimmerboden, im Gästezimmer, im Sessel vor dem Fernseher – unser Bett und mich verlassen hatte. »Das hat nichts mit dir zu tun«, versicherte er mir am

Anfang, als ich Angst hatte, was für Geräusche und Bewegungen ich wohl in meinem tiefen, unerschütterlichen Schlaf hervorgebracht hatte. Aber beunruhigenderweise schien er besser und durchgehender zu schlafen, nachdem er wegen seiner Krankheit ins Gästezimmer unten hatte ziehen müssen.

»Gustav«, wiederhole ich etwas lauter.

Er schnarcht leicht, wacht aber noch immer nicht auf.

»Hallo, Anne.« Ein Pfleger erscheint in der Tür des Gemeinschaftsraums.

Er ist neu, ich habe ihn noch nie gesehen, ärgere mich, daß er trotzdem meinen Namen auf selbstverständliche Weise benutzt.

»Ich kann ihn nicht wecken«, sage ich.

»Hm, wir haben ihm etwas zur Beruhigung geben«, sagt der Pfleger mit neutraler Stimme. »Wahrscheinlich deshalb.«

Ich schüttle den Kopf.

»Etwas zur Beruhigung? Warum denn?« will ich wissen.

Der Pfleger, der dem Namensschild auf der Brust nach Thomas heißt, lächelt mich an.

»Kein Grund zur Sorge, Anne, viele Demenzkranke werden zwischendurch unruhig«, erklärt er.

Ich möchte ihm am liebsten eine scheuern.

»Das weiß ich«, sage ich, »aber wir haben die klare Abmachung, daß man mich anruft, falls das passiert.«

»Mir wurde gesagt, daß Sie im Urlaub sind und selber krank.« Er nickt kurz schamlos in Richtung meines Scheitels. »Daß wir Ihnen eine Pause gönnen sollen.«

Ich spüre keinen Hauch von Dankbarkeit, werde nicht von der Fürsorge mir gegenüber gerührt, sehe mich nach Janne um, der Stationsleiterin. Sie wirkt immer nett und meint es gut und hat in ihrer Sucht nach Bestätigung dafür, daß sie nett ist und es gut meint, beschlossen, unsere Abmachung zu brechen und mich zu entmündigen.

»Und wie lange ist er schon *unruhig?*« frage ich, kann meine Stimme nicht kontrollieren.

Thomas glotzt auf seine Armbanduhr, endlich wirkt sein Blick durch meine erhobene Stimme etwas nervös.

»Hm, naja, also wohl knapp die letzten zwei Wochen«, antwortet er.

Es wird allmählich Herbst. Ich springe vom Steg, spüre das kalte, frische Wasser, war seit mehreren Wochen nicht schwimmen. Gerade mal zwei Versuche im Mittelmeer in Frankreich, aber das lauwarme Wasser, an der Oberfläche ölig von Sonnencreme und Fett der ganzen Touristen, war abstoßend.

Seit ich aufgehört habe, die Zellen meines Körpers zu vergiften, fühle ich mich ziemlich gesund. Die größten Unterschiede zu früher sind das Atmen – die Luft läßt sich nur zäh und schwer in die Lunge ziehen, selbst die klare Luft hier zu Hause kommt mir dicker vor – und der Husten, der nicht weggehen will. »Was, wenn du im Wasser einen Hustenanfall bekommst«, sagte Sigrid in Nizza nach einem der drei Abendessen, zu denen ich mitgekommen war. »Du schwimmst doch daheim auch jeden Tag«, hatte Mia beim Essen gesagt, »warum willst du dann hier nicht?« – »Gehst du noch immer jeden Morgen schwimmen?« hatte Aslak gefragt und beeindruckt gelächelt. »Nicht jeden Morgen«, hatte ich mit einem kurzen Seitenblick zu Sigrid geantwortet, »aber manchmal.«

Sigrid schnitt gerade Viljar die Pizza klein, würdigte mich keines weiteren Blicks und sagte kein Wort, bis wir auf dem Rückweg zum Hotel waren. »Wenn etwas passiert, bist du ganz allein, ganz hilflos«, sagte sie. »Wenn etwas passiert?« fragte ich nach. »Wie gesagt, du kannst einen Anfall bekommen, Schmerzen und Krämpfe, such es dir aus, du könntest ertrinken«, antwortete sie, brach den Satz selbst abrupt ab, vermutlich begriff sie, wie absurd dieses Gespräch wirkte, wie die meisten im Licht all dessen, was bereits getan und gesagt worden war.

Beim vierten Schwimmzug in Richtung der ersten Boje fährt mir ein Schmerz in die linke Seite des Bauchs, in eine Stelle, die ich noch nie zuvor gespürt habe, ich rufe mir das Anatomiemodell aus dem Klassenzimmer in Erinnerung, überlege, in welchem meiner Organe ich auf einmal eine Empfindung habe. Krebs ist eine schmerzhafte Kartierung des eigenen Körpers, ich werde auf Nerven und Organe aufmerksam, an die ich früher nicht einen Gedanken verschwendet habe. Ich schwimme weiter nach draußen, trotze dem Schmerz in, wie ich vermute, meiner Milz, werde aber aufgrund von Atemnot und allem, was weh tut, müde. Muß mich, damit ich nicht untergehe, auf den Rücken drehen, die Arme ausbreiten, wie der Vitruvianische Mensch. Die Sonne blendet mich, ich schließe die Augen, verliere die Balance, Wasser gelangt in meinen Mund. Ich kann mich nicht erinnern, wo ich gehört oder gelesen habe, Ertrinken sei die beste Art zu sterben, aber ich erinnere mich an eine alte färöische Sage, die besagt, Selbstmörder würden als Seehunde wiedergeboren, womöglich als moralische Strafe, ich lasse mich sinken.

Aber das Versprechen, das ich Sigrid und Magnus gegeben habe, wiegt mehr als mein eigener Körper, erfüllt mich mit genug Adrenalin, um fuchtelnd den Steg zu erreichen, ich klammere mich an die Leiter, komme wieder zu Atem.

Seit wir in Nizza waren, haben die beiden Distanz gehalten. Der Kontakt begrenzt sich nun auf zwei Textnachrichten täglich, wie als Beweis, daß ich am Leben bin, eine morgens, eine abends. Magnus hat ein paar Mal angerufen, er will während seiner freien Wochen im September kommen. Sigrid hat nicht angerufen, hat sich nicht angekündigt, aber an dem einzigen Abend, an dem ich ihr versehentlich oder absichtlich um neun Uhr keine Nachricht geschickt habe, hat sich Mia nur eine halbe Stunde später bei mir gemeldet.

»Soll ich dir eine Locke aufheben«, fragte mich meine Friseurin, als sie mir im Januar die Haare abrasierte. »Nein danke«, antwortete ich und starrte geradeaus, in den Spiegel, vorbei an mir und meiner bloßen Kopfhaut. »Sie wachsen ja wieder«, fügte ich mit einem Lächeln hinzu. »Na klar«, antwortete sie, aber als ich nach dem Bezahlen gehen wollte, legte sie eine mit einer lila Schleife zusammengebundene dünne Strähne auf die Theke. »Nur als Aufmunterung, solange du wartest«, sagte sie.

Die Strähne liegt in der Schlafzimmerkommode. Kräftige blonde Haare mit einem deutlichen Rotstich. Magnus hat dieselbe Haarfarbe wie ich, war aber bei seiner Geburt fast komplett rothaarig, was meine Mutter einem Gendefekt anlastete. Rote Haare symbolisierten angeblich etwas Schwächliches, Krankes.

Meine Haare haben ihre Farbe verloren, wachsen grau nach, fast weiß. Nun habe ich vier Zentimeter lange Haare, die dazu, daß sie grau und dünn sind, obendrein senkrecht abstehen. »Sie sehen wie eine Punkerin aus«, sagte vor ein paar Tagen eine Schülerin von mir bei einer Begegnung auf der Straße. Das ist ein Image, das nicht sonderlich gut zu meinem ansonsten praktisch-gemütlichen Stil aus beeindruckend viel Wolle und Gore-Tex – wie Mia mal bemerkte – paßt. Ich wundere mich, daß mich noch immer interessiert, wie ich aussehe, daß ich mich beispielsweise dabei erwische, wie ich vorm Spiegel die Haare zu einer Art Frisur formen möchte, als ich zum Arzt muß.

»Gut sehen Sie aus«, sagt er, als wir in seinem Sprechzimmer sitzen.

Ich lächle.

»Doch. Anders, aber gut«, beteuert er.

Beim letzten Mal, als ich hier war, vor den Sommerferien, erklärte ich, ich würde zu keinen weiteren Kontrollen mehr kommen. Das habe keinen Sinn, außer daß man dabei den Verfall verfolgen könne. Er meinte, man wolle mir ja nur die verbleibende Zeit so gut wie möglich machen, versuchte aber – nachdem uns beiden klar war, daß ich recht hatte – nur halbherzig, mich zu überreden. Wir einigten uns als Kompromiß auf einen Termin jetzt, Ende August, um die weitere Schmerzmedikation zu besprechen.

»Ich habe Schmerzen«, sage ich, habe jegliche Ambition aufgegeben, eine gute, geduldige Patientin zu sein. »Aber die Hälfte der Zeit kapiere ich nicht, wo es weh tut, oder was«, spreche ich weiter.

»Ja, das ist eine ganz typische Erfahrung, wenn der Krebs wächst und sich ausbreitet und der Platz allmählich eng wird«, sagt er.

»Der Platz eng? In mir?« Das Bild ist unangenehm.

»Ja, beziehungsweise wenn er auf Ihre Organe drückt, dabei werden viele Nerven gequetscht«, erklärt er, faßt sich selbst an den Bauch, diese Geste ist irgendwie provozierend.

»Ich brauche mehr Schmerzmittel«, sage ich.

»Natürlich«, antwortet er, »darüber habe ich mit Sigrid schon gesprochen, erst gestern.«

22

»Guck, da ist noch eine, Viljar«, sagt Aslak.

»Nicht rausholen!« schreit Viljar.

»Da, schau«, sagt Aslak.

»Nein«, kreischt Viljar.

Ich brauche die Augen nicht aufzumachen, um zu wissen, was vor sich geht, bleibe regungslos auf meinem Handtuch auf dem warmen runden Felsen liegen, zähle die Sekunden, bis Viljars nasser Körper gegen meinen klatscht. Komme bis vier, dann wirft er sich auf mich, ich lege die Arme um seine orangefarbene Schwimmweste, er riecht nach Meer und Bootshaus.

»Jetzt kommt sie und holt dich.« Aslak steigt im Gegenlicht der Nachmittagssonne aus dem Wasser, ich sehe nur seine Silhouette.

Viljar preßt sich enger an mich, ich bin unsicher, ob seine Angst gespielt ist oder echt. Aslak baut sich vor uns auf, mit der rechten Hand hält er eine große Feuerqualle am Schirm. Die langen Tentakel hängen als glänzender Schleier herab. Aslak sieht stolz aus, reckt die Qualle in die Höhe wie im Triumph.

»Schau her, Viljar«, sagt er.

Viljar liegt mit dem Rücken zu Aslak an meiner Brust, weigert sich, sich umzudrehen.

»Die ist doch nicht gefährlich, sieh dir mal diese langen Fäden an.« Aslak gibt nicht auf.

Viljar bleibt, wo und wie er ist. Aslak sieht mich nicht an, steht eine Weile ratlos da, und erst als er sich schließlich umdreht und wieder zum Wasser geht, lockere ich meinen Griff um Viljar.

Das Ferienhaus von Aslaks Eltern liegt eine Viertelstunde außerhalb von Svinesund direkt neben einem Campingplatz. An dem kleinen Strand unterhalb dieser Rundhöcker hat Mia vor vierzehn Sommern das Schwimmen gelernt. Aslaks Vater war mehrere Stunden am Tag geduldig mit der Hand unter ihrem Bauch hin und her gegangen, bis sie endlich Arm- und Beinbewegungen koordinieren konnte, den Zusammenhang zwischen Vortrieb und Auftrieb verstand.

In diesem Sommer sind wir zum ersten Mal ohne Mia hier. Obwohl Aslak und ich ihr auch in den vergangenen Jahren die Wahl gelassen haben, wollte sie immer mitkommen. »Du bist kein normaler Teenager, weißt du das«, sagte Aslak vor ein paar Jahren auf der Fahrt lachend, als Mia lieber mit uns verreiste, als allein zu Hause zu bleiben. »Mein Gott, wenn ich mit siebzehn die Wahl gehabt hätte, mit meinen Eltern ins Ferienhaus zu fahren oder eine Woche sturmfrei zu haben«, fuhr Aslak fort, vollendete den Satz aber nicht. Mia zuckte nur mit den Achseln. Ich dachte lieber nicht an die Entscheidungen, die ich als Siebzehnjährige getroffen hatte, und die Entscheidungen, mit denen ich nie konfrontiert worden war.

Seit unserer Rückkehr aus Frankreich habe ich versucht, Mia zu überreden mitzukommen, wollte sie mit Shoppingtouren nach Strömstad bestechen, sie könne auch Filip oder eine Freundin mitbringen. »Aber ich ertrage das dieses Jahr nicht, Mama«, hat sie darauf geantwortet, »das ist zu bedrückend.« – »Das verstehe ich«, sagte ich, »fühlt sich nur ein wenig besonders leer an, diesen Sommer ohne dich zu verbringen, bei der ganzen Situation im Moment, mit Oma und naja, du weißt schon«, sprach ich weiter und verachtete mich dafür, an ihr

Gewissen zu appellieren. Mia zögerte. »Kannst du denn nicht einfach zu Hause bleiben«, meinte sie, »er kann ja mit Viljar fahren?« Nachdem ein »Aslak« aus ihrem Mund zu auffällig wäre, sie ihn aber nicht mehr Papa nennen möchte, spricht Mia in Ermangelung weiterer Anredealternativen über Aslak nur noch als »er«. Ich würde liebend gern mit Mia zu Hause bleiben, Aslaks Händen, Blicken entkommen, bedauere, daß ich ihn zu der Nizzareise überredet habe, bedauere all das Große und Kleine, das ich ihm schuldig bin.

Mias Abwesenheit beansprucht mehr Platz, als sie es bei ihrer Anwesenheit tun würde, ich vermisse sie zwischen Aslak und mir, vermisse sie während der schweigsamen Abendessen mit Aslaks Eltern, vermisse sie zwischen mir und meinen eigenen Gedanken, zwischen mir und der Distanz zu Mama, und ich vermisse sie.

Frida ruft wieder und wieder an. In der vergangenen Woche mehrmals täglich. Beim ersten und zweiten Mal bin ich rangegangen. »Ich wollte nur wissen, wann du wieder aus dem Urlaub zurück bist«, sagte sie beim ersten Gespräch. »Das hab ich dir erzählt, Frida, wir haben ja einen Termin für Ende August verabredet, den hast du als SMS«, antwortete ich. »Ich habe mein Telefon verloren«, behauptete Frida. »Gut, trotzdem mußt du in so einem Fall in der Praxis anrufen«, sagte ich, »du kannst meine Nummer nur im äußersten Notfall benutzen.« – »Du brauchst nicht wütend werden«, sagte Frida. »Ich bin nicht wütend«, antwortete ich, während Viljar am Ärmel meines Pullovers zupfte, damit ich ihm erlaubte, sich ein Spiel herunterzuladen, und losquengelte, als ich ihm keine

Aufmerksamkeit schenkte. Ich versuchte Augenkontakt mit Aslak aufzunehmen, der mit seinem iPad auf dem Sofa hockte, deutete mit großen Gesten auf Viljar. »Na, komm her, Viljar«, sagte Aslak endlich, ohne den Blick zu heben. »Wer war das?« wollte Frida augenblicklich wissen. »Hast du gehört, was ich gesagt habe, Frida?« Ich ging auf ihre Frage nicht ein. »Ja, ich habe es gehört, aber du kannst mir doch auch einfach sagen, wann du wiederkommst«, forderte sie. »Nein, wenn du vergessen hast, wann dein Termin ist, mußt du in der Praxis anrufen und nachfragen«, erklärte ich, fest davon überzeugt, daß sie keineswegs ihren Termin vergessen hatte. »Wir sehen uns im August«, sagte ich und legte auf.

Am nächsten Tag rief sie zum selben Zeitpunkt wieder an. Ich war verkatert, bleibe diesen Urlaub jeden Abend, nachdem die anderen ins Bett gegangen sind, wach und trinke wie vor vielen Jahren, schnell und gleichmäßig, ohne groß etwas zu schmecken, mit dem klaren Ziel, abgestumpft und betrunken genug zu werden, um gedankenlos schlafen zu können. In der ersten besoffenen Nacht schickte ich Jens eine viel zu sentimentale Nachricht, wachte dann mit Herzklopfen auf und habe in den restlichen Nächten das Telefon nach dem vierten Glas ausgeschaltet.

Am Vormittag, als Frida zum zweiten Mal anrief, hatte Aslak um zehn Uhr die Tür zu Viljars Schlafzimmer geöffnet, um mich zu wecken, »Frühstück ist fertig«, hatte er verkündet und die Tür demonstrativ weit offenstehen lassen, »aber du solltest besser erst duschen und dir die Zähne putzen.« Aus Scham und schlechtem Gewissen willigte ich später ein, mit Viljar in der brütenden Sommerhitze Krocket zu spielen.

Ich hatte nichts gegessen, war verschwitzt, mir war übel und schwindlig, als Frida wieder anrief. »In der Praxis geht niemand ans Telefon«, sagte sie. »Frida, wir waren uns doch gestern einig, daß du mich nur anrufst, wenn etwas wirklich Ernstes ist.« Ich sprach laut, war ungeduldig und genervt, hatte meine Stimme nicht unter Kontrolle. »Aber ich finde doch nicht heraus, wann mein Termin ist.« Frida heulte los. Das löste in mir nur immer größere Wut aus. »Dann mußt du wohl dort nochmal anrufen«, antwortete ich. »Können Sie es mir nicht einfach sagen, Frau Doktor?«, bettelte Frida. »Jetzt reicht es aber, nein! Ich lauf doch nicht herum und weiß deinen Termin aus dem Kopf«, sagte ich.

Ich überlege, ihre Nummer zu blockieren, kann mich aber nicht dazu überwinden. Lasse das Telefon klingeln, gehe zum Wasser, springe, ohne zu zögern vom Felsen. Das Wasser ist kühl und weich, ich lege mich auf den Rücken, spreize Arme und Beine, treibe an der Oberfläche.

»Ich glaube, du liebst meine Eltern mehr als mich«, sagte Aslak ein paar Jahre nachdem aus uns ein Paar geworden war. »Da hast du vielleicht recht«, antwortete ich ihm. Anfangs hatte ich sie für langweilig gehalten, mit ihrem Gegrille, den Fernsehabenden und diesem Porzellannippes statt Büchern im Regal, aber dann erkannte ich die Geborgenheit, die in den Blicken, Gesten und Gewohnheiten lag, in den Pantoffeln, die zu den Stressless-Sesseln paßten, den bestätigenden Gesprächen, der Art, wie seine Mutter über Mias winzigsten Schluckauf lachte, wie sie mir, noch bevor sie mich überhaupt kannte, über die Wange strich.

Ich habe bis heute dieselben Anflüge von Zärtlichkeit für sie, vielleicht aus Dankbarkeit, aber in diesem Sommer kann ich nicht anders, als mich über ihre ganze Umständlichkeit, die hohlen Gespräche zu ärgern. Erwische mich mehrmals bei dem Gedanken, sie sollten langsam überlegen, mir und Aslak die Hütte zu überlassen, mich provoziert die Selbstverständlichkeit, mit der sie annehmen, daß wir jeden Sommer mit ihnen Urlaub machen.

»Wie geht es Anne heute?« fragt Aslaks Mutter, als wir drei wieder zurück im Haus oben sind.

Sie erkundigt sich jeden Tag nach Mama, aber die hat seit unserer Rückkehr aus Frankreich nicht mehr angerufen, schickt kurze Textnachrichten ohne irgendwelche Satzzeichen, die mir nicht mehr sagen, als daß sie am Leben ist. »Lebe«, stand da gestern am Morgen. »Lebe«, auch gestern abend. »26 Grad«, heute früh.

»So wie gestern«, antworte ich.

»Gut zu hören«, sagt Aslaks Mutter, »tapfer, wie sie das aushält.«

Lächeln, nicken.

»Was ist denn die Alternative?« frage ich dann.

»Was meinst du?« Sie unterbricht kurz den Abwasch, ich kann mich kaum erinnern, sie in dieser Woche irgendwo anders als am Spülbecken gesehen zu haben, und auch dieser Gedanke macht mich wütend. Ich sehe aus dem Fenster hinunter zum Bootshaus, wo Aslak und sein Vater sich über einen Schiffsmotor beugen, an dem sie seit mehreren Jahren rumschrauben, eine blanke Parodie.

»Dazu, auszuhalten?« sage ich.

Sie wirkt verunsichert.

»Ich glaube, ich verstehe jetzt nicht ganz, was du meinst.« Sie lächelt.

Natürlich versteht sie, was ich meine, aber sie versteht nicht, warum ich frage, warum ich mit dem Rücken zur Tür stehe, mit unnachgiebigem Blick, ich verstehe es selbst nicht.

»Du hast gesagt, es sei tapfer, wie Mama das aushält«, erkläre ich, »aber was ist denn deiner Meinung nach die Alternative zum Aushalten?«

»Naja, das wäre dann wohl aufgeben«, antwortet sie, lacht verlegen.

Ihr Lachen, der verunsicherte Blick aus dem runden Gesicht kann mich nicht erweichen. Im Gegenteil.

»Aufgeben? Was bedeutet aufgeben? Sterben?«

Sie antwortet nicht. Wirkt aufrichtig verzweifelt.

»Meinst du, das ist eine aktive Entscheidung? Aushalten oder aufgeben? Meinst du, sie kann das frei entscheiden?« Meine Stimme klingt schrill und fremd.

Sie schüttelt den Kopf, antwortet noch immer nicht. Ich sehe sie weiter an, weiß nicht, wie ich ohne Gegenwehr weitermachen soll. Weiß nicht, wie ich ohne Mama weitermachen soll. Wir stehen einige Sekunden nur da und starren einander an, dann zieht sie die Spülhandschuhe aus und kommt auf mich zu, legt die Arme um mich.

Wir finden bei unserer Rückkehr nach Oslo das Haus verlassen vor, die Luft ist stickig, miefig, Mia kann nicht viel hier gewesen sein. Aslak flucht lautstark in der Küche, kommt mit einem am ausgestreckten Arm von sich gehaltenen halbvollen Müllbeutel heraus.

»Oh, Mann, wie schafft sie es jedes Mal, wenn wir weg sind, zu vergessen, den Müll rauszubringen?« fragt er, während er an mir vorbeigeht.

Die Frage klingt ehrlich, nicht rhetorisch wie einige Fragen und Bemerkungen über Mia in den letzten Wochen. Diese Distanz beunruhigt mich.

»Du kennst sie doch, sie vergißt doch ständig alles mögliche«, sage ich schnell, folge ihm aus der Tür. »Da ist sie wie noch jemand, den ich kenne.« Ich versuche ein Lachen, während er die Mülltonne aufklappt.

Aslak lächelt mich kurz an, während er sich an mir vorbei ins Haus zwängt.

»Aber ich stimme dir zu, das ist echt zum Kotzen.« Ich folge ihm erneut, fühle mich wie ein Hund. »Wir sollten uns heute abend mit ihr darüber unterhalten, daß sie sich auch kümmern muß, wenn sie das Haus allein benutzen darf.«

Aslak antwortet nicht, geht mit unseren Koffern die Treppe hoch. Ich halte mich davon ab, ihm zu folgen, weiß aber nicht, wohin mit mir, hasse diese Stunden nach einer Rückkehr aus dem Urlaub, dieses Vakuum dann. Ich gehe zu Viljar, der auf der Schaukel vorm Haus spielt, schubse ihn an, ohne daß er darum gebeten hat, merke erst, daß ich zu fest schubse, als er losbrüllt – das Schaukelgestell fällt beinahe um.

Sie komme nicht nach Hause, antwortet Mia auf meine Nachricht, erst morgen früh. Schreibt nicht, wo sie ist. »Du hast vergessen, den Müll rauszubringen«, schreibe ich aus einer Art Loyalität zu Aslak, lösche es aber wieder. Der Gedanke, sie könnte bei Jens sein, streßt mich nicht mehr, macht mich eher hibbelig, froh, zumindest wenn in meiner Vorstellung von den beiden Zadie nicht mit im Bild ist. Durchs Schlafzimmerfenster sehe ich Aslak, er wuchtet meinen Koffer ins oberste Schrankfach.

Ich biete Mia am nächsten Tag an, sie abzuholen, schreibe ihr noch vor dem Aufstehen eine Nachricht. Es dauert drei unendliche Stunden, bis sie antwortet. Erst »Danke«, dann ein Link zu Google Maps, ich klicke darauf, und die rote Nadel erscheint in Torshov. »Filips Adresse«, schreibt sie in einer letzten Nachricht. Ich bin so enttäuscht, daß ich schreibe, sie müsse nicht aus etwas, das sie in einer Nachricht sagen könne, drei machen – trotz Mias früherer Belehrung, Nachrichten, seien keine Briefe oder Emails und ähnelten eher einem Gespräch. Das sei kompletter Humbug, habe ich damals geantwortet, da könne man ja ebensogut auch anrufen.

Nach einem Schlenker am Haus von Jens und Zadie vorbei, wo weder draußen noch durchs Fenster jemand zu sehen ist, halte ich vor Filips Wohnblock in Torshov. Ich rufe Mia an, die natürlich nicht rangeht, sondern fast in derselben Sekunde, in der ich auflege, eine Nachricht mit Daumen hoch schickt. Ich lehne mich vor, um mir das Haus näher anzusehen, stelle fest, daß ich nichts über Filip weiß, ob er allein hier wohnt, und wenn ja, warum, wie er sich das leisten kann, wo er herkommt, wie er aussieht. Letzteres wird mir prompt beantwortet, als Mia die Haustür öffnet, ein großer Typ mit blonden Haaren tritt hinter ihr heraus und legt den Arm um sie, während sie aufs Auto zukommen. Über seiner Schulter hängt eine Tasche, ich schaffe nicht einmal, mich zu fragen, was er mit der wohl will, da hat er die Autotür hinten bereits aufgemacht und ist eingestiegen, während sich Mia gleichzeitig vorne auf den Beifahrersitz setzt.

»Hallo.« Mia beugt sich zu mir herüber und küßt mich auf die Wange. »Das ist Filip«, sagt sie und lächelt stolz.

Ich drehe mich zu dem Typen auf dem Rücksitz, er streckt mir die Hand entgegen, ich nehme sie und sehe, daß er Aslak ähnelt.

»Filips Wohnung wird renoviert«, erklärt Mia unaufgefordert, als wir losfahren. »Ist doch okay, wenn er für ein paar Tage bei uns wohnt?«

Ich komme nicht dazu zu antworten.

»Du hast gesagt, daß du sie gefragt hast«, sagt Filip von hinten. »Was soll sie denn jetzt sonst sagen.«

Mia lacht.

»Ich wußte doch, daß es okay ist«, erklärt sie. »Oder, Mama?«

Filip hat recht, es ist schwierig, etwas anderes als Ja zu antworten, obwohl es nicht gerade eine verlockende Vorstellung ist, jemand neues, fremdes einzuladen, Zeuge der Stimmung zwischen Aslak und mir, nicht zuletzt zwischen Aslak und Mia zu werden, ja, von allem, was ich versucht habe zusammenzuhalten und was jetzt aus den Fugen geht. Zugleich bedeutet es etwas, wie Mia fragt, wie sie nicht gefragt hat, wie sie mit größter Sicherheit und Natürlichkeit ihren neuen Freund der Familie vorstellt. Ohne Angst, eine Bürde zu sein, ein zusätzlich zu stemmendes Gewicht. Diese unbekümmerte Sicherheit in Mia habe ich zusammen mit Aslak geschaffen, und zumindest die will ich bewahren, unterstützen.

»Ja, klar.« Ich lächle Filip im Rückspiegel an. »Natürlich gerne.«

»Am Wochenende wollen wir sowieso Oma besuchen«, sagt Mia.

Ich trete unwillkürlich auf die Bremse, das Auto ruckelt.

»Hast du mit ihr gesprochen?« frage ich Mia.

»Ja, klar, sie hat gemeint, ich soll dich fragen, ob wir uns dein Auto leihen können«, antwortet Mia. »Filip hat den Führerschein.«

»Klar, könnt ihr euch das Auto leihen«, sage ich so unbekümmert wie möglich, »aber hat Oma dich angerufen?«

»Was meinst du?« will Mia wissen.

»Naja, ich frage mich nur, ob du mit ihr am Telefon gesprochen hast oder ob ihr das über Nachrichten verabredet habt.« Ich höre selbst, daß ich meinen Tonfall nicht unter Kontrolle habe.

Für den Bruchteil einer Sekunde wendet sich Mia zu Filip, ich kriege den Blick, den sie tauschen, nicht mit.

»Ich habe mit ihr am Telefon gesprochen.« Mia macht eine kleine Pause. »Willst du vielleicht mitkommen?«

Ich sitze auf dem Weg durchs Fjell auf dem Rücksitz des Autos, hinter Mia und Filip. Die beiden singen laut im Chor mit dem Autoradio, ihre Hand liegt konsequent in seinem Nacken, auf seinem Schenkel oder seiner Hand auf dem Schalthebel. Obwohl Filip ein guter Fahrer ist, streßt mich das, vielleicht vor allem wegen der aufdringlichen Ungeniertheit. Oder vielleicht am allermeisten wegen der Gewißheit, daß Mia jetzt in ihr Erwachsenenleben verschwindet, in Filip, in allem, was nichts mit mir zu tun hat.

»Das ist vermutlich eine gute Idee«, meinte Aslak, als ich ihm von meiner Überlegung erzählte, mit Mia und Filip zu Mama zu fahren. Er stand in der Werkstatt, die er sich in der Garage eingerichtet hat, hobelte an etwas herum, das schätzungsweise eine Schranktür werden soll. Neben einem Berg aus Holz, Brettern und alten Möbeln steht Mamas Sekretär, noch immer mit dem abblätternden weißen Anstrich. »Ja, es ist bestimmt eine gute Idee.« Ich lehnte mich an den Türrahmen. Aslak machte eine Pause, schob die Schutzbrille etwas hoch, sah mich fragend an, ob noch was sei. »Nein, das war es schon, aber ist es denn für dich okay, daß Viljar bei dir bleibt«, sagte ich, vor allem um überhaupt etwas zu sagen. »Okay?« wiederholte Aslak. »Ja, oder du weißt schon, was ich meine«, sagte ich. »Nein«, sagte er, »das tue ich nicht, aber Viljar bleibt hier bei mir, ja.«

Ich habe bis gestern abend gewartet, um Mama zu sagen, daß ich mitkomme, wollte mich so lange wie möglich anders entscheiden können. Ich habe ihr eine Nachricht geschickt, ob es in Ordnung sei, wenn ich Mia und Filip begleite. Habe sicher vier Anläufe gebraucht, um die Nachricht so zu formulieren, daß es nicht wirkt, als würde ich ihr Schweigen seit der Frankreichreise durch die Frage kritisieren, ob es okay sei, wenn ich käme, und wollte ihr zugleich die Möglichkeit geben zu sagen, daß sie mit Mia und Filip allein sein wollte. »Ist es für dich okay, wenn ich am Wochenende auch mal daheim vorbeischaue?« schrieb ich schließlich, mit einem Smiley dazu.

Mama antwortete zwei Stunden später. Sehr gerne, schrieb sie, ohne Ausrufezeichen oder Punkt, aber trotzdem.

»Sehr gerne« ist mit Sicherheit eine Übertreibung, aber ich werde auch diesmal mein Bestes versuchen. »Du *mußt* ja deine Aufmerksamkeit nicht ständig auf das Schwierigste richten«, riet mir Jens, als ich gestern vormittag mit ihm telefonierte, »es ist in der Tat erlaubt, seine Erinnerungen zu ändern, das *Gefühl* für sie zumindest einzufärben.« – »Ich weiß nicht, wie man das macht«, sagte ich. »Du entscheidest dich einfach, daß du beispielsweise angesichts einer Erinnerung an Anne etwas anderes fühlen möchtest, und das wiederholst du wieder und wieder«, antwortete er, »vor allem geht es dabei ums Wollen, darum, die Erinnerungen in andere emotionale Bahnen zu leiten, sie sind ja sowieso nicht wahr«, fügte er hinzu und beantwortete damit zugleich Tausende Fragen über uns.

Mit der grauen Igelfrisur wirkt Mama fremd. Sie steht bei unserer Ankunft in der Einfahrt, stützt sich auf eine Krücke. Seit ich sie in Frankreich gesehen habe und sie, zumindest wenn sie ihren Kopf bedeckte, wieder aussah wie sie selbst, ist sie überraschend viel dünner geworden.

Mia atmet bei ihrem Anblick laut ein, legt die Hand auf den Mund.

»Schon gut, Mia.« Ich drücke ihre Schulter. »Sie sieht vor allem wegen der Haare anders aus.«

Mia steigen Tränen in die Augen, sie schüttelt mit der Hand vorm Mund den Kopf. Filip wirkt ratlos, parkt aber und stellt den Motor ab. Ich konzentriere mich auf Mia, verschiebe meine Reaktion auf die Tatsache, daß Mama nicht erzählt hat, wie sehr sich ihr Zustand in wenigen Wochen verschlechtert hat. Als ich mit ihrem Arzt eine Schmerzmedikation besprochen habe, war das als Vorbereitung dafür gedacht, wenn sie wirklich krank wird. Nach dem Urlaub in Nizza, wo sich Mama in erster Linie als unfair und wütend, nicht als krank präsentiert hatte, dachte ich, wir hätten noch viel Zeit. Jetzt scheint die Zeit sie halb verschlungen zu haben, die Kleidung schlackert um ihren Körper, der Hals unter dem spitzen Kinn ist dünn und sehnig, das Handgelenk und die Finger, die die Krücke umschließen, sind knochig, die Hand erinnert eher an einen morschen Ast.

»Jetzt steigen wir aus und sagen Hallo.« Ich nehme die Hand von Mias Schulter. »Du wirst dich schnell daran gewöhnen, sie sieht kränker aus, als sie ist«, füge ich hinzu, auch wenn wir beide wissen, daß das nicht stimmt.

Mia nickt, wischt sich die Tränen weg. Ich bleibe noch im Auto und schaue, wie sie auf Mama zugeht, die vorbereitend die Krücke an den Zaun lehnt, Mia sanft entgegenlächelt. Mia kann in Mamas Umarmung das Weinen nicht zurückhalten, Mama streicht ihr über den Rücken, hält sie dann etwas von sich, sagt etwas, lächelt und nickt dabei, wischt mit krummer Hand Mias Wangen ab, wieder und wieder, während sie weiterspricht und lächelt, Träne um Träne wegstreichelt.

23

»Schön, dich zu sehen. Schön, daß du da bist, ich freue mich von Herzen, daß du mitgekommen bist, ich habe dich vermißt«, habe ich heute morgen zu Kant gesagt.

Sigrid macht die Autotür auf, steigt langsam aus, streckt sich. Lächelt mich an, nickt in Richtung Filip.

»Hallo.« Sie bleibt dicht am Auto stehen. »Das ist Filip.« Sie schickt ihn vor, zu mir.

Ich habe große Teile des Morgens und zu viele Kräfte dafür verwendet, das Haus und mich so einladend wie möglich herzurichten, habe Blumen aus dem Garten in Sigrids Zimmer und den Hobbykeller gestellt, habe Hundehaare von Sofa und Kleidung gebürstet, den fleckigen Küchentisch mit einer Tischdecke bedeckt und mein Gesicht mit Tönungscreme. Letzteres bereue ich, schäme mich für den erbärmlichen Schminkversuch, für die angesichts meiner dünnen, bleichen Haut viel zu dunkle Tönung, den Rand beim Übergang zum Hals, dafür, daß Mia und Sigrid es sehen werden.

Sigrid geht schnurstracks zum Kofferraum, holt das Gepäck raus, während ich Filip begrüße. Nachdem sie die drei kleinen Taschen auf die Treppe vor der Eingangstür gestellt hat, kommt sie schließlich zu uns.

»Hast du dich verletzt?« Sie deutet auf die Krücke, noch immer auf Abstand.

Ich schüttle den Kopf.

»Ist nur der Rücken, oder vielleicht die Hüfte«, sage ich, »spielt an und für sich ja auch keine Rolle, aber es ist gut, daß ich mich auf etwas stützen kann.«

Sigrid sieht mich an. Schon bereue ich meine Wortwahl, sehe, daß sie die als weitere Kapitulationserklärung deutet.

»Wo du Schmerzen hast, spielt sehr wohl eine Rolle«, sagt sie.

»Ja, natürlich«, antworte ich schnell und gehe zu ihr, »ich habe das nicht so gemeint, aber der Arzt und ich finden es einfach nicht heraus.« – »Hallo«, sage ich und umarme sie. »Schön, dich zu sehen.«

Ich habe mich so sehr über Sigrids Nachricht gefreut, sie wolle kommen, daß ich trotz Schmerzen direkt zu Gustav gefahren bin, mußte jemandem davon erzählen, es mit jemandem teilen, mit ihm. »Diesmal«, habe ich zu ihm gesagt, »wird es anders, diesmal werde ich es hinkriegen, mich nicht in mir und ihr und den alten Mustern zu verheddern.«

Sigrid und ich sitzen auf der Terrasse und beobachten Mia und Filip, die am Bootssteg baden.

»Schau, wie verliebt Mia ist«, sage ich und lächle Sigrid an.

»Ja, oder zumindest ist sie ziemlich fasziniert«, antwortet Sigrid. »Aber das ist sie ja leicht, es ist nicht sicher, daß das Ganze auch so ernsthaft ist, wie es aussieht.«

Sie lehnt den Kopf an die Wand, ich fühle mit ihr, die große Angst vor Mias Abnabelung, traue mich aber nicht, etwas zu sagen.

»Jedenfalls wirkt er wie ein guter Junge«, stelle ich fest.

»Das ist er, er ist sehr nett«, stimmt Sigrid zu.

»Er erinnert mich ein bißchen an Gustav, als er jung war«, sage ich.

Sigrid schüttelt den Kopf. »Ich finde, er erinnert an Aslak.« – »Aslak ähnlich zu sein ist nicht das schlechteste«, sage ich.

Sigrid antwortet nicht, guckt mit zusammengekniffenen Augen in Richtung Mia und Filip, sie wirkt erschöpft, klein. Ich erahne eine Möglichkeit, eine Öffnung in Sigrids unsicherem Gesichtsausdruck, dem leichten Zucken um die Augen, ergreife sie: »Ist es zur Zeit schwierig zwischen euch?« frage ich.

Sie schüttelt den Kopf. »Hat Mia das gesagt?« Ihr Tonfall ist nicht abweisend, wirkt eher einladend.

»Nein, überhaupt nicht«, antworte ich, »es erschien mir in Frankreich nur etwas angestrengt zwischen euch.«

»In Frankreich war wohl einiges angestrengt«, gibt Sigrid zurück, dreht sich zu mir, erwischt sich jedoch dabei, »aber du hast recht, es ist schwierig, vielleicht vor allem zwischen Aslak und Mia.«

Sigrid hat nie mit mir über ihre Beziehung mit Aslak gesprochen. Ob es nicht ein wenig früh sei, hatte ich sie gefragt, als sie ein halbes Jahr nach Mias Geburt beschloß, bei ihm einzuziehen. Ich beobachtete mit Mia auf dem Schoß, wie Sigrid das Babybettchen im Wohnzimmer auseinanderbaute. Sie stand auf und musterte mich. Ich solle froh darüber sein, sagte sie schließlich. Ich kann mich an meine Antwort nicht erinnern, nur daß Sigrid mir zum ersten Mal Mia unaufgefordert abnahm. Ich *war* froh darüber, war erschöpft von der zusätzlichen Verantwortung und Fürsorge, vom abwechselnden Windelwechseln bei Mia und Lätzchenwechseln bei Gustav, von Sigrids flehenden Blicken bei jedem Heulen von Mia – von Sigrids Hilflosigkeit, der Angst davor, wie das mit ihr und Mia gehen würde, wenn sie kaum auf sich selbst aufpassen konnte.

Ich kann mich nicht erinnern, wann Sigrid und ich das letzte Mal über etwas Intimes gesprochen haben, das dann nicht in Anschuldigungen und Verteidigungen ausgeartet war.

»Ja, aber vielleicht geht es mehr um dich als um Aslak«, spreche ich weiter, ohne zu bedenken, was ich sage.

Sigrid richtet sich auf.

»Was meinst du?«

Hier verläuft die Grenze, das ist mir klar, aber ich habe keine Zeit für Vorsicht.

»Glaubst du nicht, es könnte etwas mit deiner Beziehung zu Aslak zu tun haben, daß Mia dich quasi fast verteidigt?«

Ich sehe Sigrid an. Sie antwortet nicht, blickt zu Mia, die in diesem Augenblick Anlauf nimmt, den Steg entlangläuft, abspringt und mit den Armen um die Knie ins Wasser platscht. Ich lache.

»Sie ist so toll, du hast mit ihr wirklich viel richtig gemacht«, sage ich.

Ich habe eine Liste von alldem geschrieben, was gesagt, was gemacht, was erklärt werden muß. In der Zeit zwischen Ostern – als ich bereit war, zu sterben und sämtliches Aufräumen, Abrechnen und Herausfinden Sigrid und Magnus zu überlassen – und jetzt ist der Drang stärker geworden, hinter mir sauberzumachen. Die Liste wird täglich länger und wüster: der Warmwasserspeicher muß getauscht werden; Dinge über meine Mutter, die ich weder Sigrid noch Magnus je erzählt habe, die sie meiner Ansicht nach aber hören sollten;

sämtliche Rezepte von Gustavs Mutter, die ich noch notieren möchte.

Ich habe versucht, Sigrid zu schreiben, aber es hört bei ihrem Namen auf, ich wisse noch immer nicht, wie ich dafür um Verzeihung bitten soll, nicht besser gewesen zu sein, es nicht besser gekonnt zu haben, habe ich zu Gustav gesagt, als ich neben seinem Bett saß und versuchte, die Sätze zu formulieren, es werde nur platt und hohl, ein Wegschieben der Verantwortung. Mir fällt ein, wie Gustav einmal nach einem Streit auf der anderen Seite des Wohnzimmers stand und schrie, ich sei erbärmlich darin, mich zu entschuldigen, meine Entschuldigungen seien immer voller Vorbehalte. »Eine Entschuldigung ist nichts wert, wenn sie nicht ein bedingungsloses Versprechen auf Besserung beinhaltet!«

Am nächsten Tag wache ich davon auf, daß Sigrid mit der Pflegekraft spricht. Ihre Stimme klingt angespannt, als sie nachfragt, warum sie niemand angerufen habe, ich höre nicht, was die Pflegekraft antwortet, erhasche nur das Wort Urlaubsabwicklung. »Aber das ist doch nicht der Punkt«, sagt Sigrid laut, »wir hatten die Abmachung, daß man mich anruft, wenn sich ihr Zustand verschlechtert.« Ich lausche im Liegen der Diskussion, Sigrids Verhör und Ermahnungen, über Medikamente und Dosierung, Geräte und Pläne, werde so ruhig, daß ich wieder einschlafe.

»Hast du starke Schmerzen?« fragte sie mich gestern, als sie mich ins Bett brachte. »Du brauchst mir nicht zu helfen«, hatte ich gesagt, »das mache ich jeden Abend allein.« Sie hatte nicht geantwortet, mich nur die Treppe hochgestützt, mein

Nachthemd geholt, und während ich mich umzog, im Bad mein Wasserglas gefüllt, sich dann auf meine Bettkante gesetzt. »Ja, es tut weh, aber ich habe mehr Schmerzmittel bekommen«, antwortete ich, »das hilft.« – »Du mußt sagen, wenn du noch mehr brauchst.« Sie zupfte meine Decke zurecht. Ich lächelte. »Wieviel mehr?« witzelte ich, auch wenn ich nicht sicher war, ob die neue, zerbrechliche Nähe diesen Scherz vertrug. Für ein paar unerträgliche Augenblicke wurde Sigrid still, erwiderte dann aber das Lächeln, lachte kurz auf. »Mia würde sagen: too soon«, erklärte sie. Ich lachte ebenfalls, hob die Hände entschuldigend in die Höhe. »Gut«, sagte ich. Ich dachte, sie würde aufstehen und gehen, aber sie blieb sitzen. »Hast du Angst?« fragte sie schließlich. »Nein«, antwortete ich, und just in diesem Moment war das zum ersten Mal seit einem Jahr die Wahrheit.

»Direkt über deinem Kopf hängt noch einer.« Ich sitze in einem Liegestuhl im Garten und sehe Mia und Filip beim Äpfelpflücken zu.

Mia zupft den letzten Apfel ab, legt ihn in den Eimer, der trotz Sigrids brutalem Rückschnitt im Frühjahr bis obenhin voll ist mit rotgelben Gravensteinern.

»Wo willst du sie haben?« fragt Mia.

»Stell sie doch solange auf die Terrassenbank«, sage ich. »Aber paß auf, daß sie im Schatten stehen.«

»Solange?« fragt Mia.

»Dieses Jahr müßt ihr die Äpfel ja mitnehmen«, erkläre ich.

Mia fängt wieder zu weinen an. Im Laufe der letzten drei Tage hat sie so viel und ungeniert geheult, daß es mir unangenehm ist. Am ersten Tag, als mein neues Aussehen selbst einem ungeschulten Auge wie Mias deutlich machte, daß es mir viel schlechter ging als bei unserem letzten Treffen, war es verständlich und deshalb leicht damit umzugehen. Da war es einfach, sie zu trösten, zu beruhigen. Als Mia am zweiten Tag am Frühstückstisch bereits zu schluchzen begann, weil ich den Deckel eines Marmeladenglases nicht aufbekam, wurde es schon schwieriger. Selbst als Sigrid es nicht schaffte, weil er derart festsaß, heulte Mia weiter. Als Mias Tränen gestern abend hervorquollen, als ich meinen Medikamentendispenser holte, und Filip wieder einmal heraneilte, sie hielt und tröstete und verständnisvoll beruhigte, wechselte ich einen Blick mit Sigrid, die verschwörerisch mit den Augen rollte. Das reichte, um mir selbst die Tränen in die Augen zu treiben.

»Wir sehen uns in ein paar Wochen«, sagt Sigrid, als sie losfahren.

Sie umarmt mich, hält mich länger, als ich darauf vorbereitet bin, dann setzt sie sich hinten ins Auto. Mias Abschied ist tränenreich, Sigrid legt ihr nach dem Einsteigen eine Hand auf die Schulter, sagt etwas und lacht, und da lacht Mia durch ihre Tränen hindurch ebenfalls, bevor Filip sie alle rückwärts aus der Einfahrt kutschiert, hupend und winkend fahren sie die Straße hinunter.

Ich habe nicht die Hälfte von dem sagen können, was ich sagen wollte, habe im Laufe des Wochenendes eingesehen, daß dalles unmöglich ist, all das, von dem ich geglaubt habe, es müsse gesagt, getan werden.

24

Zum ersten Mal bin ich unsicher, ob Frida zu ihrem Termin erscheinen wird, ich bin den ganzen Vormittag über nervös und unruhig, habe Angst, um elf Uhr im Wartezimmer auf einen leeren Stuhl zu blicken – und ebenso davor, daß sie dort sitzt, vor der Konfrontation mit meiner Vernachlässigung und deren Konsequenzen.

Sie hat im Sommer ihre Anrufversuche nach einer Woche aufgegeben, und ich habe sie in meinem Bewußtsein ganz nach hinten geschoben, ans hinterste Ende der Schlange von Menschen und Problemen, die Aufmerksamkeit brauchen, und dort gehöre sie ja schließlich auch hin, meinte Jens gestern, als wir am Akerselva entlangspazierten: »Du kannst deinen Patienten nicht so viel Raum in deinem Leben geben, da bist du geliefert.«

Frida sitzt, als ich ins Wartezimmer komme, um sie aufzurufen, auf dem gewohnten Platz in der Mitte der Stuhlreihe an der Wand – mit größtmöglichem Überblick und unübersehbar. Ihr Anblick erleichtert mich, auch wenn ihre Arme verschränkt sind und sie so heftig mit den Beinen zappelt, daß der ganze Körper bebt.

»Hallo, Frida.« Ich lächle sie an.

Sie antwortet nicht, steht aber auf und folgt mir ins Sprechzimmer. Zieht unaufgefordert die Jeansjacke aus, trägt darunter nur ein weißes Top mit Spaghettiträgern, um ihren linken Unterarm liegt ein Verband und der rechte ist voller frischer, roter Narben. Sie plaziert die Arme gut sichtbar auf den Armlehnen, läßt mich nicht aus den Augen, während ich mich setze, lechzt nach einer Reaktion, für deren Verweigerung ich heute nicht das Herz habe.

»Na, aber, meine Liebe«, ich lege den Kopf schräg, blicke auf ihre Arme. »Ist etwas passiert?«

Sie antwortet nicht, sieht mir in den Augen, will mich herausfordern. Die Erleichterung darüber, daß sie im Wartezimmer saß, sie trotz allem alten Mustern folgt, in der Selbstverletzung ein Ventil gefunden hat und nach Aufmerksamkeit heischt, verschwindet angesichts ihres Schweigens. Sie fixiert mich weiter wortlos.

»Ist etwas Besonderes passiert«, versuche ich es, »ist mit Emma alles in Ordnung, ist sie mit deiner Mutter zu Hause?«

Frida antwortet noch immer nicht. Wendet den Blick von mir, sieht sich im Sprechzimmer um, als wäre sie zum ersten Mal hier.

»Ich habe versucht, Sie anzurufen«, sagt sie schließlich, die Stimme klingt neutral.

»Ja, ich weiß, wir haben miteinander gesprochen«, antworte ich.

Sie wird wieder still, blickt auf ihre Arme.

»Wie geht es Emma?« frage ich.

»Mit wem waren Sie im Urlaub«, erwidert Frida unbekümmert, sieht mir wieder fest in die Augen.

Ich zögere, weiß sie nicht einzuschätzen, diesen unschuldigen Gesichtsausdruck bei der Frage, gepaart mit etwas, das ich nicht einordnen kann.

»Mit meiner Familie«, antworte ich nach einer kleinen Pause, »aber ...«

»Mit Ihrem Mann?« unterbricht mich Frida, die Stimme klingt weiterhin unbekümmert, hell.

»Wir sind nicht verheiratet, aber ja«, antworte ich, verstehe, daß etwas nicht stimmt, weiß das seit ihrem Anruf im Sommer, »aber Frida, antworte doch bitte auf meine Frage. Wo ist Emma?«

»Warum seid ihr nicht verheiratet, seid ihr nicht seit hundert Jahren zusammen? Warten Sie auf jemand besseren?«

Sie lächelt. Ich antworte nicht. Wir starren einander eine Weile nur an.

»Soll ich mir deine Wunden ansehen?« frage ich schließlich, ich muß auf andere Art eine Annäherung versuchen.

Willig streckt Frida die Arme vor, ich wickle vorsichtig den Verband ab. Unter der untersten Schicht kommt eine Narbe zum Vorschein, die mit mindestens fünf Stichen sorgsam genäht worden ist. Sie ist neu, maximal ein paar Tage alt.

»Warst du zum Nähen in der Notaufnahme?« frage ich.

Sie nickt, kann einen triumphierenden Blick nicht verbergen.

»Nimmst du deine Medikamente?« frage ich, reinige die Wunde mit einem Wattebausch, obwohl sie völlig sauber aussieht, in erster Linie, um etwas zu tun.

»Sind Sie nicht glücklich mit Ihrem Freund«, antwortet Frida, »weil Sie ihn nicht heiraten wollen?«

Meine Wangen werden heißer, ich drehe mich weg, um die Watte zu entsorgen. Dringe nicht zu Frida durch, bin beunruhigt darüber, wie sie sich gibt, so direkt und konfrontativ.

»Frida, ich möchte nicht über mein Privatleben reden, darüber haben wir doch gesprochen«, sage ich.

Sie lächelt wieder, zieht die Brauen hoch. Ich sehe ihr nicht in die Augen, lege einen neuen Verband an.

»Vielleicht habt ihr zuwenig Sex«, meint Frida, während ich die Wunden am zweiten Arm versorge, »wenn du aufhörst, mit deinem Typen Sex zu haben, bist du voll am Arsch.«

Ich hole Viljar auf dem Heimweg vom Kindergarten ab. Er will nicht nach Hause, kriegt im Flur einen Tobsuchtsanfall, kriecht so weit unter eine Bank, daß ich mich hinknien muß, um ihn hervorzuzerren, er hält sich am Bankbein fest, und ich ziehe so heftig um ihn loszukriegen, daß ich ihm fast die Handgelenke breche, und würde nicht eine Erzieherin neben uns stehen und uns anlächeln, würde ich ihn lautstark beschimpfen.

Frida hat das Sorgerecht für ihr Kind verloren. Nachdem sie mein Sprechzimmer verlassen hatte, habe ich ihre Sachbearbeiterin im Jugendamt angerufen. »Sie wissen ja, daß ich mit Ihnen nicht darüber sprechen darf«, sagte sie. »Kommen Sie mir nicht damit«, brüllte ich beinahe, »sie hat außer mir niemanden.« Schließlich erzählte sie mir, daß zu Beginn des Sommers eine Kindswohlgefährdung gemeldet worden war. »Wer hat die Meldung gemacht?« fragte ich, wußte, sie würde mir nicht antworten, und sprach, ohne abzuwarten, weiter: »Sie hatte doch wöchentliche Supervision.« – »Es waren sich alle einig, daß es das beste wäre, zumindest vorübergehend, es war eine Gesamtabwägung«, antwortete sie. »Es waren sich alle einig?« wiederholte ich. »Alle«, bestätigte sie. Das empörte Gefühl einer persönlichen Niederlage wurde durch Mitleid ersetzt, als ich begriff, daß Frida ihr Kind freiwillig weggeben hatte.

Danach versuchte ich, sie anzurufen, aber ihr Telefon war aus. Schrieb ihr, sie solle mich anrufen, wir könnten ihren nächsten Termin vorziehen. Habe noch nichts gehört, weder von ihr noch von Jens, dem ich ebenfalls vor mehreren Stunden getextet habe, ich checke auf der Heimfahrt mein Telefon alle zwei Minuten, krache bei der Einfahrt in den Kreisverkehr beinahe in einen anderen Wagen, muß eine Vollbremsung machen.

»Du sollst beim Autofahren nicht aufs Handy schauen«, plärrt Viljar vom Rücksitz.

»Ich weiß«, sage ich, »erzähl es nicht Papa.«

Viljar lächelt vergnügt, hoffentlich lieber wegen des Gedankens an ein Geheimnis als wegen des Gedankens zu petzen.

Seit ich Jens im Mai im Izakaya getroffen habe, habe ich das Gefühl, wir sind irgendwohin unterwegs, miteinander – beziehungsweise, daß er das Wohin ist und Mia der Weg. Jedenfalls ist Mia das Bindeglied, das Argument, die Erklärung und Entschuldigung, je nach Grad an schlechtem Gewissen gegenüber Aslak, das wechselt von Tag zu Tag, Stunde zu Stunde. Es sei doch aber wichtig für Mia, daß ich ein gutes Verhältnis zu ihrem Vater hätte, erklärte ich einer Freundin vor ein paar Tagen. »Für Mia ist das wichtig?« fragte sie lächelnd.

Die Gespräche, Nachrichten, Treffen zu rechtfertigen ist nicht schwer. Schwieriger ist es mit dem Drang nach ihm, daß der Kontakt mit ihm zum Ankerpunkt meines Tags geworden ist. Daß ich nach einer Nachricht oder einem Gespräch freier atme, besser denke, daß es dann einfacher ist, mit allem umzugehen, mit Mama, Aslak.

Am selben Abend drehen wir unsere übliche Runde, treffen uns in Nydalen, ein paar Meter von seinem Haus entfernt. Gehen am Akerselva entlang wie in den vergangenen zwei Monaten mindestens jede zweite Woche, wie gestern – ich habe Angst, ihn dadurch, daß ich ihn zwei Tage in Folge treffe, zu verbrauchen, uns zu verbrauchen, konnte aber nicht widerstehen, als er ein Treffen vorschlug. Wir setzen uns oberhalb von Grünerløkka auf eine Bank. Manchmal, wenn wir wie jetzt hier sitzen, zündet er sich eine Zigarette an. Nimmt ein paar Züge, hält sie mir dann hin, ich beuge mich vor, spüre seine Finger an meinen Lippen.

»Mehr kannst du jetzt sowieso nicht mehr machen«, sagt er, nachdem ich ihm von Frida erzählt habe, die nicht antwortet, »du hast getan, was du konntest, und es klingt sowieso wie die beste Lösung für alle Parteien. Menschen wie sie können sich nicht um ein Kind kümmern, das gibt nur Trouble. Immer.«

»Ich habe es im Sommer doch gewußt«, entgegne ich, »als sie immer wieder angerufen hat, ich wußte, daß etwas nicht stimmt.«

Er zuckt mit den Achseln. »Du bist nicht für sie verantwortlich.«

»Wer ist denn dann für sie verantwortlich?« frage ich. »Sie hat außer mir niemanden.«

»Sie ist selbst für sich verantwortlich, wie wir alle«, antwortet er, »wenn du in deinem Beruf überleben willst, mußt du es schaffen, dich mehr abzugrenzen, Sigrid.«

»Aber daß sie tatsächlich freiwillig ihr eigenes Kind weggegeben hat«, platzt es aus mir heraus.

»Ist ein gutes Zeichen, zumindest hat sie eine Spur Selbsterkenntnis«, antwortet er schnell.

Glücklicherweise läutet Jens' Telefon in dieser Sekunde.

»Hallo, Zadie, nein, ich bin in Grünerløkka«, sagt er.

Am anderen Ende plappert eine helle Stimme etwas auf englisch. Jens lächelt abwartend, sieht mich an, lauscht zu Ende und lacht dann laut. »Nein, überhaupt nicht, ich sitze nur auf einer Bank am Akerselva mit Sigrid«, erklärt er. »Heute abend schon wieder«, fügt er hinzu.

In mir lodert die Scham darüber auf, daß ich Aslak nichts von den Treffen erzählt habe, meine Wangen werden von Jens' Gespräch mit Zadie heiß und rot, wie er über mich spricht, die fast flötende Antwort am anderen Ende. Habe es für selbstverständlich gehalten, wir hätten einen wechselseitig heimlichen Kontrakt, Kontakt, wir würden gemeinsam unser Wir schützen, zumindest bis auf weiteres.

Er legt auf, zündet eine neue Zigarette an. Hält sie mir wieder hin, ich schüttle den Kopf.

»Sie wird allmählich ruhelos«, sagt er und lächelt mich stolz an.

»Ruhelos?«

»Ja, alle, die im Einsatz draußen waren, werden ruhelos, es ist unumgänglich, im Vergleich dazu fühlt sich hier zu Hause alles klein und nichtig an«, erklärt er. »Also manchmal geht es mir auch so, daß mich diese privilegierten Probleme fast auf die Palme bringen.«

»Naja, aber du hast auch nur Patienten, die genug Geld haben, um damit die Warteschlange zu umgehen, natürlich sind die privilegiert«, halte ich dagegen

»Du verstehst schon, was ich meine«, sagt Jens. »Nichts kann sich damit messen, dort draußen zu sein.«

Nichts. Niemand.

»Nein, ich verstehe nicht«, antworte ich.

Bin überrascht, welch großen Raum die Hoffnung in mir eingenommen hat, als er sie zerbricht, wie physisch sie geworden ist: »Aber wir müssen ja sowieso noch ein paar Monate hierbleiben, vielleicht bis Weihnachten«, sagt er.

Als ich nach Hause komme, sitzt Mia mit einem Buch auf dem Sofa, ausnahmsweise. Es ist still im Haus, ich setze mich neben sie, streiche ihr über die Wange.

»Hallo, Mia, mein Miamäuschen«, sage ich.

Sie guckt einen winzigen Augenblick hoch, lächelt mich an, sieht dann wieder in ihr Buch. Das Licht der Lampe hinter ihr verschattet ihr Gesicht, sie wirkt kindlich. »Deinetwegen ist sie in Oslo geblieben«, habe ich Jens auf der Bank am Akerselva angeschrien, »sie ist deinetwegen hiergeblieben, was denkst du dir eigentlich, wie kannst du ihr das antun?«

Ich höre aus dem Schlafzimmer im oberen Stockwerk Geräusche, Aslaks Geräusche, die Schrankschiebetür, die mehrmals geöffnet und geschlossen wird, die Tür ins Bad, die knarzt, das Wasser in den Rohren, als er Zähne putzt, die Toilette abzieht, dann mehrere Minuten Stille, was tut er in dieser Stille? In den Spiegel blicken? Auf dem Toilettendeckel sitzen und denken? Zahnseide verwenden, meine Cremes benutzen? Ich verspüre einen seltenen Anflug von Zärtlichkeit für ihn, dann höre ich, wie die Badezimmertür aufgeht, seine Pantoffel auf dem Boden, die Tür zum Schlafzimmer. Ich schenke mir in der Küche ein Glas Weißwein ein, will warten, bis er eingeschlafen ist. Trinke an die Arbeitsfläche gelehnt im Stehen, betrachte die Kühlschranktür, die übersät ist mit Postkarten, Magneten und Viljars Kindergartenkalender. Ganz unten hängt der Magnet von Mama: *My mother went to Paris and all I got was this lousy magnet.* Als sie mir den in Nizza schenkte, hatte ich mich vor allem wegen des sonderbar aggressiven Verhaltens dahinter geärgert, wo ich doch meinte, sie würde mir eine Entschuldigung schulden. Jetzt erscheint er mir genau wie das, ein Zugeständnis, eine Entschuldigung. Selbstironisch. Ich muß loslachen, kapiere, daß Mama auch lustig sein kann.

»Sie soll nicht allein sterben«, habe ich zu Magnus am Telefon gesagt, nachdem Mia und ich vergangene Woche von unserem Besuch nach Hause gekommen waren. Magnus weinte am anderen Ende. »Nein, natürlich nicht«, antwortete er, klang fragend, als wunderte er sich, daß meine Stimme so fest war, nicht unsicher oder tröstend. Ich fühlte mich ruhig, ruhiger als seit langem. Nachdem sich die erste Angst über die Verschlechterung von Mamas Zustand gelegt hatte, beruhigte sich auch die Wut, die ich seit einem halben Jahr, einem halben Leben in mir verspürt habe. Vielleicht wegen etwas an ihrem Körper, vielleicht erschien das Kränkliche wie eine Kapitulation, eine Selbstaufopferung an sich. Vielleicht wirkte es unangemessen, mehr zu verlangen, gegen einen Körper zu wüten, der so offensichtlich verging. Vielleicht war es vor allem das Neue in unseren Gesprächen, die von Mamas Selbstkritik und Verständnis aufgeladen waren. »Glaubst du nicht, daß Mia das Gefühl hat, sie müsse dich verteidigen, auf dich aufpassen?« hatte Mama sanft gefragt, mir tief in die Augen geblickt. Ich mußte wegsehen, wandte mich zum Wasser. Konnte nicht antworten. Mama folgte meinem Blick, wir beobachteten beide Mia. »Sie ist so toll, Sigrid, du hast mit ihr alles richtig gemacht«, sagte Mama, »du bist eine gute Mutter.«

Die Annährungen und Gespräche machten den Umgang mit Mama einfacher, eine Nähe zu ihr. »Immerhin bleibt ihr ein langer, komplizierter Krankheitsverlauf erspart, das ist doch gut«, sagte ich zu Magnus, »daß es schnell geht.« Ich konnte sein Kopfschütteln förmlich hören. »Und das wünscht sie sich ja auch selbst«, sprach ich weiter. »Du kannst diesen halbherzigen Selbstmordversuch nicht als Ausdruck eines aufrichtigen Wunschs werten«, widersprach er mir lautstark. Fast wollte ich antworten, daß ich nicht darauf anspielen würde, schaffte es aber, mich zu bremsen. »Nein, aber alles an ihr war im vergangenen Jahr Ausdruck dafür«, stellte ich fest. »Ich verstehe nicht, wie du so zynisch sein kannst«, sagte er. Ich wollte ihm widersprechen, aber vielleicht hat er recht, vielleicht bin ich zynisch – nicht zuletzt weil ich erleichtert darüber bin, mich nicht mehrere Monate oder Jahre zu ihrem Wunsch zu sterben verhalten zu müssen, nicht durch Krankenhaustüren und Schmerzen hindurch immer wieder ihrem Blick zu begegnen und die zu sein, die verlangt, sie müsse leben, sie solle sich *wünschen*, zu leben, für mich und für uns.

»Aber wir, oder zumindest einer von uns, muß da sein, wenn sie stirbt«, wiederholte ich Magnus gegenüber, »das ist jetzt das Wichtigste.« – »Das ist jetzt nicht das Wichtigste«, antwortete Magnus. »Das Wichtigste jetzt ist, für sie da zu sein, *bis* sie eventuell stirbt.« Ich lächelte. »Eventuell einverstanden.« Er lachte kurz. Seit dem Frühjahr fand ich den Gedanken unerträglich, Mama müsse allein sterben. »Aber ich wohne allein, ich lebe allein, insofern ist es natürlich, wenn ich allein sterbe«, sagte sie mir bei unserem Besuch ganz unsentimental. Wir saßen Seite an Seite mit hochgekrempelten Hosenbeinen am Rand des Bootsstegs, plätscherten mit den Zehen im kühlen Wasser. »Du lebst nicht allein, du bist nicht allein im Leben«, widersprach ich ihr, »du hast genaugenommen mehr Menschen in deinem Leben als viele andere.« – »In diesem Sinne sterbe ich wohl auch nicht allein«, argumentierte Mama. »Aber ich werde versuchen, es so zu timen, daß es mit deinem und Magnus' Kalender zusammengeht«, sprach sie weiter und lachte. Ich kickte ihr leicht gegen das Bein, Wade an Wade. »Ja, das solltest du.« Sie legte mir den Arm um die Schultern.

Am Tag danach kommt Frida in die Praxis, taucht gleich nach der Mittagspause ohne Termin auf. Ihr Schreien ist bis in mein Sprechzimmer zu hören, wo ich gerade einem grippekranken Schüler eine Krankmeldung schreibe. Er sieht mich an, hebt die Augenbrauen. Ich lächle, will etwas Beruhigendes sagen, in dem Moment reißt Frida die Tür auf. Hinter ihr steht die Sprechstundenhilfe mit verzweifeltem Blick und hebt hilflos die Arme.

»Du mußt mich einweisen«, brüllt Frida.

»Gut, darüber können wir sprechen, aber ich habe im Augenblick einen anderen Patienten.« Ich nicke in Richtung des Schülers, er wirkt verängstigt. »Ich hole dich herein, wenn wir hier fertig sind.«

»Ich wollte sowieso gerade gehen.« Der Schüler ringt sich

ein Lächeln ab, steht halb auf, hat aber sein Attest noch nicht bekommen.

»Nein, du mußt warten, bis ich fertig bin, Frida.« Ich spüre meinen Puls am Hals pochen. »Bleib sitzen«, sage ich zu dem Schüler.

Er setzt sich verunsichert wieder hin, starrt zu Boden – mir schießt kurz durch den Kopf, daß mir Magnus, als wir Kinder waren, beigebracht hat, man dürfe einem Wolf oder einem Verrückten niemals in die Augen schauen.

Frida schüttelt den Kopf, kommt ins Sprechzimmer, setzt sich auf die Untersuchungsliege, klammert sich an eine der gynäkologischen Fußstützen. Der Schüler, die Sprechstundenhilfe und Frida sehen mich abwartend an; nachdem ich Frida zu warten gebeten habe, muß ich offenbar etwas beweisen, die Autorität zeigen, die sie erwarten und die die Situation erfordert. Ich kapituliere noch bevor ich es versucht habe, unterschreibe die Krankmeldung, schicke den Schüler mit der Sprechstundenhilfe nach draußen, mache die Tür hinter ihnen zu.

»Das war nicht in Ordnung«, sage ich zu Frida, »du kannst dich nicht einfach hier hereindrängen.«

Sie bleibt sitzen. Legt sich nach einer Weile auf die Untersuchungsliege, umklammert weiterhin mit einer Hand die Fußstütze.

»Ich habe von Emma gehört.« Ich gehe zu Frida, zögere kurz, lege ihr dann aber die Hand auf den Arm. »Das tut mir wirklich sehr leid, Frida.«

»Ich werde mich umbringen«, sagt sie mit geschlossenen Augen, »du mußt mich einweisen.«

»Können wir nicht erst richtig miteinander reden. Kannst du dich aufsetzen?«

Sie setzt sich auf, kratzt an ihren Narben herum und sieht mir starr in die Augen.

»Frida«, bitte ich.

»Ich gehe nicht, bevor du mich einweist«, sagt sie.

Ich muß mich zusammenreißen, um nicht vor Frustration loszuheulen, hebe resigniert die Arme.

»Wie du willst.« Ich gehe zum Telefon.

Nach einer zehnminütigen Diskussion mit dem Krankenhaus, mit Frida auf der Liege als gierige Zuhörerin in meinem Rücken, muß ich dem Krankenhausarzt, der sie nicht aufnehmen will, schließlich klarmachen, daß es mein Recht ist, sie einzuweisen. Angeblich hätten sie kein Angebot für sie, keine Hilfsmöglichkeit, keinen Platz.

»Okay, dann schicken Sie sie rüber, sie kann über Nacht bleiben, nicht länger«, willigt er schließlich ein.

Ich presse den Hörer fest an mein Ohr, damit seine Worte nicht zu Frida dringen, drehe mich um und nicke ihr zu. Für einen Augenblick sieht sie glücklich aus.

Eines Tages Ende September komme ich von der Praxis nach Hause, und der Sekretär von Mama steht mitten im Wohnzimmer, Aslak hat ihn restauriert, neue Messinggriffe angebracht und ihn lackiert. Er betrachtet ihn aus der Distanz, als ich ins Zimmer komme, geht darum herum, um ihn von der anderen Seite in Augenschein zu nehmen.

»Der ist aber schön geworden«, sage ich. Er nickt, ohne mich anzusehen, betrachtet weiter den Sekretär.

»Aber an der Plazierung kannst du noch ein wenig arbeiten«, sage ich und lächle.

Er erwidert das Lächeln kurz, ohne den Blick zu heben, antwortet nicht. Ich trete näher, strecke die Hand aus, um die Oberfläche zu befühlen.

»Nicht anfassen«, sagt Aslak schnell. »Das gibt Fettflekken.«

Ich ziehe die Hand zurück.

»So. Na dann viel Glück, wenn du Viljar das neue Familienmitglied vorstellst«, witzle ich.

Aslak lacht noch immer nicht.

»Er wird ja nicht hier stehen, ich habe ihn verkauft«, erklärt er.

Endlich sieht er mich an.

»Du hast Mamas Sekretär verkauft?« frage ich.

»Das ist ja nicht mehr Annes Sekretär, sie hat ihn uns geschenkt«, antwortet Aslak.

»Ja, uns. Nicht dir, damit du ihn verkaufst«, sage ich.

Mir ist der Sekretär völlig egal, meinetwegen kann Aslak ihn gern verkaufen, aber das ist endlich eine Gelegenheit zu streiten, zu reagieren, eine Reaktion zu erhalten, nach Monaten voll kurzem Lächeln und Nicken und nichts, wo man hätte einhaken können.

»Du wolltest ihn ja nicht haben«, sagt Aslak etwas lauter.

»Das habe ich nie gesagt«, widerspreche ich.

»Du hast jedenfalls zum Ausdruck gebracht, daß du ihn nicht haben willst«, entgegnet Aslak.

»Ich will ihn aber«, sage ich, sehe ihm in die Augen.

25

In Gustavs altem Schreibtisch liegen seine Kalender, der erste von 1966. Was seine letzte Aufzeichnung, am Tag bevor er die Sprache verloren hat, bedeutet, ist unlesbar. Ich tippe auf etwas über die Äpfel, aber es kann genausogut ein Zitat sein, die Strophe eines Gedichts. Ich habe den Zweck des Ganzen nie verstanden, aber zwei Tage nachdem er damit aufgehört hatte, die Aufzeichnungen fortgesetzt. Ich schreibe jeden Tag eine Zeile oder zwei, um das Projekt weiterzuführen, ihn weiterzuführen.

Heute vor einem Jahr habe ich die Temperatur des Wassers notiert, elf Grad, und daß ich Bretter geschleppt habe. Vor einem Jahr ging ich mit Brettern über der Schulter hinauf zur Hütte, wollte mit der Ausbesserung der Rückwand des Plumpsklos beginnen, war aber oben angekommen so erschöpft, daß ich mich hinlegen mußte. Ich erinnere mich, wie der Ofen knisterte und ich da lag und aufs Dorf hinunterblickte und dachte, jetzt krank zu werden würde ganz gut passen, dann müßte ich ein paar Tage später nicht zu dieser Fortbildung nach Trondheim fahren.

Ich liege in Gustavs altem Zimmer, blicke aus dem Fenster, hinauf zur Alm. Um mich im Bett liegen die Kalender, die ich hervorgekramt habe, ich habe die meisten zum ersten Mal von vorne bis hinten durchgelesen. In ihnen steht kein Wort von Interesse, nichts über mich, nichts über Magnus oder Sigrid, nur ein buntes Durcheinander aus Temperaturen und Düngemitteln, Zitaten und Titeln. An unserem ersten Hochzeitstag notierte er *Brennessel vs. Bokashi.* An Magnus siebzehntem Geburtstag, als er schon mehrere Jahre krank gewesen war, schrieb Gustav ein Zitat auf schwedisch, die Strophe eines Gedichts, das ich nicht kenne.

Ich habe weder Kraft noch Lust, irgend etwas zu interpretieren, wieder das Gefühl zu bekommen, außen vor zu sein und unbedingt in das eindringen zu wollen, was ich nicht verstehe oder erreiche, an das ich nicht heranreiche, wie ich es getan habe, bevor er krank wurde.

Auf dem Nachttisch, unter den Kalendern, liegt mein individueller Plan für die Zeit bis zu meinem Tod. Meine Wünsche und Ziele. Meine Ressourcen. Die Bedürfnisse und Wünsche meiner Angehörigen. Ich habe ihn mit meinem Arzt nach Diagnose und Behandlung der dritten Lungenentzündung innerhalb von zwei Monaten ausgefüllt. Sigrid war über Facetime anwesend, ihr Gesicht füllte den gesamten Handybildschirm, während sie versuchte, von Oslo aus das Gespräch zu steuern. »Natürlich hast du Wünsche, Mama«, sagte sie laut, als wir zum Punkt *Wünsche und Ziele* kamen und ich nicht verstand, von welchen Wünschen und Zielen die Rede sein sollte. »Du willst doch weiter zu Hause bleiben, oder?« fragte Sigrid nach. »Das stimmt«, sagte ich zu meinem Arzt, »ich möchte am liebsten zu Hause sein.« – »Und du möchtest so viel Hilfe wie möglich«, sagte Sigrid. »Ja, oder naja, ich möchte nicht mehr als üblich«, probierte ich auszuweichen, »ich möchte ja nicht den ganzen Apparat okkupieren«, sagte ich und lächelte ihn an. Er nickte, versuchte das aufzuschreiben. »Und dann möchte sie alle verfügbare Schmerzlinderung«, legte Sigrid fest. »Selbstverständlich«, antwortete der Arzt. »Magnus und ich, als ihre engsten Angehörigen, wollen laufend informiert werden«, sprach sie weiter, ihre Wangen waren ganz rot. Nachdem der Arzt auf Sigrids Kommando hin den Zettel vors Telefon gehalten und sie ein paar Punkte korrigiert hatte, legte ich auf. »Entschuldigen Sie«, sagte ich zu ihm. Er lachte. »Wenn es um meine Mutter ginge, würde ich mich bestimmt genauso verhalten«, meinte er.

»Ich will keine lebensverlängernden Maßnahmen mehr«, sagte ich.

Sigrid ist auf dem Weg übers Fjell. Ich sehe sie vor mir im Auto, ihr Profil spiegelt sich im Seitenfenster, als würde ich neben ihr sitzen. Sie fährt schnell, konzentriert sich auf die Straße. Streicht sich durch die Haare, begegnet mir in Gedanken.

Ich wache auf, und sie lächelt mich an.

26

Ich pendle zwischen Mama und Oslo hin und her, drei Tage zu Hause, drei Tage bei ihr, drei Tage, vier Tage, zwei Wochen, fahre durch Morgennebel und überraschende Anflüge von Hoffnung bei Geilo, durch Herbstregen und lähmende Angst in Hønefoss, durch blendende Nachmittagssonne und Trauer in Lærdal, fahre durch Nächte, Morgen, Tage, Gefühle, von und zu Mama.

Gestern sagte mir einer der Pfleger, daß Mama, wenn ich nicht da bin und er morgens die Haustür aufschließt, nach mir rufe. Ich war in der U-Bahn auf dem Weg von der Praxis nach Hause, er rief an, um zu erzählen, es sei endlich entschieden worden, ihr eine Schmerzpumpe zu legen. »Wie ruft sie?« fragte ich. »Sie ruft einfach nach Ihnen«, antwortete er. »Aber ich verstehe nicht, was Sie damit meinen«, sagte ich so laut, daß die Frau neben mir zusammenzuckte, ich stand auf, bevor ich weitersprach. »Ist sie wütend, hat sie Angst?« Er wurde still. »Eigentlich klingt sie vor allem fragend oder vielleicht hoffnungsfroh, als würde sie hoffen, daß Sie es sind, die da kommt«, sagte er schließlich.

Sich das vorzustellen, dieses Rufen, macht mich traurig, obwohl zugleich irgendwie das Wissen guttut, daß ich es bin, nach der sie ruft, an die sie denkt, die sie vermißt. Ich tröste mich damit, daß sie morgens dösig und aufgrund der Medikamente verwirrt ist, später am Tag denkt sie bestimmt nicht mehr daran, erinnert sich nicht mehr, daß sie aufgewacht ist und gehofft hat, ich wäre das, die da kommt.

Daß ich eine Schmerzpumpe vorschlagen solle, war vor einer Woche Jens' Idee gewesen – und zwar je früher, desto besser, in unseren Tagen bräuchten Krebspatienten keine großen Schmerzen mehr zu ertragen, erklärte er. Ob er sich in Palliativbehandlung eingelesen habe, wollte ich wissen. Er lachte. Ob ich es glaubte oder nicht, er wisse ziemlich viel über Schmerzlinderung. Ich mußte mir auf die Zunge beißen, um nicht zu entgegnen, mit Schmerzerzeugung kenne er sich auch sehr gut aus, habe ihn seit dem Abend auf der Bank am Akerselva nicht mehr getroffen, da es mir nicht gelingt, ihn *nicht* anzubetteln zu bleiben. »Tu das Mia nicht an«, hatte ich damals am Ende gerufen. Daß er so aufrichtig überrascht ausgesehen, daß er die Reaktion nicht erwartet hatte oder überhaupt eine Reaktion, sollte genug sein. Wenigstens der Gedanke, was er damit Mia antun würde, sollte genug sein. Ich kriege nicht genug.

Als ich Mama eine Woche später besuche, hat man ihr eine kleine Nadel unter die Haut am Bauch gelegt, daran hängt ein Schlauch zu der Pumpe, die sie in einer kleinen Tasche mit sich trägt. Bei meiner Ankunft sitzt sie in der Küche und ißt Suppe, zieht unaufgefordert ihren Pullover hoch, um mir Einstich und Schlauch zu zeigen.

»Wenn ich hier drücke«, sie zeigt mir das Gerät, »bekomme ich eine extra Dosis Morphium.«

»Hat man dir erlaubt, das selbst zu bedienen?« will ich wissen.

»Ja, sollte man etwa nicht?« fragt Mama zurück. »Nur ich kann ja wissen, wie stark die Schmerzen sind.«

Ich sage nichts mehr, gehe zum Herd.

»Ich hoffe, du ißt nicht noch immer an der Fleischbrühe, die Magnus vor zwei Wochen gekocht hat.« Ich gucke in den Suppentopf.

»Nein, das ist Suppe vom Essensdienst«, erklärt Mama und hebt dabei den Löffel in meine Richtung. »Bist du auch diesmal allein?«

Ich nicke. Mia und Aslak haben im letzten Monat mehrmals angeboten, mich zu begleiten, aber ich hatte nicht den Wunsch, sie mitzunehmen, wollte sie nicht hier haben, wollte mit Mama allein sein, es bleibt nicht genug Zeit, um sie mit anderen zu teilen. »Wie lange hat sie eigentlich noch?« fragte Magnus bei der letzten Überschneidung unserer Besuche. »Das weiß ich nicht«, antwortete ich, »wenn sie nicht krank wird, vielleicht mehrere Monate.« – »Krank?« wiederholte er. »Kränker, wenn sie keine zusätzliche Infektion bekommt«, korrigierte ich mich. Er sah erleichtert aus. »Gut«, sagte er.

»Die anderen kommen nächstes Mal mit.« Ich setze mich zu Mama an den Tisch, sehe, wie sie sich an der farblosen Suppe abmüht. »Soll ich dir etwas anderes kochen?« biete ich an.

Sie schüttelt den Kopf.

»Oder wollen wir lieber ein Glas Wein trinken«, schlage ich schließlich vor.

Sie wirkt erleichtert, lächelt mich an. Nachdem sich Mamas Zustand vor ein paar Monaten verschlechtert hatte, schleppte ich anfangs alles an Essen an, was sie vielleicht mögen würde, verwendete Stunden auf die Zubereitung von Gerichten, die sie verführen könnten. Sie verschwendete viel zuviel Kraft darauf, mich nicht zu enttäuschen, indem sie ein paar Bissen in sich hineinzwängte. »Du mußt essen, Mama«, sagte ich die ganze Zeit, »du mußt deine Medikamente nehmen, du mußt dich bewegen, du mußt schlafen, du mußt duschen.« Du mußt. Du mußt.

Bei meinem letzten Besuch wurde sie irgendwann wütend. »Warum denn?« rief sie verzweifelt. Ich hatte darauf keine Antwort und fuhr am nächsten Tag lieber los und kaufte ein paar Flaschen teuren Rotwein. »So«, sagte ich und stellte die Flaschen in die Küche. Mama zögerte, glaubte sicher, ich wolle etwas demonstrieren, sah auf die Uhr, es war zwei Uhr nachmittags. »Laß uns trinken«, sagte ich.

Sie wird nach einem Glas müde. Dämmert im Stuhl vor sich hin. Ich betrachte sie mindestens eine Stunde lang, bevor ich sie ins Bett bringe. Sie ächzt, hat überall Schmerzen, kann die Orte, wo die Schmerzen sind, auf der Schmerzkarte nicht mehr zeigen. »Überall«, sagt sie, wenn ich frage. Sie jammert nicht, hat voll und ganz aufgehört, über Krankheit und Tod zu sprechen, hat aufgehört, Sachen weggeben zu wollen, aufgehört zu fragen, was unsere Pläne mit dem Hof sind, mit Kant, der Hütte, ob ich weiß, wie man Leinengardinen wäscht, ob wir den Überblick über Papas Medikamente haben. Ihre Gesichtszüge wirken milder, ruhiger, wenn sie nicht gerade von Schmerzen verzogen werden; in den Falten um Mund und Augen lese ich nicht mehr Wut oder Anschuldigungen, keine versteckte Botschaft in jedem Blick.

Ich helfe ihr beim Ausziehen, eine Wollschicht nach der anderen. Als wir das dritte und letzte Wollhemd erreicht haben, lache ich.

»Zuunterst immer Wolle«, sage ich.

»Dann habe ich dir wenigstens eines der wichtigsten Dinge auf dieser Welt beigebracht«, murmelt Mama im Halbschlaf, legt sich im Bett zurück.

Ich decke sie zu, sie atmet schwer und stöhnt leicht.

»Noch ein bißchen«, flüstert sie.

Ich drücke auf die Pumpe, sie wird still, all die kleinen Muskeln in ihrem Gesicht entspannen sich, glätten ihre Züge. Ich drücke nochmal. Sie öffnet die Augen halb, dann verschwindet sie im Schlaf. Eine Weile sitze ich mit der Pumpe in der Hand da, mein Blick ruht auf den Morphiumampullen auf ihrem Nachttisch.

»Nein«, sagt Magnus, als er am Sonntagabend kommt.

»Ich habe gesagt, du sollst erst darüber nachdenken, bevor du antwortest«, sage ich.

»Ich brauche darüber nicht nachdenken«, sagt er.

»Sie ist so müde, Magnus«, sage ich.

»Nein«, wiederholt er.

»Denk darüber nach«, sage ich.

Ich komme in der Nacht zu Montag nach Oslo zurück, im Flur stehen Mias Schuhe, ich heule bei dem Anblick los, bin gerührt, daß sie, Aslak und Viljar hier sind, daß sie in ihren Betten liegen und schlafen.

Als ich vorsichtig ins Schlafzimmer schleiche, schaltet Aslak das Licht an, setzt sich im Bett auf. Sieht mich mit zusammengekniffenen Augen an.

»Schläfst du gar nicht?« sage ich.

»Nein, ich hatte dich schon vor Stunden erwartet«, gibt er zurück.

»Ja, entschuldige, ich mußte unterwegs anhalten und schlafen«, erkläre ich. »Hier alles gut?«

»Was meinst du mit gut?« fragt Aslak.

»Naja, ob ihr es schön gehabt habt«, sage ich.

Aslak antwortet nicht, sieht mir beim Ausziehen zu, ich lasse die Kleider auf den Boden fallen.

»Ich möchte, daß wir nach Hause ziehen«, sagt Aslak. »Ich möchte, daß wir Annes Haus übernehmen.«

Mich überrascht nur, daß er das jetzt sagt, daß er noch immer Wünsche für uns hat.

»Sie ist noch nicht tot, Aslak.« Ich lege mich neben ihn.

»Ich habe mich entschieden«, sagt er leise, etwas sanfter, braucht nicht zu erklären, daß er auch unabhängig von mir hinziehen wird.

»Ich verstehe«, sage ich.

Ich verstehe es, mache das Licht aus, schlafe.

Als ich ein paar Wochen später wieder zu Mama fahre, fragt Mia, ob sie mitkommen dürfe. Ich kann es ihr nicht verweigern, auch wenn ich weiterhin das fast unbändige Bedürfnis verspüre, Mama für mich zu haben. »Hast du keine Uni«, frage ich. Sie schüttelt den Kopf. Aslak hat den Verdacht, Mia würde überhaupt nicht studieren, sie habe sich nur in Fächern angemeldet, in denen sie gar keine Prüfung machen wolle, aber dafür werde er ganz sicher nicht bezahlen, hat er gesagt.

»Hast du Jens in letzter Zeit getroffen«, frage ich Mia auf der Fahrt zu Mama.

Sie ist nicht mehr auf der Hut, wenn ich nach ihm frage, wirkt aber auch nicht mehr froh über mein Interesse an ihm wie im Frühherbst, bevor sie herausfand, daß ich ihn ohne sie getroffen hatte. Jens selbst hat mir – in einem Nebensatz – gesagt, er habe auch Mia von dem Kontakt zwischen uns erzählt. »Das war vielleicht nicht so schlau«, meinte ich. »Warum?« fragte er arglos. »Jedes Kind ist wohl froh, wenn seine Eltern Freunde sind, insbesondere geschiedene.« Beinahe wäre aus mir herausgeplatzt, wir seien nicht geschieden und auch keine Freunde. Mia hat es mir gegenüber mit keinem Wort erwähnt, kam nur eines Abends vor ein paar Wochen von Jens zurück und war pampig, fast verächtlich.

»Ich war letztes Wochenende bei ihnen«, sagt sie. »Und du?« fügt sie hinzu, in einem Tonfall, den ich nicht deuten kann.

Ich schüttle den Kopf. Sehne mich danach, ihr zu erzählen, daß Jens von ihr weggehen wird, sie verlassen, sie wieder im Stich lassen wird, sehne mich danach, daß sie ihn daran hindert, ihn aufhält, ihn hält.

Mias Telefon liegt zwischen uns, als es ausnahmsweise mit Ton einen Anruf meldet, blicken wir beide hinunter. *Eingehender Anruf Papa*, steht auf dem Display. Ich spüre das typische, sanfte Pulsieren in der Magengegend bei Jens' Präsenz, dann höre ich Aslaks Stimme, als Mia rangeht.

Mama ist kränker geworden. Schwächer. Sie will keine lebensverlängernden Maßnahmen mehr, aber ihr Immunsystem führt seine Arbeit einfach fort, sie am Leben zu halten – auch gegen ihren Willen. Allein im Lauf des vergangenen Monats hat es selbständig zwei Infektionen bekämpft.

Bei unserer Ankunft wirkt sie trotzdem gesünder, als worauf ich mich und Mia vorbereitet habe, sie sitzt im Wohnzimmer und hört eine von Papas alten CDs. Beim letzten Mal, als ich hier war, mußten wir auf dem Weg zum Pflegeheim umkehren, ihr wurde schwindlig, und es ging ihr schlecht, sie hatte Schmerzen, schlief auf der Fahrt vom Morphium ein, und ich beschloß zurückzufahren. Als sie davon aufwachte, daß ich zu Hause das Auto parkte, begann sie zu weinen. »Nein«, schluchzte sie, »wir müssen wieder zu Gustav, er fragt sich sicher, was aus mir geworden ist, bitte, Sigrid.« – »Ich werde es ihm erzählen«, beruhigte ich sie, stützte sie auf dem Weg ins Bett, »ich werde zu ihm fahren und es ihm erzählen.«

Diesmal weint Mia nicht. Sie setzt sich neben Mama aufs Sofa, legt den Kopf auf ihre Schulter, die so dünn und knochig ist, daß es unmöglich besonders bequem sein kann, aber sie bleiben sitzen, während ich Kant rauslasse und das Gepäck aus dem Auto hole.

Am nächsten Morgen wache ich vor Mama und Mia auf. Ziehe Mamas Steppjacke übers T-Shirt, schlüpfe in ihre Stiefel, die mir etwas zu groß sind. Es liegt Reif, der Morgen dämmert, ich spaziere zum Wasser hinunter. Ich habe Mamas Bedürfnis zu schwimmen, nie verstanden, fröstle beim Ausziehen der Jacke, sehe mich in der stillen Landschaft um, spüre eine Nähe und Zugehörigkeit zu all dem, was mir bekannt ist, zu Felsen, Mooren, Fjell und Wasser, zu Mama, ich ziehe das T-Shirt aus. Stehe ein paar Sekunden nackt nur in Stiefeln da, gehe dann zur Stegkante. Schlüpfe aus den Stiefeln, der Boden unter den Fußsohlen ist eisig, das Wasser vor mir schwarz und still. Ich setzte mindestens fünf Mal zum Sprung an, mein Körper zuckt, gehorcht nicht, jedes Mal entscheide ich mich im letzten Augenblick um.

»Feigling«, sagt Mama, als ich die Tür zu ihrem Schlafzimmer aufmache, sie hat das Kopfende des Betts hochgefahren, kann so aus dem Fenster sehen, sitzt aufrecht, lächelt.

»Stimmt«, sage ich.

»Dann muß wohl Mia die Schwimmtradition fortführen«, stellt Mama fest.

Ich nicke, setze mich zu ihr auf die Bettkante. Sie legt mir die Hand auf den Schenkel, wir sehen eine Weile schweigend aus dem Fenster, dann ruft Mia aus der Küche.

Nach dem Frühstück schläft Mama wieder, ich bin rastlos, wandere ziellos durchs Haus, betrachte Möbel, Bücher, Gerümpel, werde wechselweise von Erinnerungen überwältigt und erschlagen vom Gedanken an all das, was getan, was aufgeräumt werden muß. Beginne kurz damit, den Berg an Zeug zu sortieren, den Mama unter der Treppe gestapelt hat, höre aber bei der Erkenntnis auf, daß sie es mitkriegen wird – es muß ungeduldig wirken. Gehe in den Stall hinaus, erinnere mich an die Schafe, den Nachbarn, der Papa der Tiermißhandlung bezichtigt hat, weil er sie nicht hatte schlachten wollen. Versuche mir den Hof wieder mit Tieren vorzustellen, mit Aslak und mir, Viljar, Mia, aber der Gedanke ist fremd, sträubt sich, ich muß mir die Bilder förmlich aufzwingen, werde abgelenkt von der Vorstellung von Jens und Zadies Rücken in der Abflughalle in Gardermoen.

Im Stallgang stehen Mamas zwei alte Tiefkühltruhen, die eine ist bis zum Rand gefüllt mit beschrifteten und unbeschrifteten Beuteln mit Beeren, Fleisch oder Gemüse sowie alten Eisbüchsen mit nicht identifizierbarem Inhalt, die andere ist voll mit schlecht geputzten Hühnern. Ich gehe entschlossen ins Haus und hole Mülltüten, sortiere den Inhalt der ersten Truhe in blaue und grüne Säcke, werfe alles weg, was nicht beschriftet, und alles, was älter als zwei Jahre ist, zögere, dann entsorge ich auch die Hühner.

Ich schiebe Mama in einem durch die Krankenversicherung geliehenen Rollstuhl über den Parkplatz. »Den brauchen wir wohl heute nicht«, hat sie gemeint, als ich ihn zum Auto gebracht habe. »Du schaffst es kaum vom Wohnzimmer ins Schlafzimmer«, habe ich geantwortet, »wir sollten ihn sicherheitshalber mitnehmen.« – »Aber Gustav«, hat sie angesetzt, den Satz aber nicht zu Ende geführt. »Du kannst ja ab der Eingangstür gehen«, schlage ich ihr vor, nachdem wir vor dem Pflegeheim geparkt haben und Mama es so gerade selbständig aus dem Auto schafft.

Im Flur angekommen, stützt sie sich auf meinen Arm, wirkt ungeduldig. Papa sitzt wie üblich in seinem Rollstuhl am Fenster im Gemeinschaftsraum, als wir ihn sehen, läßt Mama meinen Arm los.

Ich lasse sie den Raum allein durchqueren, bleibe in der Tür stehen und beobachte Papa und Mama, wie sie ihm etwas von der Schulter putzt, etwas sagt und lächelt, sich dann auf den Stuhl neben ihn setzt.

27

»Du brauchst wohl wieder dieses Schuppen-Shampoo«, sage ich zu Gustav, sein dunkler Pullover ist auf den Schultern weiß berieselt.

Setze mich neben ihn, wir sitzen eine Weile stumm da und blicken übers Dorf, sehen vage den Gipfel des höchsten Bergs nördlich vom Hof.

»Heute waren es nur zehn Grad im Wasser«, erzähle ich und nehme seine Hand, in seinen Handflächen ist die Haut noch immer hart, ich umfasse seine groben Finger.

Er dreht den Kopf und sieht mich an, sieht mir in die Augen.

»Ach, da bist du«, sage ich.

28

Der Schneefall ist so dicht, daß wir vom Fenster aus die Berge nicht mehr sehen können. Alle zwei Stunden gehen Aslak und Magnus nach draußen und schaufeln die Einfahrt frei, damit wir nicht eingeschneit werden, damit wir mit dem Auto wegkönnen, für den Fall des Falles. »Es gibt keinen Fall, wegen dem wir mit dem Auto wegmüßten, Magnus«, habe ich gesagt. Sie schippen trotzdem weiter Schnee, in erster Linie vielleicht, um etwas zu tun zu haben.

Mama treibt in einem Zustand von geistig da und ganz weit weg, sie liegt in Papas Zimmer neben der Küche, bei geöffneter Tür, damit sie die Geräusche von uns hören kann. Ich sitze meist auf dem Stuhl am Fußende ihres Betts, beobachte ihren Atem, die Brust, die sich hebt und senkt. Spreche mit ihr, erzähle ihr alles, was mir einfällt, ganz egal, ob sie schläft oder wach ist.

Letzte Woche hat Magnus unter dem Kopfkissen in ihrem Schlafzimmer im oberen Stockwerk ein Buch gefunden. Ich habe nicht gefragt, was er denn in ihrem Bett gemacht habe. Er kam gestern abend, nachdem sich die anderen hingelegt hatten, zu Mama und mir und gab es mir. Ein altes Heft, wie wir es auch in der Schule benutzt haben, Mamas schöne Handschrift, schräge Kringel und Bogen und Linien. Rezepte, Merklisten, unverständliche Stichworte, Mischungsverhältnisse. *Mich entschuldigen* steht auf der letzten Seite ganz oben. Darunter hat sie einen Punkt notiert, einen Namen, meinen.

Am Abend vor Weihnachten wacht Mama auf, als ich ihr Bett neu beziehe.

»Hey«, sage ich.

»Hey«, sagt sie. »Es riecht nach geräucherten Lammrippchen.«

Ich lache.

»Aslak hat Weihnachten vorzeitig gestartet, wir hatten sie gestern«, sage ich, »Willst du was?«

Sie schüttelt den Kopf. Ich halte ihr das Saftglas hin, sie umschließt den Strohhalm mit den Lippen, hebt den Blick zum Fenster hinter mir, schließt für mehrere Minuten die Augen, ich denke, sie ist wieder eingeschlafen.

»Schwimmen«, sagt sie.

»Du möchtest ins Wasser?« frage ich.

29

Der Weg ist feucht, ich gehe vorsichtig, um auf den glitschigen Steinen nicht auszurutschen. Die Luft riecht herb, frühlingshaft. Kant läuft im Nieselregen vor mir her, auf halbem Weg zum Wasser bricht die Sonne durch Wolken und Morgennebel. Die feuchte Landschaft um mich herum glitzert im Sonnenlicht, ich spüre die Wärme der Strahlen im Gesicht.

Kant schnüffelt hinter einem Busch, ich rufe ihm zu: »Gnade dir, wenn du jetzt einen Lemming frißt, versuch es nicht einmal«, öffne den Knoten am Bademantel, ziehe ihn aus, hänge ihn über den Zaun.

30

Ich lasse Wasser in die Badewanne. Bleibe auf dem Rand sitzen und beobachte, wie sie sich füllt, gehe nach draußen und schalte die Fußbodenheizung höher. Fühle nochmal die Wassertemperatur, lasse etwas mehr heißes Wasser ein, drehe den Hahn zu.

Gehe in Mamas Schlafzimmer, hole den Bademantel vom Haken neben dem Fenster. Halte ihn einen Moment an mein Gesicht, atme in das weiche Frottee, rieche, stehe nur da, ohne mich daran zu erinnern, was ich wollte, dann gehe ich wieder zu Mama nach unten.

Ziehe ihr vorsichtig das Nachthemd aus, sie wacht auf und hilft mit, als ich es ihr über den Kopf ziehe. Ich lächle sie an, bin mir aber nicht sicher, ob sie mich sieht.

»Kannst du dich ein wenig aufsetzen?« frage ich, fahre mit Hilfe der Fernbedienung das Kopfende des Betts hoch.

Lege ihr den Bademantel um die Schultern, ziehe ihn vorsichtig um den Körper, verknote ihn locker an der Taille. Stöpsle die Schmerzpumpe ab. Dann rufe ich Aslak.

31

Ich springe, stoße mich vom Steg ab, tauche schräg durch den dunklen Wasserspiegel. Es rauscht in den Ohren, das Wasser ist sanft und kühl, ich werde schwerelos, aber wegen des Widerstands des Wassers sind die Bewegungen mühsam, bis ich den Rhythmus finde. Ich synchronisiere Arme und Beine in langen und starken Schwimmzügen, gleite auf die rote Boje zu.

32

Aslak trägt Mama eng an sich gepreßt die Treppe hoch. »Sei vorsichtig«, sage ich, »vorsichtig, nicht so schnell!« Er antwortet nicht, aber ich sehe, wie sein Griff fester wird, ihr Kopf ruht an seiner Schulter.

Ich fühle nochmal die Temperatur des Wassers, dann öffne ich den Knoten ihres Bademantels. »Ich glaube, du mußt sie absetzen«, sage ich zu Aslak, »wenn du sie so hältst, kriege ich ihn nicht runter.« Er lacht über meinen Versuch, ich lache auch, Mama wacht wieder auf, sieht mir in die Augen. Schließlich gelingt es mir, ihr den Bademantel abzustreifen, Aslak sieht ihr in die Augen, während er sie vorsichtig ins Wasser abläßt. Sie lächelt. »Geht das mit dem Kopf so?« frage ich. Sie antwortet nicht, bleibt aber ruhig mit dem Kopf auf dem Wannenrand liegen, als Aslak sie losläßt, er drückt kurz meine Schulter und geht an mir vorbei aus dem Bad.

33

Ich schwimme rasch nach draußen, umrunde die vierte Boje, bin auf dem Weg zurück, als ich Sigrid auf dem Bootssteg sehe. Sie hat den grünen Pullover an, schirmt mit einer Hand die Augen vor der Sonne ab, wirkt, als würde sie nach mir Ausschau halten. Ich stoppe auf halbem Weg, ich rufe ihr zu, komm schon, ich bleibe hier, bis du kommst.

Helga
Flatland
Eine
moderne
Familie
Weidle

Es ist reizvoll, wie Helga Flatland diese Konstellationen durch die verschiedenen Blickwinkel als Kippbilder der Erinnerungen erzählt. Keine Anleitung zum Heimatroman, aber zur Familienaufstellung. Man hätte sich sogar noch für die Perspektiven der Eltern und der Angeheirateten interessiert. Flatland illustriert erzählend, wie wenig selbstverständlich es ist, sich aus dem Rahmen der Kindheitsrollen zu befreien.

Insa Wilke, Süddeutsche Zeitung

Eine moderne Familie ist hier in Flatlands Roman keine blumige Illusion oder ein modisches Patchwork-Arrangement, sondern gelebte Empathie in aller Ehrlichkeit. Klug analysiert, wunderbar klar und lesbar geschrieben, mit herrlichen Beobachtungen und Details, die wahrscheinlich so oder so ähnlich in jeder Familie zu finden sind.

Thomas Kliemann, Bonner General-Anzeiger

Flatland erzählt ihre Novelle fast so, als hätte sie alles mit einer Kamera gedreht und nicht bloß mit Worten niedergeschrieben. Sie gibt den Geschwistern abwechselnd das Filmgerät in die Hand, und jeder nimmt alles aus seiner Ecke auf, und so entsteht am Ende ein faszinierendes Kaleidoskop aus unterschiedlichen Perspektiven. Die Trauer und Ohnmacht trifft teilweise tief, dennoch gelingt Flatland der humorvolle Blick auf die unterschiedlichen Schicksale. Ein Roman über das Risiko unserer freien, modernen Welt. Das Fundament kann uns entzogen werden. Jederzeit.

Claudia Lehnen, Kölner Stadt-Anzeiger

Die Originalausgabe *Et liv forbi* erschien 2020.

Die Arbeit der Übersetzerin wurde im Rahmen
des Programms NEUSTART KULTUR aus Mitteln der
Beauftragten der Bundesregierung für Kultur und Medien
vom Deutschen Übersetzerfonds gefördert.

NEU START KULTUR

Die Beauftragte der Bundesregierung
für Kultur und Medien

Dank an NORLA!

NORLA
NORWEGIAN LITERATURE ABROAD

Beethovenplatz 4, 53115 Bonn
www.weidle-verlag.de
Lektorat: Stefan Weidle
Korrektur: Kim Lüftner
Gestaltung, Satz, Einbandfoto: Friedrich Forssman
Schriften: Dolly und Brown
Einbandinnenseiten-Foto von Helga Flatland: Agnete Brun
Druck: Ph. Reinheimer GmbH, Darmstadt
Bindung: Schaumann, Darmstadt

Die Deutsche Bibliothek – CIP-Einheitsaufnahme
Ein Titeldatensatz für diese Publikation ist bei
Der Deutschen Nationalbibliothek erhältlich.

Dieses Buch ist aus Gründen der Umweltschonung
nicht eingeschweißt und wurde klimaneutral gedruckt.
natureOffice.com | DE-077-134232

978-3-949441-02-8